Das Buch:

Menschen, Tiere, Möbel und alles durcheinander

Vor ein paar Wochen war Milla Bahrens noch eine junge, unsichere Frau auf Jobsuche mit einem Faible für günstige, spannende Möbel. Da stolpern der struppige Hund Scooter und sein Herrchen Robert unverhofft in ihr Leben.
Als hätte sie mit dem lange herbeigesehnten Vorstellungsgespräch, einem Praktikum und den Problemen mit dem Bücher-Café, das ihrer Freundin Emi gehört, nicht schon genug am Hals. Von dieser heiklen Sache mit den Geldscheinen ganz abgesehen.
Außerdem ist da noch ihr geschicktes Händchen für Ordnung und „Ausmisten" – ein Talent, auf das nicht nur ihre Nachbarin gerne zurückgreift.
Milla hat also alle Hände voll zu tun. Daher kann sie eine komplizierte Beziehung nicht auch noch brauchen. Aber das Schicksal nimmt – so wie ihre Freunde – keine Rücksicht auf solche Befindlichkeiten.

Die Autorin:

Sabine Bente, geboren 1966 in Uelzen, lebt in einer Wohngemeinschaft vor den Toren Lüneburgs.
Tiere und Landwirtschaft und die Welt insgesamt ein bisschen netter machen waren schon immer eine große Leidenschaft von ihr.
Eine berufliche Auszeit hat sie für die Abschlussphase ihres Romanprojektes genutzt. Mit Hilfe ihrer netten Lektorin und Books on Demand hat sie jetzt den Schritt zu ihrer ersten Veröffentlichung gewagt.

Sabine Bente

Warum riecht das Glück nach Schwein ?

Roman

Bibliografische Information der Deutschen Nationalbibliothek:
Die Deutsche Nationalbibliothek verzeichnet diese Publikation
in der Deutschen Nationalbibliografie; detaillierte bibliografische
Daten sind im Internet über http://dnb.ddb.de abrufbar.

Copyright © 2015 Sabine Bente
Herstellung und Verlag:
BoD – Books on Demand, Norderstedt
Coverdesign:
Annadel Hogen

ISBN 9783734776175

Denn du bist mutiger, als du denkst!

Vielleicht war es doch keine so schlechte Idee gewesen, dass Emi die Sache gestern angeleiert hatte.

»Vergiss es, Simon! Musst du mir immer so auf die Pelle rücken?«

Statt einer Antwort erntet Milla nur einen vorwurfsvollen Blick. Ihr Bettgenosse denkt noch nicht daran, aufzustehen.

Gähnend rekelt sie sich noch einmal unter der Bettdecke. Ach – egal. Am Freitag würde sich eh einiges ändern. Simons Lieblingssessel hatten sie schon rübergebracht. Vielleicht würde so das Eingewöhnen in die neue Umgebung leichter fallen. Wenn sie dann beide drüben wären, würde er etwas, was ihm jetzt fehlt, wiederfinden. Außerdem ist der Platz, an dem der Sessel jetzt steht, mit dem Blick in den netten Innenhof, einfach genial.

Und später nach dem Anwaltstermin würde es ihr sicher auch besser gehen. Oder etwa nicht?

»Ich bin noch nicht soweit!«, hatte Milla gestern Nachmittag noch behauptet, als Emi ihr mit dem Latte eine Visitenkarte servierte.

Das Büchercafé der Freundin war für sie wie ein zweites Zuhause.

»Reinhard Müller, Rechtsanwalt«, las sie mit großen Augen.

»Prego, bitte.« Bei Emis Wortwahl zeigten sich immer wieder ihre italienischen Wurzeln. »Der hat mir damals auch mit dem Erbschaftsgewusel geholfen. Er trinkt sogar manchmal seinen Cappo hier.«

»Ja, ich kann mich noch an deinen ganzen Ärger erinnern, aber was hat das jetzt mit mir ...«

»Hallo, mit dir? Te la sei presa? Du bist beleidigt?«, fiel Emilia der Freundin etwas zu laut ins Wort. »Wer hat denn hier eine

Briefkastenphobie? Und dein blöder Geldschein neulich bei den Polizisten ...« Erschrocken schaute sich Emi nach ihren anderen Gästen um.

»Scusi, Verzeihung!«, meinte sie leicht errötet. »Ich bin gleich wieder da.« Sie hob mahnend den rechten Zeigefinger in Millas Richtung, bevor sie am Nachbartisch einen Café Latte servierte.

Milla fühlte sich in diesem Moment eh nicht in der Lage, einfach zu verschwinden. Überhaupt, was sollte dieser Überfall?

»Denk doch mal an deine Panik, als diese Kassiererin dich fast enttarnt hätte. Also, ich hab einfach keine Lust mehr auf deine Horrorfantasien!«, fuhr Emi kurz darauf deutlich leiser fort. »Sie werden dich schon nicht einbuchten! Non preoccuparti, keine Angst! Und ansonsten läuft doch grad alles super bei dir!«

Milla waren keine Argumente eingefallen. Nach einem kurzen Telefongespräch hatte sie dann einen Termin bekommen. »Mist, jetzt soll ich gleich morgen früh vorbeikommen«, murmelte sie, als das Gespräch beendet war.

»Per fortuna, zum Glück, dann bist du hoffentlich bald wieder die Alte! Naja, vielleicht nicht ganz.« Mit dem breiten Lächeln schien Emi sich selbst auf die Schulter zu klopfen.

Jetzt hat Milla nur noch eine Stunde Zeit, bis zu ihrem Termin bei Herrn Müller. Um 11 Uhr muss sie schon bei einer neuen Kundin sein. Sie hat eigentlich gar keinen Grund nervös zu sein. Nur etwas müde ist sie noch. Ihr Kopfkino hatte sie nicht einschlafen lassen.

»Lass das, Simon!« Der Kater hat es sich auf ihrem seidigen Top bequem gemacht. Milla verscheucht ihn vom Bett. Vorm Spiegelschrank beginnt sie sich anzuziehen. Der elegante Anzug passt inzwischen perfekt, nur die Wahl der Schuhe bereitet ihr noch Schwierigkeiten. Beim dritten Paar hat sie genug.

»Lächerlich!«, kommentiert sie ihre Unentschlossenheit. Aus

Protest bleibt sie bei den roten Pumps. Nicht zu rot, aber doch auffällig, vor allem wegen der winzigen Silberglocke am rechten Schuh. *Kling, kling* … Ganz leise hört man das Bimmeln bei jeder Bewegung. *Dolice* heißt der Designer dieser Luxusschuhe. Viele Frauen geben für ein solches Paar nur zu gerne mehrere Hundert Euro aus. Okay, ihre hatte sie secondhand erworben, aber immer noch teuer genug. Nach der langen Geldknappheit kann sie sich jetzt wieder ein bisschen was leisten.

Die Unterlagen für die neue Kundin sind schnell zusammengesucht. Dann noch ein Blick auf die Frisur. So richtig hat sie sich noch nicht an die kurzen Haare und diese Farbe gewöhnt. Aber noch während sie eine Strähne ihres Ponys aus der Stirn streicht, fällt schon die Tür hinter ihr ins Schloss.

Ein gelber Mini vor dem Haus bringt sie zum Schmunzeln. Demnächst würde sie sich auch endlich wieder ein Auto anschaffen. Sie kann ja schließlich keine Kunden ablehnen, nur weil kein Bus dorthin fährt oder ein Taxi zu teuer ist.

Bis zur Kanzlei des Anwalts sind es nur drei Querstraßen, für die sie zu Fuß keine zehn Minuten braucht. Ein paar knarrende Stufen durch das großzügige Treppenhaus, und nach einem kurzen Läuten steht sie unvermittelt einem Mann im grauen Anzug gegenüber. Er ist deutlich älter als Milla, aber sein sympathisches Lächeln kann sie nur erwidern.

Scheinbar irritiert kratzt er sich an der Stirn. »Tut mir leid, meine Damen sind gerade nicht da«, entschuldigt er sich, als sie ihm durch ein leeres Vorzimmer folgt.

»Ihre *Damen*? Ach so, kein Problem!«, entgegnet sie mit einem nachdenklichen Blick auf die zerknitterte Rückseite seines Anzugs. Ein höfliches Lachen bringt sie allerdings nicht mehr zustande. Als der Anwalt die Tür zu seinem Besprechungszimmer öffnet, schreckt sie deutlich zurück.

»Entschuldigung. Seit meine zweite Assistentin ihr Kind bekommen hat, bleibt leider einiges liegen.« Hilflos fährt er sich durch die Haare und befreit dann den Besucherstuhl von zwei geöffneten Ordnern. Am Boden liegen schon einige Bücher, noch mehr Ordner und Zeitungen, und so kommt jetzt noch etwas dazu.

Da hat wohl jemand ein Problem, denkt Milla. Schweigend knabbert sie an ihrer Unterlippe. Eigentlich wäre das ein Job für sie, hier für Ordnung zu sorgen. Aber jetzt geht es ja um etwas ganz anderes.

Er nimmt ihr gegenüber Platz. »So, Frau Bahrens, ich habe schon von Ihrer Freundin Emilia einiges zu der Sache gehört. Und ich habe mich auch« schon ein bisschen schlaugemacht«, steigt Reinhard Müller sachlich in das Gespräch ein. »Sie waren übrigens unser heißestes Thema beim letzten Juristenstammtisch!«

Es kommt ihr so vor, als würde er plötzlich das Thema wechseln. Dann fängt er auch noch lauthals zu lachen an. Dass Millas Gesichtsausdruck immer ernster wird, scheint ihn zusätzlich zu amüsieren.

Was für ein Idiot! Sie ist kurz davor, auf dem Absatz kehrtzumachen.

Erschrocken hält er sich den Mund zu. »Entschuldigen Sie bitte!« Er hat wohl endlich bemerkt, dass er sich gerade auf ihre Kosten lustig macht. Seine gute Laune legt er allerdings nicht ab, sondern schwenkt schnell über zu einem netten Schmunzeln. »Was erwarten Sie eigentlich? Gefängnis? Eine hohe Geldstrafe? Glauben Sie wirklich, irgendein Richter würde sich da groß mit befassen wollen?«

Bei jedem seiner bestimmt geäußerten Sätze wird Milla auf dem Besucherstuhl kleiner.

»Nein, Frau Bahrens«, fährt er fort, »damit würde sich keiner lächerlich machen wollen.« Deutlich einfühlsamer scheint er sie von ihren Schreckgespenstern erlösen zu wollen.

»Wirklich?« Langsam kommen seine Worte in Millas Kopf an. »Wissen Sie, welch großen Stein Sie mir damit von der Seele nehmen? Neulich sind wir in eine Polizeikontrolle geraten. Wir waren etwas zu schnell, und Emi hatte kein Geld dabei. Der eine Polizist hat dann die Beschriftung auf dem Geldschein gesehen. Ich bin knallrot geworden, und wer weiß, wenn auf einem weiteren Geldschein auch noch was draufgestanden hätte ...«

»Das wäre zumindest verdächtig gewesen. Man hätte sie sicher genauer befragt. Auf jeden Fall ist es vom Tatbestand her Sachbeschädigung, obwohl der reelle Wert der jeweiligen Sache ja nun sehr gering ist. Allerdings könnte es bald Trittbrettfahrer geben, aber das muss wohl nicht unsere Sorge sein.«

»Es war einfach nur eine blöde Idee! Ein paar Tage vorher hatte ich im Supermarkt auch so eine Begegnung. Die Kassiererin hatte gleich zwei von meinen Scheinen in der Hand und hat mir verschwörerisch zugezwinkert. Ich wusste gar nicht, wo ich hinschauen sollte.«

»Sicher es wird vielleicht langsam eng, wenn sie die Scheine nicht kontrollierter ausgeben. Die Idee finde ich aber überhaupt nicht blöd«, protestiert Müller mit einem Augenzwinkern, zieht einen Geldschein unter seiner Schreibtischunterlage hervor und hält ihn Milla vor die Nase. »Sehen Sie, ich bin auch ein Fan von Ihnen!«

Jetzt haben sie einen Grund, gemeinsam zu lachen.

Allerdings, kontrollierter ausgeben, war das jetzt schon die Anstiftung zu einer Straftat?

»Eigentlich war es sogar eine geniale Idee. Haben Sie überhaupt mitbekommen, was durch Sie alles passiert ist?«, fragt er grinsend. »Der Urheber ist zwar noch nicht bekannt, aber ...« Er hielt Milla einen Ausschnitt aus der hiesigen Tageszeitung unter die Nase.

»Natürlich, wie soll ich das nicht mitbekommen haben? Aber da steht ja nur, dass alle begeistert sind, und dass keiner weiß, dass ich das war. Das ist auch gut so.« Milla schielt auf die Uhr hinter Müller im Regal. »Oh, ich muss schon wieder gehen, meine Kundin …« Sie hebt die Schultern fast bis zu den Ohren. »Ich hab leider einen Termin, aber Sie haben mir sehr geholfen, Herr Müller. Ich lasse Ihnen meine Karte hier wegen der Rechnung.«

»Wir werden uns schon einig.« Beim Blick auf die Visitenkarte hüpfen Müllers Augenbrauen in die Höhe. »Ordnungsliebe 4.0, Planung und Organisation für alle Lebensbereiche«, liest er vor. »O je!«

»Auf der Rückseite finden Sie meine Kontaktdaten«, sagt Milla und steht auf.

»Ich war schon immer ein bisschen chaotisch.« Mit ausgebreiteten Armen weist er auf sein beispielhaftes Umfeld, während er sie zum Ausgang begleitet.

»Und ich lebe davon. Vielleicht treffen wir uns mal bei Emi im Café oder Sie rufen mich an. Rufen Sie mich auf jeden Fall an!«

»Ich bezahle aber nicht mehr mit Karte!« Den beschrifteten Geldschein aus der Tasche ziehend, entlässt er sie lachend mit einem herzlichen Händeschütteln.

Milla versteht nicht gleich, was er damit meint, aber im Treppenhaus dreht sie sich noch einmal um und sagt: »Tschüss und danke! Und das freut mich!«

Und sicherer fühlt sie sich heute schon, auf jeden Fall sicherer als vor ein paar Wochen, als alles begann.

1

Dieses am Ende total wichtige Vorstellungsgespräch, mit dem alles begann, lag noch nicht einmal acht Wochen zurück … schon komisch.

Recht elegant war ihr das dunkle Kleid mit der weißen Schleife erschienen. Genau richtig, um einen guten Eindruck zu machen. *Hingabe, Gelassenheit und Freude* stand auf dem silbernen Kettenanhänger. Vor einiger Zeit hatte sie die Worte aus einer Laune heraus in eine kleine, flache Silberplatte prägen lassen, nicht einmal teuer. Sie hatte die Kette noch nie getragen, aber vielleicht würde sie ihr heute Glück bringen.

Der seidige Stoff des Kleides glitt über ihren Körper. »Einfach genial!«, beglückwünschte sie ihr Spiegelbild. Schade, dass sie gestern nicht daran gedacht hatte, sich die Fußnägel zu lackieren. Jetzt war es zu spät; also keine Sandalen. Vielleicht wäre noch Zeit gewesen, aber sie merkte, dass sie langsam nervös wurde. Milla ließ ihren Blick über das kleine Schuhregal schweifen. Kurz entschlossen schlüpfte sie in die schwarzen Pumps. Ein bisschen warm für einen Sommertag, aber ein Vorstellungsgespräch dauerte ja nicht ewig. So richtig der Typ für hübsche Kleider war sie nie gewesen. Am wohlsten fühlte sie sich in ihrer lila Latzhose, obwohl ihre, wie sie fand, zu großen Brüste hinter dem Latz nicht so vorteilhaft zu Geltung kamen. »Immer diese Möpse«, machte sie sich manchmal selbst darüber lustig, wenn wieder etwas verrutscht war. Dass diese Brüste durchaus hübsch verpackt waren, auch jetzt unter dem eleganten Kleid, interessierte im Moment eh niemanden. In ihrer Nähe gab es gerade kein beachtenswertes männliches Wesen.

Eigentlich wollte sie noch ein drittes Mal zur Toilette. Sie war einfach nervös, aber jetzt war keine Zeit mehr dafür.

»Wow! Du hast dir heute aber Mühe gegeben!«

Normalerweise interessierte es Milla nicht, was ihre Nachbarin, die schrille Claire, von ihr hielt, aber heute baute es sie auf.

»Ja, ich muss gleich besonders gut aussehen!« Sie erzählte kurz von dem bevorstehenden Termin.

»Du siehst wirklich klasse aus, ich drück die Daumen!«

»Ich hoffe sehr, dass es hilft!« Mit einem angespannten Lächeln ließ sie Claire im Flur zurück und trat auf die Straße. Draußen schien sogar die Sonne auf ihrer Seite zu sein. Wegen ihrer Anspannung leicht fröstelnd, machte sie sich auf den Weg zur Werbeagentur *Seriodesign*. Milla versuchte, sich auf das bevorstehende Gespräch einzustimmen. Ihr Handy verkündete den Eingang einer SMS. »Jetzt nicht!«, fluchte sie leise. Fahrig nahm sie das Gerät aus der Tasche und stellte es aus.

Seit über einem Jahr war Milla jetzt schon ohne einen richtigen Job. Sie hatte längst aufgehört, die Bewerbungsschreiben zu zählen, die sie beinahe jede Woche zur Post brachte. Seit sie nach Rosenau gezogen war, hatte sie überhaupt nur Angebote für nicht gerade vielversprechende Zeitarbeitsjobs bekommen. Und jetzt dieser Termin; sie versprach sich schon einiges davon. Und ihr Konto brauchte dringend eine Finanzspritze.

Auf dem Kopfsteinpflaster knickte sie mit dem linken Fuß um — die blöden Absätze. Bei dem schönen Wetter waren die Straßen voll. So war es ihr auch nicht möglich, auszuweichen, als sie plötzlich von einem struppigen Hund angesprungen wurde. Für einen Außenstehenden sah es eher wie anstupsen aus, aber sie war heute etwas empfindlich.

»Scooter, muss das jetzt sein!«, kam aus dem Hintergrund die

Stimme eines jungen Mannes in Handwerker-Latzhose. Er war sofort von einem der Außentische eines Cafés aufgesprungen.

»Blöder Kö ...« Weiter kam Milla nicht. Erschrocken hielt sich den Mund zu und merkte, wie ihr das Blut ins Gesicht schoss. Ihr Blick wanderte von der schwanzwedelnden, graubraunen Promenadenmischung zu dessen Herrn.

»Sorry, das macht er sonst eigentlich nicht.« Der junge Mann schien ehrlich erschrocken.

»Tut mir auch leid«, sagte Milla versöhnlich. »Du bist sicher ein ganz netter Hund, aber ich hab gerade gar keine Zeit.« Sie blickte an ihrem Kleid hinunter. »Alles gut!« Das bisschen Staub war schnell weggewischt, aber unglücklicherweise glitt ihr dabei die Mappe mit den Bewerbungsunterlagen aus der Hand. »Er hat wohl Simon gerochen, meinen Kater«, geriet sie hilflos ins Stottern.

»Ist wirklich alles gut? Ich würde selbstverständlich die Reinigungskosten übernehmen«, sagte das Hundeherrchen verlegen. Sie waren schon gemeinsam in die Knie gegangen und klaubten die verteilten Blätter planlos vom Pflaster auf, wobei das freudige Schnüffeln des Hundes nicht gerade unterstützend wirkte.

»Oje, ich muss jetzt auch weiter«, sagte sie hektisch, verfing sich dabei allerdings in seinem Blick. Für einen Augenblick hielten beide den Atem an. Dann stand sie blitzschnell auf, und der Zauber war vorbei. »Tschüss dann!«

Ihm fiel nichts ein, um sie aufzuhalten. »Tschüss, aber vielleicht sieht man sich ja mal wieder ... Kaffee oder ein Eis vielleicht«, rief er ihr leicht hilflos hinterher, bevor er zurück an den Tisch ging. Scooter nahm vor ihm Platz und wedelte dabei erwartungsvoll mit dem Schwanz.

Seine Haare sind genauso strubbelig wie sein Hund, und ganz so jung ist er dann wohl doch nicht, schoss es Milla beim Weiterlaufen durch den Kopf. *Aber dieser Geruch, irgendwie tierisch,*

mehr noch als Hund. – Hallo! Gedanken bitte zum Vorstellungsge-
spräch! Was soll das jetzt?

Beim Gehen brachte sie noch einmal einigermaßen Ordnung in ihre sorgfältig vorbereitete Bewerbungsmappe, obwohl ein paar der Blätter etwas gelitten hatten.

Am liebsten hätte sie sich noch einmal umgedreht. Aber dazu war keine Zeit, bloß nicht! Da ging's lang. Sie musste an den Job denken! Aber vielleicht sah man sich wirklich einmal wieder.

2

»Hübsche Rundungen, Robert.« Der Freund des jungen Mannes konnte sich ein provokantes Grinsen nicht verkneifen. Er war am Tisch sitzen geblieben und hatte die Szene amüsiert beobachtet.

Hoffentlich hat sie das nicht mehr gehört, ging es Robert durch den Kopf. Er sah Milla hinterher, während er die Röte in seinem Gesicht spürte.

»Du bist ein Idiot, Carlo«, wandte er sich genervt an seinen Begleiter.

»Wieso? Man muss dir doch endlich mal auf die Sprünge helfen.«

»Quatsch! Was weißt du schon. Du stehst doch eh nur auf solche Hungerhaken!« Er fühlte sich nicht wohl und wurde etwas lauter. Da war immer noch eine offene Wunde. »Lass es einfach, Carlo! Dieses Frauenthema nervt!« Wütend legte sich seine Stirn in Falten.

»Also echt, Robert! Wie lange ist Moni jetzt weg? Du solltest langsam wieder anfangen zu leben! Und überhaupt – hab ich das jetzt falsch verstanden, dass du sie wiedersehen willst?«, hakte Carlo unbeirrt weiter nach.

Robert sah sich verlegen um und antwortete nicht mehr. Hier

in der Öffentlichkeit war die Diskussion für ihn beendet. Er kraulte das rechte Ohr des Hundes. Die weiteren Worte des Freundes hörte er nur noch wie durch Watte.

Moni? An Monika, die ihn wegen eines Jobs in London schon vor über einem Jahr verlassen hatte, wollte er nicht erinnert werden. Freunde hatten sie bleiben wollen, aber auch daraus war nichts geworden. Karrierefrau und Handwerker – das passte einfach nicht. Als sie damals ganz neu in die Kanzlei von Carlos Vater gekommen war, hatte er sich Knall auf Fall verliebt. Ihre Karriere schien ihr allerdings wichtiger gewesen zu sein als ihre Liebe. Diese dauernden Geschäftsessen mit irgendwelchen Mandanten hatten ihn sowieso genervt. Doch ob er schon bereit war für etwas Neues? Bisher hatte er vermieden, sich darüber Gedanken zu machen.

»Hallo?« Carlo runzelte die Stirn.

»Jaja, ich denk darüber nach.«

»Und? Wollen wir los? Es ist gleich Fütterungszeit!«, wechselte der Freund versöhnlich das Thema.

Mit dem Rad war es nicht allzu weit. Die beiden wohnten am Stadtrand, dort, wo die Grundstücke etwas größer waren und es schon fast etwas ländlich anmutete. Im Innenhof warf sich der Hund hechelnd ins Gras. Zwei Schweine, zwei Männer und ein Hund als Hinterhofwohngemeinschaft, das war auch in einer Kleinstadt wie Rosenau ein ungewöhnliches Idyll.

Die beiden waren schon seit der Schulzeit befreundet. Robert war nach dem Abi in der Nähe von zu Hause geblieben und hatte kurz nach Lehre und Meisterprüfung die Tischlerwerkstatt seines alten Meisters übernommen. Das Haus mit der alten Werkstatt und dem Innenhof zwischen zwei alten dreistöckigen Miethäusern mit kleinen Balkonen und Gärten bot nicht allzu viel Platz. Ein großer Maschinenpark wie in vielen professionellen Tischlereien war so auch nicht realisierbar gewesen. Robert hatte sich auf hochwertige, handgefertigte Echtholzfenster spezialisiert und übernahm ansonsten hauptsächlich Restaurationsaufträge. Damit hatte die Tischlerei Robert Severin am Markt eine nette Nische für den kleinen Betrieb eingenommen. Es passte irgendwie, besonders, weil er am liebsten alleine arbeitete, und wenn er doch mal Hilfe brauchte, gab es ja immer noch Carlo.

Das Leben seines Schulfreundes war am Anfang ganz anders verlaufen. Mit neunzehn war Carlo im Sommerurlaub in einer Pariser Boulangerie hängen geblieben. Madeleine hieß die hinreißend schöne Tochter von Bäckermeister Albert. Nach gut einem Jahr war es mit der jungen Liebe jedoch vorbei. Aus Carlo war in der kurzen Zeit bereits ein recht guter Bäcker geworden, wenn auch ohne Befähigungsnachweis. Backen war seine Leidenschaft.

Zurück in Deutschland hatte er dann nach einer verkürzten Lehrzeit den Gesellenbrief in der Tasche. Mit Paris im Lebenslauf konnte man immer punkten im Bäckerhandwerk – und bei den Frauen. Übers Rezepteaustüfteln mit Kollegen gelangte er irgendwann in den Bereich Lebensmittelchemie. Jetzt war er schon einige Jahre bei *Winfood*, einem großen Lebensmittelkonzern, in der Produktentwicklung beschäftigt.

»Mit dem wahren Leben hat das nicht mehr viel zu tun«, beschwerte er sich oft bei seinen Freunden, »aber was macht man nicht alles für Geld!« Außerdem wusste er die angenehmen Arbeitszeiten zu schätzen. »Ausschlafen und langes Wochenende sind auch nicht übel!«, rief er sich manchmal selbst in Erinnerung. Und mit Robert zusammenzuwohnen, das war genau der richtige Ausgleich zum geregelten Alltagstrott.

Sie hatten die große Wohnküche und das Badezimmer im Untergeschoss vor der Werkstatt gemeinsam renoviert.

Oben hatte sich dann jeder ein Schlafzimmer und ein Gästezimmer allein eingerichtet. In den restlichen teilweise sehr kleinen

Kammern bewahrte Robert Holzvorräte und Werkzeug auf, und draußen unter einem Schauer gab es noch ein größeres Holzlager.

Es war urig, aber die beiden fühlten sich nicht beengt. Es war ein bisschen, wie niemals erwachsen werden. Das konnte man zumindest denken, wenn man die Freunde so sah.

»Du Morris, ich Jimbo«, verteilte Carlo nach der Fütterung die Krauleinheiten für die beiden Schweine, die im Hof eine nette Hütte hatten. Frei rumlaufen konnten sie beinahe auf der gesamten Rasenfläche, denn zum Schutz gab es eine sichere Einzäunung. Vor gut fünf Jahren hatte Robert den kleinen Jimbo zum dreißigsten Geburtstag von ein paar Freunden bekommen. »Du kannst ihn dickfüttern, dann gibt's lecker Spanferkel.« So hatten sich die Kumpels die Zukunft von Jimbo vorgestellt. Doch Robert war er nur allzu schnell ans Herz gewachsen, und so holte er wenig später Morris dazu, einen Bruder von Jimbo. Die beiden waren männliche, kastrierte und nicht ganz reinrassige Bentheimer Schweine. Sie waren beide weiß, mit schwarzen Flecken, sahen aber völlig unterschiedlich aus. Normalerweise hatten alle Schweine dieser Rasse Schlappohren, die teilweise sogar die Augen verdeckten. Umso auffälliger war der inzwischen wirklich große Morris, dessen linkes Ohr keck nach oben stand. Damit machte er immer einen besonders aufmerksamen Eindruck.

Gleich nach dem Füttern war es immer ruhig im Gehege. Verdauungskoma! Die beiden Schweine lagen ausgestreckt im Gras. Von richtigem Gras konnte allerdings nicht mehr die Rede sein. Schweine wühlten eben nach Herzenslust alles um. Jetzt grunzten sie ihre beiden menschlichen Freunde genussvoll an. Scooter legte sich außerhalb des Gatters auf den Boden, wo noch ein wenig Rasen wuchs. Er ließ sich genauso gerne kraulen wie die beiden anderen Vierbeiner.

»Vielleicht wär ich auch gern ein Schwein«, murmelte Robert entspannt vor sich hin.

Ja, er liebte die Tiere wirklich, womöglich sogar mehr als je eine Frau, kam es Carlo manchmal in den Sinn. »Schweine sind wenigstens ehrlich«, äußerte auch er sich nachdenklich. Mittlerweile zweifelte Carlo etwas an der Liebe seiner Freundin Claudia, die auch bei *Winfood* angestellt war. Assistentin der Geschäftsleitung war ein gut bezahlter Job, und so plante sie bereits ihr zukünftiges Zusammenleben in allen Details. Dass er immer noch bei Robert wohnte, passte ihr gar nicht.

»Oh wie süß!« So und ähnlich klangen ihre anfänglichen Kommentare zur Anwesenheit der Schweine.

Das hatte sich leider schnell gewandelt. »Und vergiss nicht, vorher zu duschen!«, bekam er jetzt meistens zu hören, wenn sie sich in Claudias kleiner Wohnung trafen oder in einem ihrer trendigen Lokale verabredet hatten. In der Männer-WG war sie schon lange nicht mehr aufgetaucht. Scooters Hundehaare waren auch ein Grund dafür.

Aber seinen Vollbart, den sie am Anfang so männlich fand, ließ er sich von ihr – neben einigen anderen männliche Eigenheiten – nicht ausreden. Blöde Witze und übertriebenes Machogehabe, er provozierte sie nur zu gern. Gelegentlich war es ein richtiger Kampf. Unermüdlich versuchte sie, ihm ihren Lifestyle-Stempel aufzudrücken. Eine nette Eigentumswohnung in Büronähe war im Moment ihr wichtigster Plan für die gemeinsame Zukunft. Einmal hatte sie ihn schon zu einem Besichtigungstermin gelockt. Sie war geradezu hingerissen gewesen von dem sterilen Loft. »Och, schau doch nur, wie süß, der kleine Balkon. Stell dir vor – wir am Sonntag hier beim Frühstück!«

Für Carlo ging diese Art von Yuppie-Wohnung gar nicht. Zum Glück konnte er sich bei der Preisdebatte mit dem Makler aus der Situation retten. Claudia hatte seitdem immer wieder versucht, ihn mit dieser Sache zu konfrontieren. Er wechselte in solchen

Situationen meistens schnell und konsequent das Thema. Überhaupt war er nicht sicher, ob sie tatsächlich zusammenpassten. Bevor man eine gemeinsame Wohnung kaufte, sollte man vielleicht eine Zeit lang zusammengewohnt haben.

Carlo nahm sich vor, das Thema am Abend direkt auf den Punkt zu bringen. Wenn er es von sich aus anschnitt, dachte er zuversichtlich, hatte er einen strategischen Vorteil.

»Aua!« Morris hatte begonnen, an Carlos Daumen zu knabbern, als die Streicheleinheiten ausblieben. Es blutete ein wenig, und der aufgeschreckte Scooter war sofort zu Stelle.

»Ja. Ehrlich, aber brutal!« Robert hatte gut lachen.

Bei Schweinen sollte man nicht träumen. So ein Biss konnte richtig übel ausgehen, auch wenn Jimbo und Morris sonst lieb waren.

»Ich war wohl nicht bei der Sache«, stellte Carlo fest.

»Claudia? Hab ich recht?« Robert wusste, dass sein Freund nicht zufrieden war mit seiner momentanen Situation. Eine Frau um jeden Preis – das war für ihn total suspekt. »Red halt mit ihr«, schlug er vor. Die Situation nervte schon lange, auch ihn.

»Hab ich mir auch grad überlegt.«

3

Ein Latte Noci im Café war genau das Richtige nach diesem Vorstellungsgespräch. Trotz Sparplan musste sie sich jetzt etwas gönnen. Emi war zwar großzügig, aber Milla konnte das nicht immer annehmen.

»Geht aufs Haus, Süße!« Emilia sah ihrer Freundin an, dass der Termin wohl nicht allzu positiv gelaufen war. »Io credo che, ich glaube, du hast eine kleine Aufmunterung dringend nötig. Und was denkst du so?«

»Danke, Kleines. Ach ich weiß nicht recht.« Milla war mit ihren eins achtundsiebzig fast zwanzig Zentimeter größer als die quirlige Halbitalienerin. »Du bist auf jeden Fall eine echte Freundin. Der alte Manske fand meinen Aufzug etwas zu *bieder*, wie er sich ausdrückte.« Guido Manske war der Chef der Werbeagentur *Seriodesign*, aber so alt war er nun auch nicht. »Findest du, dass ich bieder wirke? Und das große Büro …, dieses ganze Gewusel bin ich nicht mehr gewohnt. Alles richtig stylisch und im Eingangsbereich so eine riesige, wahnsinnig edel aussehende Orchidee, kein Staubkörnchen auf den glänzend schwarzen Fliesen. Keiner hatte richtig Zeit, was zu erklären. Und überhaupt … er sucht jemanden als Empfangsdame! In der Stellenanzeige stand aber was von anspruchsvoller Multitasking-Aufgabe.«

»No, no, Süße. Da würdest du dich glatt unter Wert verkaufen!«, versuchte Emilia ihre Freundin zu trösten. Sie wusste schließlich, wie viel Zeit und Energie Milla in ihre Ausbildung zur Grafikdesignerin investiert hatte. Ihre Zeugnisse konnten sich sehen lassen.

»Außerdem stimmt es nicht, dass du heute bieder aussiehst! Der Typ da in der Ecke findet das, glaube ich, auch nicht. Er schaut schon die ganze Zeit zu dir herüber.«

»Kein Interesse! Eleganter Schnösel!« Ihr Blick sagte den Rest. So leicht würde es nicht werden, mich heute wieder aufzubauen, dachte Milla mit einem Seufzer. »Na ja, ich bekomme schriftlich Bescheid, aber viel Hoffnung mache ich mir wirklich nicht«, sagte sie leise.

Emi wechselte gekonnt das Thema: »Hier, den Karton hat mir vorhin eine Kundin vorbeigebracht.« Sie reichte Milla eine Kiste mit Büchern. Das Café hieß *Emilias Büchercafé*, und bis zum Tod ihrer geliebten Freundin und Ersatzmutter Aurelia war es eine Antiquariatsbuchhandlung gewesen. Vor gut zwei Jahren war auch Emilia ohne Job gewesen. Die alten Bücher in den damals irgendwie finsteren Räumen waren ihr aber nicht genug. Für eine neue Gestaltung hatte sie ihrer Fantasie freien Lauf gelassen. Ein Café sollte es werden, und Emilia absolvierte ehrgeizig eine Ausbildung zur Barista. Sie wollte es zwar nicht so machen wie die großen Kaffeehaus-Ketten, aber die nicht ganz billigen Seminarwochenenden hatten ihr auf jeden Fall etwas Know-how und Selbstbewusstsein für dieses Geschäft eingebracht. »Allein auf meine italienischen Wurzeln kann ich mich nicht verlassen, no, nicht wahr?«, hatte sie gesagt. Ein möglichst professioneller Start war ihr wichtig gewesen.

Emilia war in Deutschland geboren. Ihr Vater war Deutscher und damit für die Familie ihrer italienischen Mutter absolut inakzeptabel gewesen. So hatte Emilia dann auch zum ersten Mal – gezwungener Maßen – nach dem tragischen Unfalltod ihrer geliebten Eltern italienischen Boden betreten. Sie war damals fünfzehn Jahre alt und kannte nur wenige italienische Wörter. Die deutschen Behörden waren froh gewesen, überhaupt Verwandtschaft von ihr ausfindig machen zu können. Ihr Vater war leider ein Einzelkind gewesen und seine Eltern zu dem Zeitpunkt schon lange verstorben. So war dann auch die Familie ihrer Mutter, besonders für das Jugendamt, die einzig akzeptable Lösung gewesen.

Bei Onkel und Tante, Oma und den zahlreichen Cousinen und Cousins wurde Emilia in Italien zwar respektvoll, aber sehr distanziert behandelt. Sie schaffte es, für sich klarzukommen, und als sie endlich achtzehn war, kehrte sie ohne viel Geld nach Deutschland zurück. Zum Glück hatte sie auch die deutsche Staatsangehörigkeit behalten dürfen. In Italien war sie im Ristorante der Familie für das Abspülen zuständig gewesen. Jeder musste da irgendwie mithelfen.

Das Ristorante war vielleicht letztlich der Ursprung für Emis Liebe zu ihrem Café.

Gleich in der zweiten Woche in Deutschland hatte sie großes Glück und traf Aurelia, die eine Freundin ihrer Mutter gewesen war. Aurelia besorgte ihr dann den Ausbildungsplatz in einem kleinen Friseursalon. Sie fühlte sich da recht wohl, vor allem fühlte sie sich bei Aurelia wohl. Endlich hatte sie wieder ein Zuhause. Auch mit der deutschen Sprache fühlte es sich gut an, obwohl bis heute noch einzelne Ausdrücke der temperamentvollen Sprache ihrer Mutter in ihrem Kopf herumgeisterten. Die Worte zu benutzen, war ein zauberhafter Spleen von ihr geworden.

Allerdings war ihr eigentliches Zuhause zu dem Zeitpunkt eine winzige Ein-Zimmer-Wohnung in einem riesigen Wohnblock; absolut anonym. Aber es waren nur ein paar Wochen gewesen, bis Aurelia bei ihrem ersten Besuch eine Einladung zum gemeinsamen Wohnen aussprach. Die gemietete Wohnung, die Emi heute noch bewohnte, lag nur drei Parallelstraßen vom Antiquariat entfernt, für zwei Personen etwas eng, aber sie hatten es geschafft, sich zu arrangieren. In Italien hatte man ihr wesentlich weniger Platz zugestanden.

Nach ihrer Ausbildung zur Friseurin wurde der kleine Laden von einer großen Friseurkette übernommen. Im neuen Salon war zwar alles stylisch, Emi musste nicht mehr irgendwelchen Omis die Dauerwellen legen, aber hier herrschte Konkurrenzdruck. Im ständigen Wettbewerb um einflussreiche Stammkundinnen und dicke Trinkgelder löste sich das gute Gefühl vom Anfang immer mehr auf. Sie blieb trotzdem fast drei Jahre, auch aus Bequemlichkeit. Als dann bei einer Umstrukturierung Entlassungen anstanden, war sie nicht sehr traurig, auch betroffen zu sein.

Bei ihrem Arbeitgeber ließ sie ihre modischen Frisuren zurück, die auch farblich vielen Trends gefolgt waren. »Oh je, deine schönen Haare!«, hatte sie nicht selten von Aurelia zu hören bekommen. Modische Frisuren waren nichts für die Antiquarin. Sie hatte

Emilias dunkelbraune Locken geliebt, mit denen sie aus Italien gekommen war und die sie schon von Emis Mutter kannte. Jetzt war
sie wieder eine süße kleine Italienerin. Ihre widerspenstigen, nicht
ganz schwarzen Locken fielen bis über die Schultern.

Neuanfang und Jobsuche gestalteten sich leider weitaus
schwieriger als vermutet. Auch die anderen Salons schienen gerade ihren Personalstamm zusammenzustreichen. Emi wollte
Aurelia natürlich nicht zur Last fallen, nahm einen Aushilfsjob in
einem Kiosk an und unterstützte Aurelia bei der Arbeit im Antiquariat.

Nicht lange nach Emilias Entlassung starb Aurelia allerdings an
einem Hirntumor. Es ging alles viel zu schnell.

Als einzige Stütze in der schweren Zeit war nur Freundin Milla
an Emis Seite. Die beiden hatten sich im Salon kennengelernt, als
Milla gerade neu in der Stadt war und sich aus Frust eine neue Frisur gönnte.

Sie hatte Emi so einiges erzählt von dem Chauvi Rainer, während sie ihren dezenten, brünetten Bob gegen einen auffälligen,
blonden Kurzhaarschnitt eintauschte. Milla hatte einen spannenden Job als Grafikdesignerin gehabt, und als ihr Chef den Laden
aufgab, war sie plötzlich ohne Job gewesen. Eine leichte Beute für
ihren Freund Rainer, der dann ganz plötzlich viel mehr arbeiten
musste, weil er ja zu Hause so einen wunderbaren Babysitter für
seinen Sohn Robin hatte. So war Milla auf ihrer Flucht aus der
Kleinstadt südlich von Stuttgart zufällig auf Emis Friseurstuhl gelandet.

Die Haare waren längst wieder lang, doch die beiden waren
seitdem beste Freundinnen.

Emilia, die am liebsten Emi genannt wurde, nutzte ihre Chance
und setzte alles auf ihre Geschäftsidee, die für den geerbten Laden
bestens geeignet war. Aurelia hatte ihr auch etwas Geld hinterlassen; einen dicken Briefumschlag, von dem keiner etwas wusste

und den sie so vor der Erbschaftssteuer bewahrte.

Der Laden und die Wohnung waren gemietet gewesen und die Einrichtungen alt, sodass die Überschreibung mit Aurelias handschriftlichem Testament und dem Wohlwollen aller Beteiligten keine größeren Schwierigkeiten mit sich gebracht hatte.

Nach einem halben Jahr nahm das Projekt *Büchercafé* langsam Form an. Auch die schnell aufkommende Begeisterung im Viertel gab Emi recht. Ihre Gäste liebten sie, die vielen Bücher und die frisch zubereiteten Spezialitäten. Sie hatte auch schon viele Stammkunden und Bücher konnten im Laden gelesen und auch für zu Hause ausgeliehen werden. Am Anfang hatte sie noch über ein kompliziertes Ausleihsystem mit Gebühren nachgedacht. Aber das hatte sie, wohl zum Glück, zeitlich nicht umsetzen können. Gelesene Leihexemplare fanden nahezu immer den Weg zurück ins Café. Im Nu waren sogar viele der alten Bücher gegen neuere, oft ladenfrische Exemplare ausgetauscht worden, die die Kunden ihr mitbrachten. Die Alten verschenkte sie dann einfach.

Dieser tollen Resonanz hatte sie auch die heutige Bücherkiste zu verdanken.

Millas Blick fiel noch einmal auf den Mann im Anzug, verriet aber weiter Desinteresse. In der gleichen Stimmung nahm sie den Karton mit den Büchern entgegen. »Alles ziemlich aktuelle Titel. Da hat es aber einer gut mit dir gemeint!«, stellte sie fest. Sie begann, die Kiste durchzustöbern. Vier Schlechtwetter-Sofa-Romane und auch mehrere Krimis namhafter Autoren aus dem skandinavischen Raum konnte sie gleich ausmachen. Es waren einige Exemplare dabei, die ihr nichts sagten, doch ein Titel sprach sie gleich besonders an.

Mit einem breiten Grinsen schnappte sie sich das Buch aus der Kiste! »Scooter Robinson!«, kam der Name des Autors ein wenig zu laut aus ihrem Munde. Ein paar andere Gäste drehten sich verwundert um, und auch Emilia blickte leicht irritiert in ihre Richtung. Das bemerkte Milla jedoch nicht, denn mit einem Schmunzeln erinnerte sie sich an den Zusammenstoß von vorhin. Gedankenverloren blättert sie die Seiten durch. Ihre Hände spürten noch einmal das weiche Fell des Hundes.

»Das muss ja wirklich ein tolles Buch sein.« Emilia war überrascht von der seltsamen Reaktion der Freundin, als sie mit einem Latte-Glas an den Tisch kam.

»*Living Words*«, las Milla ganz leise den Titel des Buches. »Vielleicht hast du recht. Ich kann ja mal reinschnuppern. Zeit hab ich immerhin genug!« Da war ein leichter Anflug von Zynismus, der in letzter Zeit immer häufiger bei ihr zutage trat.

Emilia nickte. »Lass ihn dir schmecken, bevor er kalt wird, pensaci, denk dran!« Sie wies auf den Becher, bevor sie sich wieder den anderen Gästen zuwandte.

Der nussige Noci-Sirup, der zur Lieblings-Geschmacksrichtung ihrer Stammkunden geworden war, gehörte zu Emis besonderen Kreationen. Nicht zu süß, ganz leicht bitter und etwas orientalisch war die Noci-Latte inzwischen geradezu ein Kultgetränk in der Gegend. Erst hatte sie sich noch gegen *Coffee to go* gesträubt, aber es wäre wohl verrückt gewesen, auf das Geschäft mit den vielen gestressten Büroangestellten der Umgebung zu verzichten. Die Kettenläden der Konkurrenz schienen ihre Existenz zwar im Moment noch weitgehend zu ignorieren. Das würde aber nicht immer so bleiben.

Emilia war wieder an Millas Tisch getreten. Die schmökerte immer noch in dem kleinen Buch und grinste dabei.

»Jetzt hast du doch den Kaffee kalt werden lassen, du alte Frevlerin.«

Milla nahm schnell einen Schluck, als ihr die lauwarme Tasse auch schon aus der Hand gerissen würde. »Prego Signorina! Für so gut gelaunte Kunden machen wir heute mal eine Ausnahme.« Zwei Minuten später stand ein neues, dampfendes Getränk auf dem Tisch.

Nun setzte sich Emilia kurz zu ihr. Im Café war es etwas ruhiger geworden, und vor dem nächsten Gast musste sie einfach erfahren, was Millas Stimmung so verändert hatte.

»Ich glaube, das Buch gefällt mir«, erklärte ihr die Freundin. »Nette Geschichten und ein paar echt coole Sprüche.« Sie hielt es Emi unter die Nase. »Scooter ist zufällig auch der Name von einem Hund, der mich vorhin angesprungen hat.«

»Und ich dachte immer, du bist eine Katzenfrau«, stellte Emi leicht irritiert fest.

»Vielleicht sollte ich mir wirklich einen Hund anschaffen«, träumte Milla vor sich hin. »Zeit hab ich ja!«

»Smettila, hör auf damit! Bald wohl nicht mehr. Dann hast du den neuen Job.«

»Ach was, man sollte sich nicht zu viel Hoffnung machen. Dann wird man wenigstens nicht enttäuscht.«

»Wieder einer deiner weisen Sprüche?« Millas Stimmungsschwankungen nervten sie. Zum Glück konnte sie sich um einen neuen Gast kümmern, der soeben den Laden betreten hatte. Ein ganz neuer Gast, stellte sie erfreut fest.

»Richtig kuschelig hier!« Der ältere Mann im eleganten Anzug geriet ins Schwärmen. Für die nette Atmosphäre im Café hatte Emilia schon viele Komplimente bekommen, aber sie wurde immer noch verlegen. Sicher, der Gastraum war nicht groß. Mit nur siebzig mal siebzig Zentimetern hatte sie dann auch bei der Wahl der Tische etwas Platz gespart, aber es gab keine Zwergenstühle wie in vielen anderen Cafés. Auf diesen Stühlen hier, alles in nicht zu dunkel gebeiztem Echtholz, konnte man auch durchaus länger bequem sitzen. An den Wänden hingen ein paar Bilder, die Milla extra für sie in der Stadt aufgenommen hatte. Durch die helle Wandfarbe kamen die ungewöhnlichen Perspektiven besonders gut zur Geltung. Emi hatte zwei von Aurelias alten Regalen aufarbeiten lassen. In Kürze sollte noch ein drittes neben der Tür zur Toilette aufgestellt werden. An den Regalen gab es noch die Ablagen aus dem alten Antiquariat, wo besondere Bücher vorgestellt wurden und hier hing auch immer eine Rezession dazu. Es waren Bücher, die Emi als besonders lesenswert eingestuft und auch selber gelesen hatte. Die Kunden freuten sich darüber. Schlechte Bewertungen mochte Emi nicht schreiben. Solche Bücher verschwanden dann in der Masse der anderen oder gar in einer Bücherkiste, wenn kein Platz mehr war. Für noch mehr Regale war allerdings auch kein Platz.

Ansonsten gab es auf den Tischen täglich ein einzelnes frisches Blümchen und natürlich den Duft von Kaffee und frischen Backwaren. Wenn Emi Glück hatte, würde sie demnächst auch ein paar Außenplätze anbieten können. Der Antrag war schon gestellt.

Dann könnte sie auch öfter mit ihrem Nachbarn scherzen, wenn sie draußen bediente. Luis, der nette, wohl aus Albanien stammende Gemüsehändler, war zwar in festen Händen und für Emi viel zu alt, aber er war immer bester Laune. Und die konnte sie genauso gut gebrauchen wie das frische Obst und die netten Blumen, die er ihr vom Großmarkt mitbrachte.

Milla bekam nur am Rande mit, dass die Freundin erneut verschwand. Viel zu sehr war sie versunken in den Gedanken an diesen strubbeligen Hund. Ihre Hand wischte nicht existierenden Staub vom Kleid, und im Kopf tauchte über dem Hund der nette junge Mann auf. Sie sollte gelegentlich die Straße entlanggehen. Irgendwas von *vielleicht sieht man sich mal wieder* hatte sie noch im Hinterkopf, ja, und *Eis* und *Kaffee*.

An seinem Tisch hatte noch dieser andere Mann gesessen; nicht ihr Typ, aber womöglich war ja der Hundebesitzer ein netter Single-Mann für sie?

Schluss mit der Träumerei! Sie hatte sich vorgenommen bei

Rose vorbeizuschauen, wenn sie zurückkam. Der älteren Dame aus ihrem Haus ging sie manchmal etwas zur Hand. Danach würde sie sicher müde sein, und es stand ein bisschen Fernsehen und Sofa auf dem Programm.

Vor der geplanten Reinigungs- und Aufräumaktion musste sie noch das ungewohnt elegante Kleid loswerden. Und dann war da ja noch der Kater.

»Wir sehen uns morgen, Emi.«

»Ciao Bella!«

4

Carlo war noch schnell unter die Dusche gesprungen, um gute Karten bei Claudia zu haben.

»Stimmt's, Scooter? Wenn man bei den Frauen was erreichen will … Ach was!« Der Hund beobachtete seinen großen Freund genau, als der sich noch einmal mit der Hand durch die nassen Haare fuhr. Leider durfte er nicht mit.

Als Claudia heute Mittag den Vorschlag gemacht hatte, sich auf ein Sushi beim Japaner am Bahnhof zu treffen, hatte Carlo nichts dagegen einzuwenden gehabt. Nach dem langen Arbeitstag war das keine schlechte Idee, auch wenn er für Sushi nicht viel übrig hatte. Einen Vorteil hatte die Lokalität jedenfalls: Man konnte sich ungestört unterhalten, und das stand für diesen Abend auf Carlos Plan.

Die Begrüßung fiel etwas frostig aus. Küsschen rechts, Küsschen links und dann wieder auf Abstand bis zum Tisch, an dem sie Platz nahmen.

»Die Wohnung«, fiel er dann auch sofort mit der Tür ins Haus. »Was hältst du davon, wenn wir erst mal eine mieten?« Er merkte schon, während er es aussprach, dass sein Tempo undiplomatisch herüber kam.

»Das wollten wir doch schon am Anfang.« Claudias Einwand klang leicht genervt, die krause Stirn verstärkte den Eindruck. Langsam fuhr sie sich mit einer Hand durch die langen Haare. Die Waffen einer Frau.

Carlo kannte Claudias Waffen nur zu genau. »Am Anfang war es zu früh, zu schnell. Jetzt wäre es gut durchdacht.« Sein Blick war offen und neutral.

»Wir leben doch beide schon lange genug in Mietwohnungen. Jetzt haben wir genug Geld und können uns endlich was Eigenes leisten. Und du weißt doch, Papa würde …«

»Hör bloß mit deinem Vater auf!«, fiel Carlo ihr ins Wort. »Ich hasse es, anderen etwas schuldig zu sein! Das weißt du genau!«

Der Verwaltungsbeamte Friedrich Mertens hatte einiges auf die Seite gelegt, auch für Töchterchen Claudia. Davon wollte Carlo schon aus Prinzip nichts wissen. Vielleicht war es auch die Erinnerung an sein eigenes Elternhaus, wo Zuwendung immer nur in materieller Hinsicht ein Thema gewesen war.

»Natürlich schaffen wir das auch allein! Dann dauert es eben ein bisschen länger. Und der Urlaub, naja …« Mit einer flüchtigen Handbewegung schien Claudia bestimmte Gedanken aus ihrem Kopf verscheuchen zu wollen. Auffordernd lächelte sie ihn an.

Carlo konnte ihr leider sehr charmantes Lächeln nur erwidern. Er war aber trotzdem nicht bereit, einfach klein beizugeben. Bei Robert hatte er sich nie wie in einer gemieteten Wohnung gefühlt, obwohl er Miete bezahlte, aber das ließ er jetzt außen vor. »Wir haben noch nicht mal zusammengewohnt. Da wäre das ein viel zu großes Risiko«, stellte er seine Bedenken in den Raum.

»No risk, no fun!« So schnell ließ sie nicht locker.

»Okay. Ich mache dir jetzt einen Vorschlag. Wir schauen uns in der nächsten Woche ein paar nette Mietwohnungen an. Dann sehen wir weiter.« Als er das aussprach, war sein Lächeln verschwunden, und Claudia wusste, dass sie ihn ernst zu nehmen hatte. »Mehr geht im Moment nicht. Verstehst du?«

Sie schien zu grübeln, während sie mit einer Haarsträhne spielte. Carlo wollte auch keine schnelle Antwort, er wollte ihr Zeit zur Einsicht geben. Schließlich hielt er sie durchaus für eine intelligente Frau »Lass uns jetzt gemütlich essen. Denk zu Hause in Ruhe darüber nach, dann sprechen wir zum Ende der Woche.«

Der Wein stand schon auf dem Tisch. Sie bestellten nur eine Kleinigkeit zum Essen. Es war offensichtlich, wie unwohl sich beide fühlten. Dass die Weinflasche halb voll zurückblieb, war ihnen bisher noch nicht passiert. Auch der Abschiedskuss war nur flüchtig.

Als Claudia dann außer Sichtweite war, entfuhr Carlo ein erleichterter Seufzer. »Irgendwie hab ich jetzt so richtig Lust auf Currywurst!« Er war mit seinem lauten Gedanken schon eine Straße weiter an seinem Lieblings-Imbiss. Auch für Robert ließ er sich eine Currywurst mit Pommes einpacken, während er den bitteren Nachgeschmack seines Dates mit einer Dose Bier herunterspülte.

»Wow, das ging aber schnell!«, kommentierte Robert das frühe Heimkommen seines Freundes. Er hatte es sich gerade am Abendbrottisch gemütlich gemacht und ließ sich sein Feierabendbier schmecken. Auch Scooter freute sich, sein zweites Herrchen wieder im Haus zu haben. Beine nach oben, auf dem Rücken liegend und mit einem Hundelächeln um die Schnauze bedankte er sich schwanzwedelnd für das Begrüßungskraulen. »Hunde sind wenigstens nicht so stressig wie Frauen«, murmelte Carlo lächelnd.

»Ich denk mal, es gibt solche und solche.« Robert hatte heute Abend keine Lust mehr auf eine Frauen-Frust-Diskussion. »Aber jetzt bin ich mehr für Currywurst!« Brot, Jagdwurst und Käse waren schnell weggeräumt. »Und ich mache uns noch ein Bier auf!«

Er wusste, womit er seinen Freund aufheitern konnte.

Der Wein eben war sowieso nicht Carlos Ding gewesen. Claudia achtete immer darauf, was gerade Trend war, und etwas kosten durfte es auch. Bier in der Öffentlichkeit fand sie einfach unmöglich. Wenn er jetzt darüber nachdachte, fragte er sich ernsthaft, warum er das Zusammenziehen mit ihr überhaupt ausprobieren wollte.

Er erzählte Robert kurz von dem Gespräch. »Irgendwie hoffe ich, dass Claudia auf meinen Vorschlag nicht eingeht«, offenbarte er Robert die verfahrene Situation.

»Das fällt dir ja im richtigen Augenblick ein. Sie weiß doch jetzt, dass das quasi ihre letzte und einzige Chance ist, dich endlich einzufangen.« Robert hatte ein klares Bild von Claudias Absichten. »Ich denke, sie wird auf jeden Fall ja sagen und dir ein paar nette Wohnungen vorführen. Dann ist sie wieder am Zug.« Mit diesem Blick in die Zukunft hatte er seinem Freund die Freude am Bier schnell verdorben.

»Ich glaube, ich muss morgen noch mal mit ihr reden«, sagte Carlo nachdenklich. Als sie die Würste verspeist hatten, nahm er für ein bisschen Ablenkung die Hundeleine vom Haken. Scooter sprang erfreut auf. »Ich brauch noch ein bisschen frische Luft, um den Kopf freizukriegen. Morgen wird ein harter Tag.«

Robert nickte teilnahmsvoll und sah seinem Freund hinterher. Die Tür zwischen Wohnküche und Vorraum hatte Carlo offen gelassen. So, wie er jetzt die Wohnung verließ, wirkte er sicher in seinem Entschluss. Bei ihm selbst stellte sich jedoch wider Erwarten keine rechte Freude über Carlos anstehendes Beziehungsende ein. So lange hatte ihn diese Frau schon genervt – aber jetzt? Er wusste es selbst nicht. Zwei Männer, ganz allein ohne irgendwelche Weiblichkeit im Hintergrund, das erschien ihm plötzlich hoffnungslos. *Vergiss es alter Junge.*

5

Es war nun doch etwas später geworden. Nachdem sie das Kleid im Schrank verstaut hatte, war sie kurz auf dem Sofa eingenickt. Aber kaum wieder wach, machte Milla sich gleich auf den Weg, eine Etage tiefer.

Rose Mittendorf war das, was man gemeinhin eine reizende alte Dame nannte. Zierlich, geradezu zerbrechlich war ihre Erscheinung, besonders in dem altrosa Strickkostüm. Eigentlich hieß sie Rosalia, aber von ihrem Mann, der sie bis zu seinem plötzlichen Tod vor fünf Jahren auf Händen getragen hatte, war sie immer Rose genannt worden.

Seit Milla sich ein bisschen um sie kümmerte, war aus dem formellen *Frau Mittendorf* auch schnell *Rose* geworden. Am Anfang, wenn Milla sie beim Vornamen nannte, hatten sie beide immer noch grinsen müssen. Mittlerweile war es zur Selbstverständlichkeit geworden.

Rose besaß viel zu viele und viel zu volle Schränke – gefüllt mit alldem, was sich über Jahrzehnte so angesammelt hatte. Die ersten Male hatte Milla sie nur auf einen Kaffee besucht; nicht mehr als nettes Geplauder unter Nachbarn. Zu der Zeit wusste sie noch nicht, was sich alles hinter den vielen Schranktüren von Frau Mittendorf verbarg. Doch als ihre Unterhaltungen persönlicher wurden, merkte Milla, welch eine Belastung diese übervolle Wohnung für die alte Dame war.

Es machte ihr Spaß, behutsam etwas Platz zu schaffen, auch für Neues. Einiges kam zum Trödler oder wurde im Internet zum Kauf angeboten, manches verschenkt. Viel Geld brachten die Sachen zwar nicht ein, aber für Milla war es immer wieder eine Freude, wenn sie Rose mit einer kleinen Summe überraschen konnte. Der Vorschlag, das so Verdiente später in ein paar schöne Regale zu investieren, stieß bei Rose auf Gegenliebe.

Heute hatte Milla zwölf Euro fünfzig für die Keksdose dabei, in der das Geld gesammelt wurde. Recht wenig für die wunderschönen Sammeltassen, die sie veräußert hatte, aber Rose strahlte übers ganze Gesicht. Ihr Kommentar »Nicht übel!« beim gemeinsamen Blick in die Gelddose, brachte Rose und Milla richtig in Stimmung. Dass der fast neue Wäscheständer und die Bierkrüge nichts eingebracht hatten, das war den beiden jetzt egal. Milla war überhaupt froh gewesen, dass sie die Teile in ihrem Bekanntenkreis verschenken konnte. Eine Freundin von ihr stellte sich gern mal auf den Flohmarkt und eine andere hatte ihr auch schon zehn Euro vorbeigebracht, weil sie etwas bei Ebay losgeworden war. So richtig im Müll gelandet war bisher eigentlich nichts. Rose Mittendorf war ja schließlich kein Messie. Sie hatte einfach ein Leben mit vielen materiellen Erinnerungen.

Heute wollten sie anfangen, einen großen Wäscheschrank auszusortieren. Beim Öffnen der Türen stockte Milla der Atem. Allein die riesigen Mengen an weißer Bett- und Tischwäsche waren unglaublich. Früher wurde diese Art von Aussteuerwäsche mit Monogrammen versehen. In dem Schrank gab es Wäsche mit sehr vielen unterschiedlichen Monogrammen. Zu jeder neu aufgefundenen Buchstabenkombination hatte Rose wunderbare Anekdoten über Menschen aus ihrer Familie zu erzählen. Sie selbst war kinderlos geblieben und das floss so manches Mal wehmütig in ihre Erzählungen ein. Vielleicht sah sie in Milla auch so etwas wie eine Tochter oder zumindest Enkelin und die beiden kamen deshalb so gut miteinander klar.

»Ach Milla, meine Liebe, ich bin so froh, dass ich dich habe«, wurde sie auch heute ein bisschen rührselig.

Diese nickte verlegen und meinte: »Da fällt mir übrigens zu den weißen Baumwollstoffen etwas ein. Meine Freundin Emi aus dem Café hat eine Bekannte, die aus solchen alten Stoffen neue Sachen näht – Gardinen und Kissen und so etwas. Sie färbt auch vieles ein und arbeitet mit Zierspitzen und Borten.«

»Na, das hört sich ja wundervoll an«, war Rose sofort begeistert dabei. »Womöglich lassen sich ja daraus ein paar nette Vorhänge machen.«

Mit dieser Idee wurden Millas Vorstellungen mehr als übertroffen. Sie war verblüfft von Roses Tatendrang. Die schweren, alten Samtvorhänge störten die junge Frau schon lange, aber sie hatte es sich verkniffen, der netten, alten Dame ihren modernen Geschmack aufzuzwingen. Sie respektierte es, dass Rose aus einer Zeit stammte, in der andere Werte von Bedeutung waren.

»Was hältst du von Altrosa mit ein paar hellgrauen Raffbändern?«, war Rose jetzt nicht mehr zu bremsen.

Milla brauchte eine Verschnaufpause. »Komm, lass uns einen Kaffee trinken. In der kurzen Zeit haben wir eine Menge geschafft. Ich muss die Stoffe ja auch erst mal an die Frau bringen!«

Rose konnte sich inzwischen vorstellen, um wie viel befreiter sie sich fühlen würde, wenn all das nutzlose Zeug verschwunden war. »Was meinst du, wann wir die neuen Regale kaufen können? Vielleicht könntest du ja auch alleine ...?« Da kam etwas Unsicherheit durch.

»Natürlich, ich mache das dann mit Emi«, konnte Milla die ängstlich dreinblickende Rose schnell beruhigen. »Aber erst mal schauen wir Kataloge an, ganz gemütlich hier auf dem Sofa. Ich wollte nächste Woche sowieso mit Emi zu *MOBIG*, dem Möbel-Riesen in Hamburg.«

»Ja, dieser große Möbel-Laden! Die machen sogar Werbung im Fernsehen. Ich habe nur schon lange nicht mehr so was Großes gekauft!« Roses erhitzte Wangen zeigten, welche Energie ihr die Vorfreude einbrachte.

»Emi wollte den Hinterraum von ihrem Laden in Angriff nehmen. Und überhaupt müsstest du endlich mal mit zu Emilia ins Café kommen.«

»Natürlich komme ich gerne. Bei dem, was du bisher alles erzählt hast, bin ich auch schon ganz gespannt. Sie heißt also richtig Emilia und du nennst sie meistens Emi?«

»Genau, jetzt muss ich aber auch nach oben. Mein Kater braucht ein bisschen Gesellschaft, und da gibt es auch noch einen kleinen Haufen Bügelwäsche.«

»Danke für alles. Eigentlich könntest du doch die Bügelwäsche auch ...«

»Kommt nicht in Frage!«, wehrte Milla ab. Aber Rose bekam als Dank für das Angebot noch eine stürmische Umarmung.

Es war wieder einiges zusammengekommen. Mit dem Arm voller alter Tischdecken und Bettwäsche fühlte sich Milla ziemlich müde, als sie an ihrer Wohnungstür ankam. Einen Moment aufs Sofa legen, danach würde sie ...

Es war Viertel vor zwei mitten in der Nacht, als Milla auf ihrem Sofa aufwachte. Simon hatte es sich an ihren Füßen bequem gemacht und rekelte sich jetzt entspannt auf dem Teppich. »Na mein Süßer, wir hatten ja beide noch gar kein Abendbrot«, stellte Milla schlaftrunken fest. Eigentlich sollte es nur eine kurze Verschnaufpause werden, aber dann waren ihr sofort die Augen zugefallen. Seit sie arbeitslos war, hatte sie keinen rechten Tagesrhythmus mehr. Schon öfter war es passiert, dass sie mitten in der Nacht aufwachte, weil sie sich am Nachmittag mal kurz hingelegt hatte. Simon störten diese neuen Gewohnheiten nicht. Er legte sich einfach dazu.

Jetzt war er natürlich trotz der nächtlichen Stunde hocherfreut, als die Dose mit dem Katzenfutter geöffnet wurde. Milla hatte auch Hunger und machte sich ein Käsebrot. In der Küche war es ihr allerdings zu frisch. Es war zwar schon fast Sommer, aber die Nächte waren noch empfindlich kalt. Da sie Heizkosten sparen wollte, war das Wohnzimmer längst zum Hauptaufenthaltsort geworden. So machte sie es sich dann auch wieder mit Brot und Tee am Sofatisch gemütlich. Eigentlich hätte sie jetzt den Fernseher anmachen können, aber ihr war nicht danach. Die Stille der Nacht verleitete oft zum Grübeln. *Ist das schon Einsamkeit?* Solche Gedanken hatte sie in letzter Zeit immer öfter.

»Okay, Simon, wir sind allein und ich hab keinen Job«, sagte sie kauend. »Aber wir haben doch wenigstens uns und müssen uns nicht ärgern lassen von irgendeinem Typen.«

Sie rief sich noch einmal den Vormittag in Erinnerung. In der Agentur beim Vorstellungsgespräch hatte sie nicht gerade geglänzt. Wegen der zerknitterten Blätter hatte sie sich entschuldigen müssen und ihre Gedanken waren, genau wie jetzt, noch halb bei diesem Hundebesitzer. Vielleicht war der Zusammenstoß ein Wink mit dem Zaunpfahl gewesen.

Auf dem Küchentisch vibrierte ihr Handy und ließ sie hochschrecken. Wer zum Teufel rief denn um diese Zeit an? Da das Klingeln nicht enden wollte, verzog sich der Kater ins Schlafzimmer. Eigentlich hatte Milla keine Lust, aufzustehen, aber dann siegte doch die Neugier.

»Emi, was ist passiert?«, meldete sie sich nach einem kurzen Blick auf das Display. Sie war auf das Schlimmste gefasst.

»Die Sommermonde sind verbrannt. Ich bin einfach eingeschlafen. Du weißt doch, dass ich immer beide Bleche auf einmal ... und jetzt hab ich gar keine. E´ troppo tardi, es ist zu spät!« Emilia hörte sich hektisch an, sie sprach laut und schnell.

»Ich bin auch gerade wach geworden. Aber was machst du um diese Zeit überhaupt noch am Herd? Mit solchen Aktionen kannst du die ganze Bude abfackeln!«

»Ach Milla, sei nicht sauer! Im Laden war es so gemütlich und dann hab ich bei meiner Planung für hinten ganz das Backen vergessen. Und dann war es schon so spät, als ich in der Wohnung war«, versuchte sie die Freundin zu besänftigen. »Bloß jetzt hab ich keine Kekse für morgen. Teig ist zwar noch da, aber ich muss ja erst mal die verkrusteten Backbleche sauber machen. Ich bin total erledigt, und du weißt, dass ich danach noch die Schnecken backen muss. Ma cosa dici, was sagst du?«

Milla atmete tief durch. »Du weißt ja, dass Backen nicht so mein Ding ist. Morgen sind also die Sommermonde an der Reihe? Ich könnte es natürlich mal versuchen.«

»Ach, du bist wirklich ein Engel. Grazie!«

»Wie ein Engel seh ich zwar gerade nicht aus ... ach, egal. Ich hab ja schon ein bisschen vorgeschlafen. Ich komm gleich bei dir vorbei und hole den restlichen Teig und das Rezept.«

»Super! Ich pack alles zusammen.«

Als sie das Gespräch beendet hatte, entdeckte Milla die ungelesene SMS vom Nachmittag.

»Rainer!« Den Namen ihres Ex-Freundes zu lesen, ließ sie leicht frösteln. Warum hatte sie seine Nummer überhaupt noch gespeichert? Es irritierte sie, was sein Name immer noch in ihr auslöste. Sie traute sich nicht einmal, die Kurznachricht sofort zu lesen. Sie könnte sie auch löschen. Außerdem war jetzt keine Zeit dafür, Emi brauchte sie. »Super Ausrede«, musste sie sich selbst loben. Sie steckte das Handy einfach in die Tasche, schlüpfte in Schuhe und Jacke und machte sich auf den Weg zu Emilia.

Eigentlich war es draußen nicht sehr kalt, aber sie zog die Jacke eng um ihren Körper. Sie musste nur drei Straßen gehen. Allein und in der Dunkelheit kam es ihr aber deutlich weiter vor.

»Du siehst aber auch nicht gut aus! Cosa ti è successo, was ist mit dir los?« Emilia war ganz erschrocken beim Anblick der blassen Freundin.

»Rainer hat sich gemeldet. Eine SMS. Ich hatte das Handy doch aus, als ich bei Manske war.«

»Ja und? Was will der Typ?«

»Ich hab's noch nicht gelesen. Wollte nur schnell los.« Jetzt nahm sie das Handy aus ihrer Tasche, es brannte ihr förmlich in der Hand. Mit einem tiefen Atemzug und einem Fingertipp öffnete sie die Nachricht. Sie begann leise zu lesen. »*Hallo Kleines, muss grad an dich denken!!! Wie geht's dir so?*« Milla konnte nicht weiterlesen, legte das Telefon mit dem Display nach unten in die Mitte des großen Küchentisches. Sie merkte, dass ihr die Röte ins Gesicht stieg. »Gott, ist das peinlich!«, entfuhr es ihr.

»Come, wie bitte? Ach was, peinlich! Das ist ein Idiot! Der Kerl geht wirklich gar nicht!« Emilia war jetzt richtig erbost. Sie kannte schließlich die ganze Geschichte.

Milla nahm ihren Mut zusammen und griff erneut zum Handy. »*Hab dich immer noch nicht vergessen. Bin grad in deiner Nähe, wegen eines Jobs. Vielleicht hast du ja Lust, mich mal wieder zu sehen. Melde mich die Tage mal. Alles Liebe, Rainer.*«

»Lösch es einfach! E´ troppo, das geht zu weit! Es gibt doch, im Handy diese Funktion, eine Nummer komplett zu blockieren, oder? Dann kann er dich nicht mehr anrufen und dir keine blöden Nachrichten mehr schicken.« Emilia war in ihrer Wut über Rainer voller Tatendrang.

»Ja, gibt es das? Das mach ich dann morgen«, versprach Milla mit leiser Stimme, »aber gib mir jetzt erst mal das Rezept.«

6

»Komm Scooter, lass uns kurz raus gehen!« Bei der Einladung schaffte es Robert kaum, den ausgelassenen Hund anzuleinen. Aber er ließ sich heute gern von der tierischen Begeisterung anstecken.

Das frühe Aufstehen hatte nicht so viel gebracht. Er hatte sich mehr davon versprochen. Und dann seine Bemühung, in der

Werkstatt nicht zu viel Krach zu machen. Seine Nachbarn wollte er nicht verärgern, und Carlo stand sonst auch nicht vor sieben auf.

Robert hatte gerade eine besonders kreative Phase. Er tüftelte schon länger an einem hochwertigen Regalsystem herum. Allerdings stand er im Moment vor dem Problem, eine Verbindungsmöglichkeit für die hochwertigen Hölzer zu schaffen, die möglichst unauffällig und gleichzeitig materialschonend war. Es sollte etwas Neues sein, möglichst in Richtung ausgefallene Handwerkskunst. Liebhaber technischer Finessen bezahlten einfach bessere Preise und er musste nicht mehr nur für irgendwelche Reparaturen herhalten. Eine kleine, spannende Regalserie war sein Traum. Doch jetzt hatte er Hunger.

Der Spaziergang zum Bäcker war eine nette Gelegenheit, um den Kopf freizukriegen. Scooter genoss besonders die Begegnungen mit den Hundedamen aus der Nachbarschaft, und Robert wechselte auch das eine oder andere Wort mit den netten, oft auch weiblichen Begleitungen.

»Brötchen! Na, der Tag fängt ja richtig gut an!« Carlo war zwar erst auf dem Weg ins Badezimmer, aber er hatte schon richtig gute Laune, als Robert zurückkam.

»Ich hab auch einen tierischen Hunger!«, sagte der mit einem Blick auf den Hund und lachte. Schnell brachte er die Kaffeemaschine in Gang und deckte den Frühstückstisch. Er biss gerade in die erste Brötchenhälfte, als Carlo sich frisch geduscht und noch leicht tropfend zu ihm gesellte.

»Die sind so gut!«, schwärmte er, als er nach einem Brötchen griff. Das musste er immer wieder aufs Neue loswerden. Aber Robert wagte es selten, die Brötchen woanders als bei der Bäckerei Kerner zu kaufen. Carlo, selbst Bäcker, war diesbezüglich sehr anspruchsvoll.

»Und, warst du heute schon erfolgreich?«, fragte er Robert, während er Butter auf sein Brötchen strich.

»Vielleicht ...«

Hatte Carlo gerade mal Zeit, setzte Carlo sich oft dazu, wenn sein Freund herumtüftelte und seine Entwürfe skizzierte. Robert wiederum ließ sich gern von Carlos manchmal schrägen Ideen inspirieren. Auch wenn der nicht vom Fach war, hatte er durchaus technisches Verständnis. So beschrieb er Carlo auch jetzt kurz den Kern des Problems, das er grade zu knacken versuchte.

»Auch wenn man es sieht, muss man denken, dass es einfach dahin gehört und dass es genauso edel aussieht wie der Rest. Die Verbindung muss die Sache rund machen.« Robert war nicht zu bremsen und ließ fast den Kaffee kalt werden.

»Jetzt wird gefrühstückt! Ich muss ja auch gleich los, und nachher bei der Arbeit hab ich eventuell ein bisschen Zeit ...« Carlo beschäftigte sich an seinem Arbeitsplatz gedanklich gern mal mit anderen Dingen.

Seine alltäglichen Pflichten ödeten ihn oft ziemlich an. Immer nur Untersuchungen, Dokumentationen, unendliche Gespräche über irgendwelche minimalen Rezeptänderungen, die irgendein Produkt meist weniger als einen Cent billiger machen sollten. Das Ganze war selten spannend und nicht wirklich seine Welt.

Doch jetzt genoss er die nette Gesellschaft. Auch Scooter lag zufrieden auf seinem Stammplatz in der Mitte der Küche, von wo aus er alles beobachten konnte. Im Hintergrund lief das Radio. Carlo summte die Melodie des Oldies mit.

»Simon heißt der Kater«, kam es da überraschend über Roberts Lippen.

Carlo schüttelte den Kopf. »Was meinst du?«

»Ach nichts. Mir fiel nur gerade dieser Kater ein.« Die Äußerung war ihm sichtlich peinlich. Damit Carlo nicht mitbekam, dass er gerade etwas verlegen war, stand er rasch auf und drehte das Radio leiser.

Carlos Neugierde war geweckt, aber Robert war schneller.

Während er mit dem Rücken zu Carlo begonnen hatte, emsig das Spülbecken zu schrubben, lenkte er die Aufmerksamkeit auf die ursprünglichen Gedankengänge des Freundes. »Meistens, wenn du so verträumt vor dich hin summst, bist du grad ganz woanders«, stellte Robert seine Vermutung in den Raum.

»Wie recht du hast.«

Ablenkmanöver geglückt. Roberts erleichterter Seufzer blieb unbeachtet.

»Ein kleiner Ausflug nach Paris, in die Vergangenheit ... auch wenn's nur in Gedanken ist. Im Moment fühl ich mich echt nicht wohl in meiner Haut.«

»Du solltest die Sache mit Claudia endlich klären.«

»Ich weiß! Ich sollte das Ganze einfach beenden. Dann bin ich theoretisch auch jobmäßig freier und kann mir was anderes überlegen.« Langsam fing er Feuer. »Was hab ich denn damals groß gebraucht in Paris? Und was brauche ich heute mehr? Die teuren Klamotten, für was auch immer, und diese blöde Idee mit der Wohnung ... Claudia hat mich in letzter Zeit ganz gut im Griff! Das wird jetzt anders!« Seine Körperhaltung hatte sich verändert, als er begann, den Frühstückstisch abzuräumen.

»Ich drück dir die Daumen.«

Alles andere war wohl gesagt. Mit einem »Tschau« war Carlo dann auch gleich aus dem Haus.

Robert blickte noch eine Weile nachdenklich auf die geschlossene Tür. *Ob sich Scooter wohl mit einer Katze vertragen würde? Irgendwie hat sie interessiert gewirkt bei dem Vorschlag mit Eis und Kaffee. Schade nur, dass sie es so eilig hatte.* Bei diesem seltsamen Gedanken musste er sich richtig schütteln. Es war Zeit, wieder an die Arbeit zu denken. Vorher waren aber noch die Schweine dran.

7

Ohne Wecker hätte Milla es nicht geschafft, rechtzeitig aus dem Bett zu kommen; drei Stunden Schlaf waren einfach zu wenig. Im Traum hatte sie gerade noch ein warmes, weiches Hundefell gestreichelt. So ließ sich wohl auch der kurze Schmunzler nach dem Aufwachen erklären, aber wirklich nur ganz kurz.

Viel zu schnell war sie gedanklich bei der Nachricht von Rainer. Der Kater drängte sich auf ihren Schoß. »Ach Simon, du kannst ja nichts dafür.« Ihre Hand strich über sein Fell. »Trotzdem Süßer, jetzt geht's ans Backen!«

Noch im Schlafanzug holte sie das Rezept für die Sommermonde aus ihrer Jackentasche. »Oh je, die Zutaten. Und Emi hat auch nicht dran gedacht!« In der Plastiktüte war nur die Dose mit dem kleinen Teigrest. Emilia hatte heute Nacht total vergessen, Milla die Backzutaten für die große Keksmenge mitzugeben. Die Reste von Emis fertigem Teig würden nicht reichen. Alles nur wegen Rainer!

Ein kurzer Anruf, und in der Gewissheit, dass die Freundin schon aufgestanden war, machte sie sich auf den Weg. Jetzt würde sie erst mal abschalten müssen, um sich ganz aufs Backen zu konzentrieren.

Bis zu drei Kilo Kekse brauchte Emilia jeden Tag für den Laden als Beilage zu den Heißgetränken. Jeden Abend wurde eine andere Sorte für den nächsten Tag gebacken.

Vielleicht sollte Emi die Reste nicht jeden Tag verschenken. Natürlich freuten sich die letzten Gäste ebenso wie der Gemüsehändler Luis über die kleinen Tüten mit den überzähligen Keksen. Allerdings wäre ein kleiner Vorrat in dieser Notsituation nicht schlecht gewesen.

Heute waren die Sommermonde dran, ein Mürbeteig mit geriebenen Orangen- und Zitronenschalen und einer dünnen

Zuckergussglasur mit dem Saft der Früchte. Milla fand das Gebäck köstlich, hatte es aber noch nie selber gebacken.

An ihrer rötlichen Gesichtsfarbe erkannte Emilia, dass ihre Freundin gestresst war, als sie ihr die Tür öffnete. »Alles gut! Ich hab den Teig schon vorbereitet und den Rest kannst du dazu tun. Alles fertig, non preoccuparti, mach dir keine Sorgen!« Sie holte eine große Schüssel aus dem Kühlschrank. »Und hier die Saftmischung für die Glasur. Per favore, nimm bitte nicht zu viel Flüssigkeit, sonst werden die Kekse zu klebrig.«

Der erleichterte Seufzer der Freundin zauberte ein Lächeln in Emis müde aussehendes Gesicht. In der Nacht, nachdem Milla gegangen war, konnte sie einfach nicht einschlafen. Die verbrannten Kekse und auch der Gedanke an diesen Rainer hatten ihr den Schlaf geraubt. Hoffentlich würde Milla damit klarkommen. So war sie in die Küche gegangen, hatte auch den Backofen gründlich gereinigt und dann den Teig für die neuen Kekse zubereitet. Danach musste sie auch gleich weiter machen mit den Hefeschnecken. Diese köstlichen, kleinen Teile waren eine weitere Spezialität in *Emilias Büchercafé*. Sie wurden separat verkauft und machten einen großen Teil des Umsatzes aus. Es gab täglich drei Varianten mit Pudding, Nüssen und Früchten aller Art, je nachdem, was Luis ihr günstig vom Großmarkt mitbrachte. Damit die Schnecken so richtig frisch in den Laden kamen, stand Emilia jeden Morgen schon vor fünf Uhr in ihrer Küche am Herd. Gerade heute kam ihr die viele Arbeit als Ablenkung sehr gelegen. Beim Kneten der großen Teigmengen konnte sie die Wut über diesen blöden Kerl, den sie nicht einmal kannte, beinahe loswerden. Rainer war ja auch das erste Thema ihrer Freundschaft gewesen. Milla war richtig verstört gewesen, als sie ihr damals die ganze Geschichte erzählt hatte. Ihre Freundin durfte nicht wieder in die Fänge dieses Typen geraten.

Von dem, was in Emis Kopf vor sich ging, bekam Milla nichts

mit. Sie war gedanklich schon zu Hause beim Backen. »Okay, um halb neun bin ich im Laden«, versprach sie, die Kekse pünktlich zur Öffnungszeit vorbei zu bringen.

»Grazie.«

Milla beeilte sich, nach Hause zu kommen.

Als sie den Hausschlüssel auf dem Wohnzimmertisch ablegte, fiel ihr Blick auf das Buch von gestern.

»Was meinst du, Simon, könntest du dich mit einem Hund vertragen?« Mit einem Lächeln wandte sie sich an den Kater. Dann machte sie sich voller Tatendrang an die Arbeit. Der sehr kalte, bröckelige Teig wurde langsam geschmeidiger und hatte bald genau die richtige Temperatur zum Ausrollen. Zwei Ausstechformen mit Monden unterschiedlicher Größe hatte die Freundin ihr eingepackt. Schnell hatte sie die Menge für die ersten Bleche zusammen und verteilte die Monde auf dem Backpapier. Da auch der Backofen inzwischen auf Temperatur war, konnte es losgehen.

Gut gelaunt wollte sie sich einen Kaffee gönnen. Als das Gurgeln der Maschine das Ende der Durchlaufzeit ankündigte, begannen die Kekse bereits, einen wohligen Geruch zu verströmen. Auch Simon stand jetzt neugierig an ihrer Seite, als Milla die Farbe des Gebäcks kontrollierte.

»Noch fünf Minuten«, informierte sie den Kater über den Stand der Dinge. Schnell rollte sie einen weiteren Teigklumpen zu einer glatten Fläche aus. Auch der Rest ging ihr gut von der Hand. Um Viertel nach acht hatte sie alles erledigt. Die letzte Glasur war fest, und die Kekse konnten in den Schichtdosen verstaut werden.

Emilia war erstaunt, als die Kekse bereits zehn Minuten vor der verabredeten Zeit im Café eintrafen.

»Womöglich war es dieses Buch«, verblüffte Milla die Freundin noch mehr. »Dieser Scooter Robinson!«

»Mi piace, ich mag ihn! Ja klar, der scheint ja zaubern zu können.«

»Vielleicht.« Milla öffnete die oberste Keksdose und steckte sich selbst und Emilia je einen der Kekse in den Mund. Dann hatte sie auch schon die Türklinke in der Hand und trat winkend auf die Straße. Zurück blieb eine sprachlose Emilia.

8

Carlo hatte sich nach der Mittagspause in sein kleines Labor zurückgezogen. Seine Gute-Morgen-Laune war fast verflogen. Die detailverliebten Endlosdiskussionen seiner Kollegen nervten ihn heute besonders. Ein neues Produkt zu entwickeln war zwar interessant, aber nicht auf diese Art. Er war kein Schreibtischtäter, wollte schnelle Basis-Ideen und sich dann beim praktischen Feintuning verwirklichen.

»Hallo Carlo«, riss ihn Claudia aus seinen Gedanken zu dem neuen Multifunktionsmehl. Erschrocken fiel ihm der Spatel aus der Hand, und das Mehl der Konkurrenzfirma verfehlte natürlich den Probenbehälter.

Kurz drehte er sich zu seiner Freundin um. »Ach Claudia. Du weißt doch genau, dass ich es hasse, wenn man mich im Labor stört.«

»Es ist wichtig! Wir haben um fünf eine Wohnungsbesichtigung.«

»Was? Ich will heute keine Wohnung besichtigen! Ich hab keine Zeit!«

Von der Seite nahm er wahr, wie sie zurückschrak. »Lass uns nach Feierabend auf einen Kaffee gehen, aber nur kurz! Ich hol dich ab. Einverstanden?«, versuchte er die Situation etwas zu entschärfen.

»Du wolltest eine Wohnung!«

»Hör auf mit mir zu diskutieren. Ich muss arbeiten. Bis später.«

Er wandte sich seinen Proben zu und ließ sie einfach in der Tür stehen.

Ohne ein weiteres Wort knallte sie diese zu. Carlo war das im Moment egal. Was er ihr später zu sagen hatte, würde ihre Laune auch nicht gerade verbessern.

Robert hatte recht; überhaupt sollte er sich ein bisschen mehr um seinen Freund kümmern. Diese Regale – das könnte spannend werden. Robert war auf jeden Fall ein guter Tischler und hatte auch Geschmack. Wenn er seine handwerklichen Fähigkeiten durch gutes Design aufwerten konnte, wäre das eine tolle Sache.

Vielleicht sollten sie auch mal wieder gemeinsam etwas unternehmen, ein bisschen Ablenkung und freundschaftliche Aufbauarbeit. Übermorgen war Samstag, da könnte er sich ja irgendwas einfallen lassen.

Grinsend machte er mit seiner Arbeit weiter.

9

Vor sich hin summend war Milla dabei, Pläne zu machen. Vielleicht keine wirklichen Pläne, es waren eher Tagträumereien. Sie griff nach dem Buch auf dem Sofatisch. »Scooter, du bist wirklich ein nettes Hündchen«, murmelte sie, als ihr das Straßencafé in den Sinn kam, wo sie den beiden neulich begegnet war. Und der Freund, den *er* dabei hatte, dem war sie doch schon mal begegnet. Nur wo?

Erfolg besteht darin, dass man genau die Fähigkeiten hat,
die im Moment gefragt sind.
   Henry Ford

Gespannt las sie die Geschichte über eine Frau, die wie Milla beruflich alles andere als erfolgreich war. Für ihre Freunde hatte sie schon eine Menge tun können, verborgene Talente entdeckt und sie zu ihren Traumjobs geführt. Nur sie selbst fand ihren Weg nicht, bis sie die Talentsuche zu ihrem Beruf gemacht hat.

Ich sollte auch nach meinen Talenten forschen, überlegte Milla. Nachdenklich wiegte sie das Buch in ihrer Hand. Es war durchaus wahrscheinlich, dass er ganz in der Nähe wohnte und vielleicht ergab sich ja mal irgendeine Gelegenheit.

Aber jetzt war erst etwas anderes wichtiger: die alten Stoffe. Ihr Korb war glücklicherweise ziemlich groß. Sie wirkte deshalb schwer bepackt, als sie bei Emilia im Café eintraf.

»Du hast wohl Größeres vor!«

»Das sind Stoffe von Rose aus ihren Schränken. Ich hab ihr versprochen, was draus zu machen. Etwa neue Gardinen oder so.«

Emilia strich angetan über das grobe Leinen. »Che bello, oh wie schön! Meinst du, für den Laden wäre auch was drin? Wobei, ja, ich hätte auch gern … ja, kleine Decken für die Tische wären toll! Und du willst …?«

»Nein, ich kann nicht gut nähen. Aber ich glaube, das mit den Deckchen würde Rose sehr freuen. Du hast doch vor einiger Zeit von dieser Frau erzählt, die so altes Zeug umarbeitet.«

»Richtig, Helga Lübke, eine alte Freundin von Aurelia. Sie ist zwar nicht mehr die Jüngste, auf jeden Fall über sechzig, aber noch richtig fit. Erst letzte Woche war sie auf einen Kaffee hier. Ihre Nummer habe ich leider nicht, aber die Adresse kann ich dir geben. Früher hab ich sie öfter mit Aurelia besucht.«

»Meinst du, sie macht das?«

»Si, auf jeden Fall! Helga wird begeistert sein! Sie macht richtig tolle Sachen. Warte eben kurz, ich bin gleich wieder bei dir.« Es waren neue Gäste gekommen und Emilia nahm die Bestellungen auf. Dann kam sie zurück an den Tresen um die Heißgetränke zuzubereiten. »Sag mal, Milla, was ist überhaupt mit den Keksen passiert? Alle Gäste sind begeistert. So viele *Ahs* und *Ohs* gab's noch nie.« Sie öffnete eine der Dosen, um je zwei Gebäckstücke auf dem Tellerrand der Heißgetränke zu platzieren. »Meine waren noch nie so super.«

»Ach, das war wohl nur dieser Hund und das Buch. Wenn du Lust hast, kann ich's dir ja heute Abend genauer erklären.«

Emi schaute ihre Freundin irritiert an. Sie war neugierig geworden. »Dann hast du jetzt für acht Uhr eine Einladung.«

»Ich bringe einen Rotwein mit«, freute sich Milla auf einen gemütlichen Abend.

»Si, Vino! Ich hab übrigens Sinje Bescheid gesagt, wegen unserer Tour zu *MOBIG* am Samstag.« Sinje Müller war fünfundzwanzig, Philosophie-Studentin und äußerst flexibel. Sie bediente aushilfsweise in diversen Lokalitäten der Stadt und war sich sicher, dass nirgendwo so viele Philosophen anzutreffen waren wie in Cafés, Bistros und Kneipen. Am Samstag würde sie Emilia vertreten. So konnten die beiden entspannt zu dem großen Möbelhaus fahren.

»Du hast doch noch Lust, oder?«, vergewisserte Emi sich, als Milla nicht sofort reagierte.

»Klar, auf jeden Fall! Ich brauche noch ein schönes Geschenk für Roses Geburtstag in der nächsten Woche. Ich hab es neulich bei Claire im Kalender gesehen – zum Glück!« Die Nachbarin hatte wohl ein besseres Händchen für so was, dachte sie jetzt schuldbewusst.

»Also gut, ich muss weiter.« Leicht gestresst blickte Emi zu den Gästen hinüber. Sie brachte schnell die fertigen Getränke an die Tische und war dann wieder da. »Wolltest du jetzt zu Helga? Du wirst überrascht sein. Zum Laufen ist es aber zu weit mit dem Korb. Du kannst mein Auto nehmen. Es steht wie immer in der Garage« Sie reichte Milla den Schlüssel, ohne eine Antwort abzuwarten. »Lerchenstraße 13, ich hab grad noch mal nachgeschaut.

Das ist die erste kleine Seitenstraße hinter der Brücke Richtung Industriegebiet.«

»Okay, das finde ich. Ich bin schon weg! Den Schlüssel geb ich dir heute Abend zurück.«

»Ciao.«

Mit dem Auto war der Weg zu Helga Lübke wirklich ein Katzensprung. Für sein Alter war der rote Golf noch gut in Schuss. Milla fuhr selten Auto und als es dann endlich mit der Schaltung richtig klappte, sah sie vor sich schon die beiden Schornsteine vom Industriegebiet.

Nummer 13! Ja, da stand eine groß gewachsene, nicht mehr ganz junge Frau im Garten. Diese sah nicht, dass Milla direkt am Gartenzaun angehalten hatte. Sie war wohl zu beschäftigt mit ihren Pflanzen.

»Guten Tag, Frau Lübke.« Milla sprach sie leise an und stellte sich selbst auch vor.

»Kennen wir uns?«

»Nein, Sie kennen nur meine Freundin, Emilia Kröger.«

Emilias Name zauberte ein Lächeln auf das ebenmäßige Gesicht der noch recht jung wirkenden Frau in dem bunten Kleid. »Ja, sicher kenne ich Emilia! Neulich erst war ich bei ihr im Café. Ist was passiert?«, erkundigte sie sich besorgt.

»Nein, nein! Emilia geht es prima. Sie hat mir nur von ihnen und ihren Nähkünsten erzählt.« Milla zeigte auf die Stoffe im Korb und kam dann auf Rose und das Stoffprojekt zu sprechen.

Frau Lübke war sehr aufgeschlossen. Von der teilweise groben Körnung der Leinenstoffe war sie genauso begeistert wie Emi. »Da lässt sich einiges draus machen! Aber kommen Sie doch erst mal rein, dann mache ich mir ein paar Notizen. Ich heiße übrigens Helga – und *du*, da redet es sich doch gleich leichter.«

Jetzt fiel den beiden ein, dass sie sich noch nicht die Hand gereicht hatten, und sie holten es lachend nach.

»Sie ... sorry, *du* wirkst so jung!«, stellte Milla geradeheraus fest.

»Vierundsechzig bin ich jetzt und das bin ich auch gerne. Ich kann mir glücklicherweise erlauben, immer das zu machen, was mir Spaß macht, aber ich hatte es auch stets ein bisschen leichter. Ich hatte den wunderbarsten Mann der Welt, und der hat über den Tod hinaus gut für mich gesorgt.«

Es gibt doch noch, richtig gute Männer, oder es gab sie zumindest mal, ging es Milla durch den Kopf.

»Nimm doch Platz.« Helga bot ihrer Besucherin einen Sessel an und brachte dann Kaffee in einer Warmhaltekanne.

»Das Regal.« Milla wies bewundernd hinter Helgas Rücken.

»Schön, nicht wahr? Ich habe einen von meinen alten Schränken umbauen lassen. Hatte keine Lust mehr, meine schönen Bücher im Schrank zu verstecken.«

»So könnte ich mir das bei Rose auch vorstellen. Das ist die ältere Dame mit den Stoffen.«

Sie schwatzten noch eine Weile über alte Möbel. Helga hatte ein paar spannende Ideen für die Stoffe, und am Ende formte sich in Millas Kopf bereits ein Bild davon, wie Roses Wohnung bald aussehen könnte.

»Danke für alles, Helga.« Ein bisschen förmlich reichte Milla ihr die Hand, wurde dann aber von einer herzlichen Umarmung der gerade noch fremden Frau überrascht.

»Das mache ich doch gern. Wir sehen uns dann am besten Ende nächster Woche. Ich freu mich schon. Ruf mich einfach Dienstag oder Mittwoch mal an.« Sie gab Milla einen kleinen Zettel mit ihrer Telefonnummer. »Dann kann ich dir eine Zwischenmeldung geben.«

»Super, das mache ich auch gern! Und ich freu mich ebenso.«

Unterwegs fiel Milla zwar ein, dass sie noch gar nicht über einen Preis gesprochen hatten, aber das war wohl im Moment egal.

10

Die Nachricht vom Gewerbeaufsichtsamt war endlich da, aber Emilia traute sich nicht so recht, den Brief zu öffnen. Eigentlich hatte sie es sich selber zu zuschreiben, dachte sie gerade frustriert. Mit einem Antrag auf die Nutzung des Bürgersteiges für Außensitzplätze hatte sie sicher den kompletten Verwaltungsapparat auf den Plan gerufen.

 Horst, ein befreundeter Bistro-Besitzer, hatte ihr von seinen eigenen Erfahrungen in dieser Sache berichtet. So hatte sie dann auch lange überlegt, bevor sie den Antrag im Rathaus abgab. Und jetzt war der Brief da. Genau, sie würde ihn später öffnen, wenn es im Laden etwas ruhiger war.

Angespannt bediente sie ein paar drängelnde Gäste, deren kurze Mittagspause wohl gleich vorbei war. Der ungeöffnete Brief brannte förmlich in der Tasche ihrer Servierschürze.

»Okay, Viertel vor zwei!« Sie schloss mit sich selbst ein Abkommen, den Brief zu einem festen Zeitpunkt zu öffnen, ging kurz nach hinten und legte ihn mitten auf den Tisch.

Nur einen Augenblick später war sie mit einem professionellen Lächeln auf den Lippen wieder ganz für ihre Gäste da.

In den gut zwanzig Minuten bis Viertel vor zwei bereitete sie für eventuelle Gäste alles so weit vor, dass sie sich ohne schlechtes Gewissen für ein paar Minuten zurückziehen konnte.

Sehr geehrte Frau Kröger,
bezüglich Ihres Antrages auf kommerzielle Nutzung öffentlicher Flächen im innerstädtischen Bereich werden wir in Kürze eine Entscheidung treffen. Um uns einen Überblick über ihre betrieblichen Abläufe und die räumlichen Gegebenheiten zu verschaffen, kündige ich Ihnen hiermit meinen Besuchstermin an.

»Dienstag!« Emilias Aufschrei im Hinterzimmer war bis nach

vorne zu hören. Die restlichen Zeilen verschwammen vor ihren Augen.

»Scusi, Verzeihung!«

Alle Gäste wandten sich der hochroten Chefin zu, die blitzschnell ihren Kopf durch den Vorhang zum Café steckte. »Ich hab mich nur erschrocken. Bin sofort für Sie da.« Damit war sie nach hinten verschwunden.

„Bis Dienstag ist noch eine Menge Zeit. Du hast Milla und Sinje, und wir schaffen das. Du bist absolut professionell, molto professionale", versuchte sie sich selbst leise zu beruhigen und kühlte ihr Gesicht mit etwas Leitungswasser. Dann überprüfte sie noch einmal ihr Aussehen im großen Wandspiegel.

Wieder im Verkaufsraum begann sie, die restlichen Hefeschnecken in der Auslage geschäftig hin und her zu schieben. Ein kurzer Gedanke an die abendliche Verabredung mit Milla nahm ihr etwas von der Anspannung. Sie würde auf jeden Fall Unterstützung brauchen.

11

Er wollte Robert zum Frühstück einladen. Sicher würde ein Ausflug ihn auf andere Gedanken bringen. Und so eine kleine Feldstudie wäre sicher eine gute Inspiration für sein Projekt. Ganz begeistert war Carlo von seiner Idee, dass ihn jetzt nicht einmal mehr die Verabredung mit Claudia einschüchtern konnte.

Dann klopfte ihm nach einem sehr erfolgreichen Labortest auch noch der Teamleiter lobend auf die Schulter. Heute war sein Tag, da war er sich ganz sicher.

Als er die Tür von Claudias Büro öffnete, war sie überrascht von seinem charmanten Lächeln. Jetzt registrierte er auch ihr sorgfältig gewähltes Outfit, wofür er heute Morgen so gar kein Auge hatte. Der Ausschnitt brachte ihre hübschen kleinen Brüste wirklich toll zur Geltung. Diesen anzüglichen Gedanken behielt er allerdings für sich. Für alle Fälle würde er sie heute auf Abstand halten.

»Bist du soweit? Ich hab jetzt richtig Lust auf einen guten Latte!«

»Ich dachte, du trinkst nur Kaffee?«

»Manchmal bin ich auch für eine Überraschung gut.«

»Ich liebe nette Überraschungen!« Sie schaute ihn herausfordernd an und überlegte kurz. »Du kennst doch dieses Café mit den Büchern?«

»Nicht wirklich! Du weißt doch, dass ich nicht so viel übrig habe für Bücher.«

Sie runzelte nachdenklich die Stirn.

Ein paar Mal hatte sie ihm schon ein Buch geschenkt, und immer war es ihm wie ein Umerziehungsversuch vorgekommen. »Hauptsache, es gibt es dort einen guten Latte«, sagte er versöhnlich.

»Ich denke, er wird dir schmecken, und das Café ist sehr nett.«

Er hatte sie jetzt wieder handzahm zu seinen Füßen.

»Nett!«, war dann auch sein erster Kommentar, als er sich im Café umgesehen und Platz genommen hatte. Und nett fand er auch die Bedienung, die gleich zur Stelle war, als sie einen kurzen Blick in die Karte geworfen hatten. Der Noci-Latte wurde als Spezialität des Hauses ausgewiesen, und so nahmen beide die Empfehlung gerne an.

»Der ist wirklich lecker!« Claudia kannte das Getränk schon und war froh über Carlos gute Wahl.

Dieser überlegte, wann er ihr die Hiobsbotschaft offenbaren sollte. Etwas unverbindlicher sollte der Ort sein, also später draußen. Hier war es viel zu kuschelig. »Lass uns nach dem Kaffee ein bisschen spazieren gehen«, schlug er deshalb vor.

»Aber es ist gerade so gemütlich.« Claudia fühlte sich hier wohler und sicherer als im Büro, aber sie bemerkte auch seinen Widerstand.

Carlos Blick war nicht wirklich entspannt. »Nach dem ganzen Tag im Labor brauche ich ein bisschen frische Luft.« Das musste reichen.

Die Bedienung brachte die Getränke an den Tisch, und Carlos Blick fiel auf die beiden Kekse auf dem Rand der Untertasse. »Die sind ja fast zu schön zum Essen!« Er nahm behutsam einen davon in die Hand.

»Sommermonde sind heute die Tageskekse, und sie sind richtig lecker«, wurde er von der Bedienung aufgeklärt.

Für Claudias Geschmack lächelte ihr Freund die andere Frau etwas zu intensiv an. Sie biss einfach in einen der Kekse. »Mmm, wirklich lecker«, sagte sie und hatte damit seine Aufmerksamkeit zurück.

Carlo wollte das Ganze jetzt hinter sich bringen. Seine Tasse hatte er im Nu geleert. »Lass uns dann, ich bezahl schon mal.« Er erhob sich einfach, ohne Claudias Antwort abzuwarten, und ging an die Theke. »Entschuldigung, ich hab es heute leider etwas eilig. Aber ich komme wieder, ganz bestimmt!«, versprach er der Bedienung. Er reichte Emilia einen Geldschein. Sein Blick fiel dabei lächelnd auf die Schnecken in der Auslage. »Sind die so lecker wie diese wunderbaren Kekse? Ich nehme zwei, einmal Pudding und einmal mit den Nüssen, bitte.« Robert würde sich freuen.

Als Emilia die Summe nannte, überließ er ihr den Restbetrag als Trinkgeld. »Dann wünsche ich noch einen schönen Tag, und bitte nicht so stressen lassen!«, verabschiedete er sich freundlich von ihr.

»Ciao und vielen Dank!« *Das wird ein neuer Stammgast,* war Emi sich sicher. Wenigstens etwas Positives.

Hübsche braune Augen hat sie, aber leider nicht mein Typ, dachte Carlo, als er zum Tisch zurückkehrte. Ein aufbauender Gedanke, mit dem er sich jetzt in bester Laune wieder Claudia zuwandte. *Rehaugen!* „Wollen wir?"

Claudia folgte ihm zur Tür. »Was sollte die Nummer? Du lässt mich da fast sitzen! Ich konnte gar nicht meinen Kaffee austrinken! Und überhaupt, *du* wolltest Kaffee trinken gehen!«

Carlo war jedoch schon ganz woanders. »Hast du eigentlich je bemerkt, Claudia, dass wir nicht einmal Kosenamen füreinander haben? Ich nenne dich nicht Häschen oder Schatzilein, sondern immer nur Claudia oder vielleicht gerade noch Claudi.«

»Was ist denn das jetzt für ein Thema?« Irritiert legte sie mit krauser Stirn den Kopf schief. »Wie möchtest du denn genannt werden?«

»Du verstehst es nicht, oder? Du verstehst nicht, worum es geht!«

Sie stand mit hängenden Armen vor ihm. Was wollte er nur? Was sollte das jetzt? Wut und Verzweiflung fühlte sie in sich hochkommen.

Er bemerkte natürlich, dass ihr plötzlich zum Heulen zumute war, wollte sie aber nicht erlösen. »Wir sind einfach ein sehr geschäftsmäßiges Paar.« Das würde sie wohl kaum leugnen können.

»Du bist doch aber auch nicht so ein gefühlsduseliger Typ! Es ist doch alles Okay, auch wenn ich dich nicht Hasi nenne!« Ihre weinerliche Stimme ließ sie zerbrechlich erscheinen.

»Es ist alles Okay! Ja, mehr aber auch nicht! Wir sind oft ein super Team, aber wir sind kein richtiges Liebespaar! Wir haben keine wirkliche Liebesbeziehung, eigentlich nur nette Gespräche und Sex! Guten Sex, zugegebenermaßen, aber ...« Mehr fiel ihm gerade auch nicht ein.

Seine Worte hatten eingeschlagen wie eine Bombe und Claudia für einen Moment sprachlos gemacht. *Und jetzt grinste er auch noch so blöd*, dachte sie erbost. »Ich hab mich immer bemüht, aber von dir kam doch fast nichts! Immer nur Robert und deine Schweine, dieser Hund und dann dieser Gestank und überhaupt ...« Sie hatte ihre Stimme wieder gefunden und war jetzt so richtig wütend und bereit, ihren ganzen Groll rauszulassen.

»Du hast recht«, nahm Carlo ihr den Wind aus den Segeln. »Du hast mehr verdient! Ich bin einfach nicht der Richtige.«

Sie wischte eine einzelne Träne von ihrer linken Wange.

Nicht das auch noch, dachte er frustriert. Er wäre am liebsten im Boden versunken und wollte nur noch weg!

Sie fiel ihm hilflos um den Hals, merkte aber gleich, dass er nicht bereit war, ihre Umarmung zu erwidern oder sie gar zu trösten. Sie ließ ihn los, ging auf Abstand, und er musste in ihr tränenverhangenes Gesicht sehen. Das war eindeutig zu viel.

»Also wirklich Claudia, nimm es dir nicht so zu Herzen.« Er berührte kurz ihre Schulter, schaffte es dann aber doch nicht, sie so einfach stehen zu lassen.

Claudia war nur wütend, schluckte die Tränen herunter, wusste aber im Moment nichts zu sagen. Dann drehte sie sich um und ging ohne ein weiteres Wort.

Damit hatte er nicht gerechnet. *Sie hat mich stehen lassen!* Sein Gesicht verzog sich ganz von selbst zu einem verdatterten Grinsen. Er blickte auf die Tüte mit den Schnecken in seiner Hand. »Geschafft?«

12

Richtig! Die Flasche Wein hätte sie fast vergessen. Für mehr als einen günstigen Dornfelder reichte es im Moment nicht, aber den liebten sie beide. Obwohl – neulich auf einer Hochzeit, da durften sie reichlich kosten von einem richtig guten Tropfen. Ein solcher sollte es auch sein, wenn sie irgendwann Geld hätten. Das hatten sie am nächsten beinahe kopfschmerzfreien Morgen beschlossen. Doch heute war noch einmal ein Dornfelder-Abend.

Milla war etwas erschrocken, als Emilia sie schniefend und mit einem Taschentuch in der Hand empfing.

»Ach Emi, was ist denn mit dir?« Milla nahm sie beschützend in den Arm.

»Ich hab einen Brief bekommen. Vom Gewerbeaufsichtsamt! War ja klar, dass die sich melden, aber ich hab es irgendwie verdrängt.« Hilflos und mit großen Augen schaute sie die Freundin an. »Der Horst vom Bistro hat mich ja gewarnt. Und am Dienstag kommt der Typ schon und will alles kontrollieren. Die geben mir bestimmt nicht einfach so eine Genehmigung.« Eine Träne lief ihre rechte Wange hinunter.

»Alles wird gut! Ich helfe dir.«

Diese Worte schienen Emi einen Energieschub zu geben. »Ich weiß ja, dass ich immer ein bisschen dramatisiere, scusa. Ich hab auch schon einen Plan im Kopf. Wir haben das ganze Wochenende. Sinje ist Samstag da, und vielleicht, wenn du mir noch hilfst …«

»Am Samstag wollten wir zu *MOBIG*.«

»Also Milla, dafür hab ich den Kopf wirklich nicht frei in so einem Moment. Der Typ kommt am Dienstag! Hab ich doch grad gesagt! Und heute ist schon Donnerstag!«

»Ach Süße, das kriegen wir schon hin.« Milla war sich sicher, dass eine Diskussion im Moment nichts bringen würde.

Eigentlich sollte es ein netter Abend werden. Während Emilia den Teig für die morgigen Kekse ausrollte, wollte Milla ihr etwas von dem tollen Buch erzählen. Die Kekse mussten gebacken und Emilia ein bisschen aufgebaut werden, also Themenwechsel.

»Ich hab doch gestern dieses Buch bei dir entdeckt. Es war so lustig, weil der Autor genauso heißt wie der süße Hund, der zu diesem netten Typen gehört.«

»Oh Mann, du versuchst ja wirklich alles, um mich auf andere Gedanken zu bringen!«

»Also, den Typen, den kenn ich noch gar nicht, aber ...«

»Aiuto, Hilfe! Aber er hat einen bleibenden Eindruck bei dir hinterlassen, stimmt's!« Nach einem Glas Wein hatte Emi zu ihrer sonst so guten Laune zurückgefunden.

Milla gluckste, und es fiel ihr schwer, weiterzusprechen. »Er. Also er ... der Hund ... der heißt ... genau ... der von dem Buch ... dieser Autor also.«

»Come, was? Ah! Ich verstehe ... ich verstehe!« Die beiden Frauen lagen sich prustend, wie zwei überdrehte Teenies, in den Armen. Es dauerte ein paar tiefe Atemzüge, bis sie sich beruhigt hatten. Emilia holte noch eine Weinflasche und einen Korkenzieher aus der Küche. Sie merkte dann aber, dass die Flasche einen Schraubverschluss hatte. Fast hätte das Gejohle von vorn angefangen, aber Milla hob beschwichtigend die Hand. »Okay, ganz ruhig. Ich wollte dir doch ein bisschen was darüber erzählen.«

»Gut, ich hab jetzt verstanden, dass der Hund so heißt wie der Autor. Aber den Mann, wo willst du den wieder treffen? Devi ... du musst ... Ach, ich weiß auch nicht!« Lachend schüttelte Emi ihren Lockenkopf.

»Da lass ich mir noch was einfallen!« Milla kam es in den Sinn, dass sie morgen mal an diesem anderen Café vorbeigehen könnte. »Vielleicht kann ich ja auch andere Hundebesitzer fragen, ob sie den Hund kennen. Einen Scooter gibt's sicher nicht so oft.«

»Hört sich logisch an!«, wurde Emis Kopfschütteln durch ein zustimmendes Nicken abgelöst.

»Aber jetzt zu dem Buch!« Begeistert begann Milla zu erzählen. Allerdings dauerte es, da Emilia zwischendurch immer wieder anfing zu lachen. »Naja, du bist ja eh anfällig für große Worte«, bremste sie die Freundin in ihrer Begeisterung etwas aus.

»Schon, aber diese Geschichten sind ja auch so inspirierend.« Milla erzählte von der Frau, die jetzt professionelle Talentsucherin war.

»Du hast doch auch Talente!«

»Ja, ja, eventuell der Job bei Manske, aber den hab ich noch nicht. Und ich hab dabei auch eher an Helga gedacht.«

»Helga ist wirklich eine tolle Frau. Alles, was sie anfängt, wird ein Erfolg! Sie hat für Aurelia oft richtig gute Bücher besorgt. Per fortuna, zum Glück! Wahrscheinlich wäre die sonst mit dem Antiquariat überhaupt nicht über die Runden gekommen. Das Café würde es dann auch nicht geben.« Emi kannte Helga ja schon länger. »Und du hättest miterleben sollen, wie sie einmal diesen Bücherflohmarkt organisiert hat. Mit einem Kaffeegarten vor dem Laden! Das war kurz, bevor wir beide uns kennengelernt haben, und dadurch bin ich später überhaupt erst auf den Gedanken mit dem Bücher-Café gekommen!« Etwas abwesend blickte Emi auf die Tischplatte und wandte sich dann mit großen Augen an die Freundin. »Du hast doch auch noch ganz andere Talente als diesen Werbekram. Allein dein super Ordnungssinn.«

Als die letzten Worte bei Milla angekommen waren, fiel ihr Rose ein. »Ich hab dir doch schon öfter von Rose erzählt, dieser netten alten Dame in meinem Haus.«

»Die mit dem tollen Leinen. Complimenti!«

»Genau. Also, sie hat nächsten Freitag Geburtstag. Hab ich dir ja schon erzählt, dass ich das bei Claire – der Claire bei uns im Haus – auf dem Kalender gesehen hab. Ja, und ich wollte sie schon immer mal mit ins Café bringen. Was hältst du davon, wenn wir ihr am Freitag einen Geburtstagstisch machen?«

Beim Zuhören schenkte Emi noch etwas Wein nach.

»Ich weiß natürlich nicht, ob sie selber Gäste hat. Ich werde sie diskret aushorchen, denn ich will sie nicht überrumpeln. Gelegentlich kommt sie mir etwas einsam vor.«

Emi überlegte kurz, ob das nicht alles zu viel für sie wurde, konnte ihrer Freundin die Sache dann aber nicht abschlagen. »Wie wäre es denn, wenn wir Helga auch noch einladen? Dann können die beiden alles direkt besprechen. Wär doch sicher nett!«, fiel ihr dazu gleich ein.

Über das viele Gerede hätten sie fast die Kekse vergessen.

»Bene, gut lass uns einen Kaffee kochen, sonst wird das heute nichts mehr!«

Die Weinflasche verschwand im Kühlschrank und Milla fing an, die ersten Keksbleche zu bestücken. Als Emilia den Hefeteig für die Schnecken vorbereitet hatte, waren schon zwei Keksbleche fertig.

»Du wirst immer besser!«, lobte Emi die handgeformten Vanillekipferl.

»Jeden Tag möchte ich das trotzdem nicht machen! Ich freu mich schon, wenn's hinten im Laden losgeht!«

»Ja, ich hab mir gestern auch schon einiges überlegt, aber erst muss der Dienstag vorbei sein.«

Werden wir ja sehen, dachte Milla. Vor allem muss ich Sinje noch anrufen.

13

Vielleicht hätte er Scooter mitnehmen sollen, aber er musste erst mal alles sacken lassen, bevor er für Roberts Fragen bereit war. Zu schnell und endgültig war es abgelaufen. Als hätte er sich selber überrumpelt.

Am Seepark bestellte Carlo sich bei dem kleinen Italiener eine große Portion Pasta. Der Park war eigentlich nur eine Grünfläche um einen Ententümpel und anders als am Fluss gingen im Park hauptsächlich ältere Leute spazieren. In dem Gartenlokal war es sehr ruhig. Er wusste es zu schätzen, dass er essen konnte, ohne in ein Gespräch verwickelt zu werden. Die Soße mit den Scampi war hervorragend.

Ob es richtig gewesen war, Claudia so stehen zu lassen? Blödsinn, sie hatte ihn ja stehen lassen! Jetzt war er alleine. Naja, nicht wirklich alleine. Zuletzt wusste er nicht mehr, wie viele dieser Gedankenfetzen ihm durch den Kopf gegangen waren. Die schönen Erinnerungen machten es ihm auch nicht leichter.

Der Teller war längst leer und das Bierglas ebenso, als er vom Tisch aufstand. Schlauer als vorher war er nicht, aber ihm wurde langsam kalt.

Sein Blick fiel auf die Tüte mit den Schnecken, und er musste grinsen. Als er schon aus dem Tor war, rief ihm der Wirt noch »Viel Glück!« hinterher.

Kann ich gebrauchen, dachte Carlo und hob die Hand zum Gruß. »Ciao!«

Er rieb sich fröstelnd die Arme und machte sich zügig auf den Heimweg.

»Hallo, hat Claudia dir so den Kopf verdreht, dass ich alles allein machen muss?« Robert schien richtig wütend zu sein, als Carlo auf den Hof kam.

»Ich hab's vergessen, sorry.«

Robert war gerade dabei, die Schweine auszumisten, was eigentlich heute Carlos Aufgabe gewesen wäre. Sie lebten mit den Tieren immer noch in einem Wohngebiet. Da war es wichtig, die Schweine penibel sauber zu halten. Jeden zweiten Tag ausmisten nervte zwar etwas, aber es ging nicht anders. Fast immer wurde auch Freitag und Samstag sauber gemacht, damit aus Rücksicht auf die Nachbarn am Sonntag Ruhe war.

Am Anfang hatten sie einigen Ärger mit den Anwohnern bekommen und die Leute vom Veterinäramt hatten auch Trara gemacht. Die hatten auch die Bedingung gestellt, dass alle zwei Tage ausgemistet werden sollte. Sonst hätten sie die Schweine abschaffen müssen, und das wäre furchtbar gewesen.

Eigentlich wechselten sich die Freunde ab, und da die Tiere ihre Toilettenecken hatten und die Suhle betoniert war, hielt sich der Arbeitsaufwand in Grenzen. Mist raus, neu einstreuen, Suhle auskratzen und ausspritzen und alles auf dem kleinen Anhänger zur Schrebergartenkolonie fahren – das war's. Im Vorstand vom Schrebergartenverein gab es Ute, die eine ehemalige Klassenkameradin von Robert und Carlo war. Sie hatte reichlich Werbung gemacht für den Mist der beiden Schweinehirten, wie sie oft genannt wurden, und im Notfall hatten sie auch noch einen Bauern mit ganz viel Ackerland in petto.

Carlo hatte längst mit angefasst und die Reste zusammengekratzt. Robert sagte gar nichts mehr und lief mit grimmigem Gesichtsausdruck durch die Gegend. Scooter hatte sich in sicherer Entfernung niedergelassen und beobachtete das Ganze. Er wedelte freundlich mit dem Schwanz, als Carlo jetzt zu ihm herüberging und seinen Nacken kraulte. »Du kannst ja nichts dafür«, sagte er leise.

»Ich kann auch nichts dafür, dass du dich nicht an Absprachen hältst«, knurrte Robert.

»Ach Mensch, was ist dir denn heute über die Leber gelaufen?« Der musste wirklich mal raus hier, dachte Carlo wieder in Richtung des nächsten Samstags.

»Ich brauch mehr Zeit für meine Projekte! Dauernd kommen irgendwelche Kunden, dann noch diese blöden Fenster ausliefern und einbauen und jetzt lässt du mich auch noch sitzen.«

»Ich hab dich nicht sitzen lassen! Die Schweine hätte ich auch jetzt noch machen können, stimmt's Dicker?« Er schrubbelte

Morris über die dicke Schwarte, während er die Stalltür öffnete und die Schweine zurück in den Außenbereich ließ. »Ich hab übrigens mit Claudia Schluss gemacht und bin ganz allein schuld, dass ich so spät dran bin. Ich brauchte noch ein bisschen Zeit zum Nachdenken.«

Robert kratzte sich hinterm Ohr. »Okay, war blöd, aber ich hab einfach schlechte Laune, weil eben nichts klappt.« Frustriert ließ er die Schultern hängen.

»Gut, du nimmst jetzt diese leckeren Schnecken, machst dir ein Bier auf und legst dich in die Badewanne.« Verheißungsvoll reichte Carlo dem Freund die Tüte mit dem Gebäck. »Und ich bring den Mist weg.« Eigentlich würde er auch gerne von den leckeren Schnecken probieren, aber dass verkniff er sich jetzt. Ein anderes Mal!

14

Sie hatten gestern Abend wirklich Spaß gehabt, auch mit dem Damoklesschwert überm Café.

Der Duft von frischgebackenen Keksen hing noch immer in Millas Haaren. Egal, sie wollte sowieso duschen, bevor sie später im Café auftauchte. gestern Abend war sie viel zu müde dafür gewesen. Ob sie vorher noch mit dem Katalog bei Rose vorbeigehen sollte?

Aber jetzt hatte sie was anderes auf dem Plan. Gleich nach dem dritten Durchläuten war Sinje in der Leitung. Die hörte sich verschlafen an und es dauerte etwas, bis sie aufnahmebereit war.

»Natürlich klappt das morgen!« Sinje war erstaunt über Millas Anruf.

Emilia hatte wohl noch nichts abgesagt und Milla klärte sie jetzt auf.

»Das kriegen wir hin. Ich hatte mich eh schon gefreut, den Laden endlich mal für mich allein zu haben. Dann weiß ich auch Bescheid, wenn sie sich noch meldet.« Sie lachte lauthals ins Telefon. »Das mit dem Typen vom Amt kriegen wir schon gebacken! Und wenn ihr am Montag noch Hilfe braucht, steh ich in den Startlöchern!«

Sie waren sich einig. Für morgen war alles geklärt und Emi würde es schon rechtzeitig mitbekommen.

Nach einem schnellen Frühstück, einer Dusche und ein paar Streicheleinheiten für Simon klemmte Milla sich den *MOBIG*-Katalog unter den Arm und klingelte eine Etage tiefer. Sie war erstaunt, Rose im Morgenmantel und mit feuchten Haaren anzutreffen.

»Ach weißt du, Kindchen, als mein Mann noch lebte, lief immer alles so diszipliniert ab und jetzt genieße ich es, selbst entscheiden zu können. Aber es ist mir jetzt doch ein bisschen unangenehm, um halb neun so vor dir zu stehen. Ich hab gar nicht mit dir gerechnet.«

»Es ist alles okay, du machst das genau richtig!«, beschwichtigte Milla sie lächelnd.

»Ich werde mich schnell zurechtmachen. Dauert nicht lange.«

»Vielleicht könnte ich in der Zwischenzeit Kaffee machen?« Milla kannte sich etwas aus in der gemütlichen, aber sehr altmodischen Küche. Hier wurde der Kaffee noch mit einem Porzellanfilter aufgegossen.

Während Rose sich umzog, rief sie aus ihrem Schlafzimmer herüber, wie sehr sie sich über den frühen Besuch freute. Kurz darauf tranken sie beide an dem kleinen Tisch im Wohnzimmer frischen Kaffee. Rose hatte ein paar Schoko-Cookies dazu gestellt.

»Leider nicht selbst gebacken.«

»Aber fast wie bei *MOBIG*! Die haben da immer große Kartons mit Schoko-Keksen«, fiel Milla dazu ein.

»Der Katalog sieht sehr nett aus«, bemerkte Rose gleich auf

den ersten Blick. »Ich hab ihn wohl auch schon öfter mit der Post bekommen, aber da konnte ich nicht viel damit anfangen.« Sie schüttelte entschuldigend den Kopf.

»Es ist auch so ganz anders als deine Einrichtung.«

»Ich weiß, alles ein bisschen verstaubt. Mein Mann wollte nie was Neues, aber er war ein ganz Lieber.«

Milla nickte verstehend. »Früher war das eben alles anders, aber ich finde es toll, dass du jetzt bereit bist, dich von dem ollen … äh … was zu verändern.« Milla verhaspelte sich. »Du weißt schon, was ich meine.«

Sie fühlten sich als Verbündete und stöberten den Katalog gemeinsam durch.

»Das ist ja alles so billig!« Rose war erstaunt.

»Nicht alles, und oft ist es auch nicht ganz so toll, wie es auf den Bildern aussieht. Die können schon einiges machen in solchen Katalogen. Ich hab gerade erst gelesen, dass die meisten Bilder inzwischen am Computer zusammengestellt werden.« Das fiel jobmäßig in Millas Fachgebiet.

»Naja, aber schön sieht es aus.«

»Wir wollen uns ja erst mal nur ein bisschen inspirieren lassen. Wird nicht ganz leicht werden, frischen Wind in die Wohnung zu kriegen. Du sollst dich ja anschließend noch wohlfühlen.« Milla sah sich um. »Meinst du, wir könnten ein oder zwei von den Schränken in den Keller stellen?« Sie schluckte trocken, denn das erschien ihr im Moment noch als ein etwas gewagter Vorstoß.

»Was sollen die Schränke denn im Keller?«, fragte Rose erstaunt. »Die sind ja auch so schwer. Wir können sie doch weggeben. Vielleicht mag noch jemand so altes Zeug. Für den Ofen sind sie zu schade, aber ich möchte sie nicht mehr haben. Und du brauchst keine Angst haben, ich werde mich danach auf jeden Fall wohlfühlen!«

»Wow, ich dachte nicht, dass du *so* mutig bist!« Sie war aufgestanden und umarmte über den Tisch hinweg die verblüffte Rose. Dass sie dabei ihre Kaffeetasse umstieß, störte die beiden im Moment nicht. Lachend schnappte sich Milla danach einen Lappen aus der Spüle und beseitigte den angerichteten Schaden.

»Ich glaube nicht, dass die Schränke in den Ofen müssen. Es gibt echte Liebhaber für so etwas und Antiquitätenhändler suchen solche Sachen oft auch, um sie aufzuarbeiten.«

Sie war jetzt richtig in ihrem Element: Ordnung machen, Pläne schmieden, Neuorganisation. Damit hatte sie schon bei ihrem letzten Arbeitgeber geglänzt. Und was hatte Emi gestern über ihre Talente gesagt?

Ja, schon dumm gelaufen, dass ihr toller Job sich damals einfach so in Luft aufgelöst hatte. Wie konnte man nur mit Ende fünfzig auf die Idee kommen, nach Australien auswandern zu wollen? Die merkwürdige Lebensplanung ihres alten Chefs war ihr bis heute suspekt. Schade, aber genau deshalb saß sie heute Morgen hier an diesem Tisch und war glücklich.

Und Milla war ja auch nicht ganz zufällig hier gelandet, denn sie war im Süden von Hamburg aufgewachsen. Dumm nur, dass ihre Eltern, als sie zurückfand, ihren Hauptwohnsitz schon nach Mallorca verlegt hatten. Auch ihre alten Kontakte waren komplett weggebrochen. Am Anfang war sie enttäuscht, aber sie war schließlich alt genug, um es allein hinzubekommen. *Und möglicherweise war Manske ja die Lösung ihres Problems ...*

»Weißt du, was das Tollste daran ist?«, fuhr Milla fort. »Es gibt für solche Schränke gutes Geld. Keine Reichtümer, aber sicher einen netten Betrag. Und wenn die Sachen verkauft sind, dann kann ein Tischler dir ja vielleicht auch ein paar richtig schöne Regale bauen.«

»Das wär wirklich wunderbar! Du bist einfach großartig, Milla!«

Dabei fiel Rose ein, dass es an der Zeit war, sich ein nettes Geschenk für Milla zu überlegen. Der Gedanke zauberte ein weiches Lächeln auf ihr Gesicht.

Nach dem Kaffee nahmen die beiden noch ein paar Fächer aus einem der Schränke in Angriff. Ein großer Sack für die Altkleidersammlung kam dabei zusammen. Rose war noch mal mutig geworden und hatte sich von einigen Sachen getrennt, die zwar noch ganz in Ordnung, aber nicht mehr wirklich schön waren. Vieles mit Blümchenmuster und Streifen blitzte den beiden aus dem Sack entgegen.

»Da hab ich keine Lust mehr drauf. Ich möchte alles ein bisschen klarer.« *Vielleicht auch mein Leben*, schien Rose in Gedanken dranzuhängen, und ihre strahlenden Augen wirkten dabei kein bisschen wehmütig.

»Ich bin richtig stolz auf dich, Rose«, sagte Milla beim Abschied an der Tür.

»Da fällt mir ein, ich hab doch in einer Woche Geburtstag«, setzte Rose zögerlich an. »Es wäre schön, wenn du mir und meiner Freundin Marianne ein bisschen Gesellschaft leisten würdest. Ich würde euch gerne zum Mittagessen einladen.« Als Rose ihre Freundin erwähnte, fiel Milla ein Stein vom Herzen. Sie war doch nicht so einsam, wie Milla befürchtet hatte. Jetzt war sie noch begeisterter von ihrer eigenen Idee.

»Ganz lieb gemeint, aber ich hab auch schon etwas geplant für deinen Geburtstag«, gestand sie Rose. »Es wäre toll, wenn ihr beide allein zu Mittag esst und ich hole euch dann so kurz nach zwei ab?«

»Soll das jetzt eine Überraschungsparty werden, in meinem Alter? Woher weißt du überhaupt, wann ich Geburtstag habe?«, kamen die verblüfften Fragen von Rose.

»Ich weiß vieles«, grinste Milla, »und du darfst gespannt sein! Außerdem bist du nicht alt! Ich hab das Gefühl, im Moment wirst du immer jünger.«

»Das Gefühl habe ich auch! Und du bist schuld daran!« Rose fühlte sich richtig albern.

»Also abgemacht? Nächsten Freitag, vierzehn Uhr! Wir gehen ins Café von meiner Freundin Emi? Ich hab dir ja schon erklärt, wo es ist. Aber wir sehen uns ja noch bis dahin. Dann brauch ich euch auch nicht abzuholen. Dafür seid ihr ja schon alt genug.«

»Abgemacht! Also ein richtiges Kaffeekränzchen! Ich bin schon jetzt gespannt wie ein Flitzebogen, und Marianne wird sicher auch begeistert sein.«

Den Sack nahm Milla mit nach unten. Ihr war jetzt nach ein bisschen frischer Luft, und auf dem Weg zum Altkleidercontainer kam sie ganz zufällig an dem Café von neulich vorbei. Schlendernd schaute sie sich um, aber ein struppiger Hund war nirgends zu sehen. Wäre jemand neben ihr gegangen, hätte er ein leises »Schade« hören können.

15

An Roberts Schreibtisch hatte gestern Abend noch lange das Licht gebrannt. In der Badewanne war ihm eine Idee gekommen. Als Carlo nach Hause kam, hatten beide kein Interesse mehr an einem langen Gespräch gehabt. Es war jedoch offensichtlich, dass Roberts schlechte Laune verflogen war. Mit wehenden Haaren und vor Eifer gerötetem Gesicht hatte er sehr beschäftigt ausgesehen. Die beiden hatten nur ein »Gute Nacht« ausgetauscht, nachdem Carlo noch eine kurze Runde mit Scooter gedreht hatte.

Robert war am Schreibtisch eingeschlafen, bemerkte Carlo am nächsten Morgen auf dem Weg ins Bad. Die Tür zur Werkstatt stand einen Spalt weit offen. Scooter sprang erwartungsvoll um Carlo herum.

»Du bist gleich dran, Wuschel«, sagte der und beeilte sich, in die Dusche zu kommen, denn heute war er mal allein dran mit Frühstück machen und Gassi gehen. Aber schmunzeln musste er, als er an den friedlich schlummernden Robert dachte. Er überlegte sogar, ob er seinen Freund nicht noch für ein Stündchen ins Bett verfrachten sollte.

Als er mit dem Hund vom Spaziergang kam, war Robert schon voll in Aktion.

»Na, du hast ja heute einen Schnellstart hingelegt!«, bewunderte Carlo die neue Energie seines Freundes. Er war in der kurzen Zeit sogar schon unter der Dusche gewesen. Nur mit einem Handtuch um die Hüften und nassen Haaren stellte er gerade die Marmeladengläser auf den Tisch.

Carlo schwenkte die Brötchentüte. Natürlich war er mit Scooter beim Bäcker vorbeigekommen. »Und sogar der Kaffee ist schon fertig! Da hab ich ja Glück.« Sein Blick fiel auf die Uhr über der Küchentür. »Sonst wär es jetzt auch reichlich knapp.«

Bevor er in sein erstes Brötchen biss, war er doch neugierig. »Und? Was hat die lange Nacht gebracht? Du warst ja noch richtig emsig gestern, hattest nur Augen für deinen Schreibtisch!« Erwartungsvoll schaute er Robert an.

Robert grinste. »Die Idee mit der Badewanne war super! Da ist doch diese Seifenschalenhalterung. Von da bin ich dann auf eine Lösung für meine Regale gekommen. Ich kann dir ja nachher die Skizzen zeigen.«

»Ja, heute Nachmittag! Jetzt muss ich mich allerdings ranhalten mit dem Frühstück.« Carlo machte sich noch ein Brötchen für unterwegs und griff dann nach seiner Tasche.

»Ach übrigens, die Schnecken waren superlecker! Die kannst du gern mal wieder mitbringen«, sagte sein Freund.

»Das mach ich bestimmt! Tschau!«

Robert blieb noch sitzen. Langsam, aber genussvoll kaute er weiter sein Marmeladenbrötchen, bis er Scooters vorwurfsvollen Blick bemerkte.

»Ich weiß, ich bin ein Schuft! Dich hab ich noch gar nicht begrüßt.« Der Hund war nicht nachtragend und leckte ihm begeistert über die Hand. »Ich glaube, du hast auch Hunger, stimmt's? Wir haben dich total vergessen.« Also stand er auf und füllte für Scooter den Fressnapf.

Auch für Jimbo und Morris hatte er heute Morgen einen anderen Blick. Die beiden warteten schon am Zaun und grunzten voller Vorfreude. »Ja, ihr beiden Hübschen, jetzt gibt's was!« Er hatte einen Eimer mit Grünzeug dabei, den ihnen gestern eine Nachbarin hingestellt hatte. Die beiden liebten solche Leckerlis, denn in der Einzäunung hatten sie ja alles Grün vernichtet. Nachdem Robert noch ein paar Schaufeln Schrot in den Trog getan hatte, setzte er sich für einen Moment auf die Bank. Heute würde er sich erst mal um die liegen gebliebene Arbeit kümmern. Mit seinem Projekt würde es am Abend weitergehen, dachte er zufrieden. In den letzten Tagen hatte er sich wohl viel zu sehr daran festgebissen.

»Und am Nachmittag machen wir einen schönen Spaziergang«, versprach er Scooter. Sie könnten Carlo vielleicht sogar von der Arbeit abholen, jetzt wo es keine Claudia mehr gab.

16

Milla hatte sich gegen Mittag kurz mit dem Buch aufs Sofa gelegt. Ihr waren sofort die Augen zugefallen. Die letzten Abende waren wohl zu anstrengend gewesen.

Nun schaute sie auf das Buch und musste lachen. »Später, mein Lieber, du hast mich ja nicht wachgehalten.« Einige Bilder gingen ihr dabei durch den Kopf: Hunde, Geburtstagskuchen, lachende

Gesichter. Sie fühlte sich wieder frisch. Vier Uhr war es schon. Zeit, um noch etwas im Café vorzubereiten für nächste Woche. Damit Emi gute Karten hatte.

Auf dem Garderobenschränkchen lag die Post, die sie vorhin mit hochgenommen hatte. Eigentlich nur Werbung, aber ganz unten ein hellgelber Umschlag. *Seriodesign* stand vorne drauf. Vorhin war er ihr nicht aufgefallen. Nervös öffnete Milla ihn und fing an zu lesen.

Sehr geehrte Frau Bahrens,
nach unserem Gespräch Anfang der Woche können wir Ihnen erfreulicherweise mitteilen, dass wir Sie bei unserem Stellenangebot in die engere Auswahl genommen haben.
Wir laden Sie ein, an einem dreitägigen Kurzpraktikum teilzunehmen. Ihr Praktikumstermin ist vom 10. bis 12. Juli jeweils von 8.00 bis ca. 16.00 Uhr in unserem Hause in der Ladenstraße. Ihr zuständiger Berater bei der Agentur für Arbeit ist bereits über diese Probearbeitstage informiert. Sollten Sie verhindert sein, informieren Sie uns bitte rechtzeitig. Bitte kleiden Sie sich angemessen. Wir sind eine erfolgreiche Werbeagentur!
Sollten Sie Fragen haben, stehen wir Ihnen gern mit Rat und Tat zu Seite.
Mit freundlichen Grüßen
Bettina Möbius
Assistentin der Geschäftsleitung
Agentur Seriodesign

»Das mit der Kleidung haben die ja wohl extra für mich reinschreiben lassen, was Simon!«, empörte Milla sich, als ob der Kater sie verstehen könnte. Sie fühlte sich gerade etwas überfordert. Mit dem Brief setzte sie sich noch einmal aufs Sofa.

Das würde richtig stressig werden in der nächsten Woche. Die Inspektion im Café, drei Tage Praktikum und die Geburtstagsvorbereitungen für Rose ... Und überhaupt stand da bis *circa* sechzehn Uhr! Wer wusste schon, wann da genau Schluss war?

Doch jetzt würde sie erst kurz bei Helga anrufen wegen der Geburtstagsüberraschung, dann ging es endlich ins Café. Aber ob das jetzt noch eine so gute Idee war mit der *MOBIG*-Fahrt morgen? Sie war sich nicht mehr sicher.

Emi und Milla schafften noch einiges bis zum Feierabend. Auch über das Praktikum wurde natürlich gesprochen.

»Smettila, hör auf damit! Sieh es einfach positiv. Endlich passiert was in Sachen Job.«

»Womöglich hast du recht, und ich werde versuchen, nicht so bieder herüberzukommen. Vielleicht sind denen meine guten Zeugnisse wichtiger! Hätten sie mich sonst in die engere Auswahl genommen?«

»Genau, warte es einfach ab!«

Als die letzten Kunden gegangen waren, sah Emi schon reichlich erledigt aus. Im Laden musste allerdings bis Dienstag noch etwas passieren, da waren sie sich einig.

»Eigentlich sollte ich den Spiegel auf der Toilette noch austauschen. Ach was, vielleicht kleb ich irgendeine Deko über den Sprung. Aber ein paar Mülleimer brauch ich dringend. In ogni caso, auf jeden Fall! Diese alten Dinger sehen schon richtig eklig aus.«

Deshalb fahren wir ja morgen zu *MOBIG*, hätte Milla jetzt sagen können, aber es musste ja irgendwie eine Überraschung werden, damit sie die Freundin überhaupt dazu bewegen konnte. Emi wollte morgen eigentlich den Hinterraum streichen, damit es etwas frischer aussah. Ein Farbeimer in leuchtendem Gelb und das nötige Zubehör standen schon bereit.

»Heute will ich aber noch zu Horst. Ich muss ihn noch ein bisschen ausquetschen wegen des Beamtenheinis.«

»Okay, dann schrubb ich die Bleche in der Auslage fertig und du gehst zu deinem Horst!«

Emi schaute die Freundin mit großen Augen an. »Das ist aber lieb von dir! Grazie.« Sie umarmte Milla herzlich. »Du bist eine echte Freundin, Große!«

»Alles gut, wir sehen uns dann morgen früh.«

Und was ich für eine Freundin bin – das wirst du morgen schon sehen, dachte Milla kichernd.

Als Emilia aus der Tür war, machte sie blitzschnell die Bleche sauber.

Dann ging es los. Sie streifte sich den mitgebrachten Einweg-Kombi über, legte die alten Zeitungen aus, zog die alten Schränke, Herd und Kühlschrank mit einigem Kraftaufwand von der Wand ab und begann, die Streichkanten im Hinterzimmer abzukleben. Die schöne Farbe brachte ihr richtig Spaß und doch war sie erstaunt, wie schnell ihr das Streichen von der Hand ging. Sie würde sogar noch das Abklebeband entfernen und dann hätte Emi morgen früh keine Ausrede mehr.

17

»Das war übrigens die Frau mit den Schnecken, die Kleine an der Theke gestern Abend.« Nach einem erfolgreichen Arbeitstag waren Robert und Carlo gestern noch bei Horst im Bistro an der Ecke eingekehrt. Wenn man Scooter mitrechnete, waren sie sogar zu dritt unterwegs gewesen.

»Na, die war ja richtig gestresst«, sagte Robert. »Warum hängst du dich da überhaupt rein, wenn die mit dem Horst zusammen ist?« Das hatte er gestern Abend schon merkwürdig gefunden. Allerdings hatte er nichts gesagt und war einfach gegangen, als Carlo so lange an der Theke rumstanden hatte.

Doch sein Freund konnte das Missverständnis schnell aufklären. »Die Emilia, so heißt sie, hat in ihrem Café ein bisschen Ärger.

Bekommt nächste Woche Besuch vom Gewerbeaufsichtsamt. Und da hat sie sich bei Horst eben Rat geholt. So unter Kollegen. Café und Bistro sind ja nicht so weit auseinander, und mich als Bäcker hat es auch interessiert!«

»Und du meinst, dass du bei ihr Chancen hast?« Es war Robert so vorgekommen, auch wenn Carlo gerade erst mit seiner Beziehung durch war. »Wo sie doch so gar nicht dein Typ ist?«

»Hallo? Ich hab sie auf einen Wein eingeladen! Richtig, sie ist nicht mein Typ. Du weißt doch, dass ich auf große, schlanke Frauen stehe, und das ist so ein kleiner, quirliger Wirbelwind. Nett, aber nichts für mich!« Er huschte zu Robert hinüber und wuschelte ihm die Haare durch. Wie kleine Jungs fingen sie an zu raufen. Die Kaffeekanne konnte Carlo gerade noch retten, sonst wäre sie von der Küchentheke gefallen.

Sie hatten abgesprochen, heute früh zu Hause nur einen Kaffee zu trinken. Danach wollte Carlo seinen Freund ins Auto verfrachten und zur vorgeschobenen Frühstückseinladung chauffieren. Als »Überraschung« hatte er das Ganze schon angekündigt. Da Opa Menke sich um Scooter kümmern würde und auch die Schweine versorgen wollte, brauchte Carlo den Hund nur noch samt Hausschlüssel beim Nachbarn abliefern.

Der Rentner stand schon am Gartenzaun, und Scooter sprang gleich hellauf begeistert an dem rüstigen, alten Mann hoch.

»Scooter, du weißt, das du das nicht sollst«, schimpfte Carlo. Dauernd brachte er sie mit seinen übertriebenen Sympathiebezeugungen in Verlegenheit.

»Alles gut! Wir mögen uns halt«, nahm Opa Menke den Hund in Schutz. »Schön, dass ihr mal was unternehmt! Der Robert kommt ja gar nicht mehr raus aus seiner Arbeit!« Sogar der Nachbar hatte bemerkt, dass Carlos Freund langsam zum Einsiedler wurde.

»Also bis später – und danke, Opa Menke.«

Opa Menke wurde von der ganzen Nachbarschaft so genannt. Immer hilfsbereit und kontaktfreudig war er überall beliebt. »Ja. Tschüss, amüsiert euch gut!«

Carlo war jetzt bester Laune, und Robert stand schon am Auto. »Fährst du?«, wollte der wissen.

»Na klar, ich kenn schließlich den Weg!« Außerdem fuhr meistens er, weil Robert schon bei seinen Kundenbesuchen dauernd mit dem Auto unterwegs war. Der alte Bulli gehörte ihnen beiden zusammen, obwohl Carlo eigentlich gar kein Auto brauchte. Einmal hatte er aber versucht, mit Claudia ein Camping-Wochenende zu machen. Nicht eine einzige Nacht hatte sie es ausgehalten. Als ihm das jetzt einfiel, musste er den Kopf schütteln.

»Was ist?«, fragte Robert, dem das nicht entgangen war.

»Ich musste grad an das Camping-Chaos mit Claudia denken. Mann, bin ich froh, dass das vorbei ist!«

»Ich glaub, das kannst du auch.«

Carlo kamen die braunen Augen in den Sinn. Komisch, sie war doch nun wirklich nicht sein Typ. Viel zu klein und dick ... na ja, nicht wirklich dick, aber egal. Er liebte den Sex mit großen, grazilen Frauen. Etwas anderes konnte er sich nicht vorstellen.

»Ich dachte, wir schnuppern mal etwas Großstadtluft! Über die Autobahn sind wir ja schnell in Hamburg.«

»Bis Hamburg, um zu frühstücken? Du spinnst echt!«, sagte Robert, aber er war heute viel zu entspannt, um sich ernsthaft aufzuregen. Sie hatten viel zu erzählen und zu blödeln, und so verging die Zeit wie im Fluge.

»Also wirklich, Carlo, was wollen wir denn hier?« Schon als sie abbogen, erkannte Robert, was sein Freund vorhatte. »Du fährst so weit, um mit mir ausgerechnet hier zu frühstücken? Das geht wirklich gar nicht!« Doch so ganz nahm er den Freund auch nicht ernst. Er klatschte jetzt in die Hände und fing an zu johlen: »Huhuhu, huhuhu, Carlo ist bekloppt!«

»So schlimm wird's schon nicht.« Carlo war sich jetzt sicher, dass sie ihren Spaß haben würden.

Als der Bulli abgestellt war, machten sie sich springend und gegenseitig anrempelnd auf den Weg in Richtung Eingang. »Robert, also wirklich! Müssen denn alle Leute mitbekommen, dass du heute Freigang hast?« Es war den beiden kein bisschen peinlich, so gut waren sie drauf.

»Wow, ich hab jetzt doch Hunger«, begann Robert wegen seines knurrenden Magens einen Themenwechsel.

Als sie dann allerdings in die Möbelhalle kamen, war das Frühstück erst einmal vergessen.

18

Emilia wollte am Samstag eigentlich extra früh im Laden sein, aber durch den Wein am Abend hatte sie den Wecker verschlafen. Gebacken hatte sie gleich, als sie von Horst nach Hause gekommen war, auch weil ihr da so viele Gedanken im Kopf herumschwirrten.

Noch völlig durcheinander und mit nassen Haaren vom Duschen konnte sie gleich die ersten Gäste mit ins Café nehmen, die schon an der Tür standen.

»Nett, dass Sie gewartet haben!«, bedankte sie sich höflich. An der Farbe ihres Gesichtes konnte man erkennen, dass ihr die Situation peinlich war.

Sie schaltete Licht und Kaffeemaschine an und stellte die Behälter mit dem Gebäck auf den Tresen. Anschließend schlüpfte sie aus der Jacke und brachte sie nach hinten.

»Merda, Scheiße! Oh je!«, entfuhr es ihr viel zu laut.

Die beiden Gäste standen auf und schauten ihr über die Schulter.

»Wirklich, total schön, die Farbe.« Die junge Frau schien verblüfft von dem strahlenden Gelb, vielleicht auch von Emilias Reaktion.

»Si, mi piace molto! Meine Freundin – sie wollte mich wohl überraschen«, begann Emilia zu stammeln.

»Wirklich eine tolle Farbe!«, bestätigte nun auch der Begleiter der jungen Frau.

»Aber jetzt gehen wir wieder nach vorn. Zwei Latte-Noci, wie immer?« Emilia war jetzt ganz bei der Sache, das Grinsen blieb jedoch in ihrem Gesicht. *Milla, Milla was machst du nur mit mir*, dachte sie mit lachendem Herzen. Zu gern würde sie die Freundin jetzt aus dem Bett telefonieren, aber das verkniff sie sich.

Vor dem Laden stellte Sinje gerade ihr Fahrrad ab. Mit großem Hallo und einer herzlichen Umarmung wurde sie von Emilia begrüßt. Natürlich musste sie der Studentin auch gleich das Hinterzimmer zeigen.

»Genial, oder?« Emi war immer noch so begeistert, dass sie sich trotz des kleinen Raumes mit ausgebreiteten Armen im Kreis drehte. »Das hat alles Milla gemacht!«

»So eine Freundin hätte ich auch gern!« Sinje war wirklich erstaunt und musste an ihre eigene winzige Wohnung denken.« Sag mal, die restliche Farbe, brauchst du die noch?« Für eine Wand würde es noch reichen, plante sie schon gedanklich die Verschönerung ihres kleinen Reiches.

»Non, nein, nicht mehr. Vorn soll es schon etwas dezenter bleiben.« Mit dem Hellelfenbein war sie sehr zufrieden. »Dann bin ich auch mit der Deko flexibler.« Aber etwas bereite Emilia doch noch Sorgen. Sie schaute nach oben. »Nur die Decke mit den ganzen Flecken, da muss ich noch was machen.«

»Möglicherweise fällt Milla oder mir da noch was ein!«

»Genau, die fragen wir nachher!«

»Wo bleibt die eigentlich? Vielleicht sollten wir sie anrufen.«

79

Sinje dachte an die Überraschung.

»Nee nee, die lass bloß ausschlafen nach der Schufterei.«

Sinje grinste übertrieben.

Emilia schaute sie stirnrunzelnd an. »Che, ist was?«

»Nix. Gar nix.« Das Glucksen war jedoch zu verdächtig.

»Du weißt doch, dass du nichts für dich behalten kannst! Also spuck's aus, Süße!«

Glücklicherweise ging vorn gerade die Türglocke, und Milla kam schnaufend in den Laden. Sinje war erlöst.

»Cosa vuoi, was willst du? Kannst du mir vielleicht verraten, was hier los ist?«, wandte Emilia sich an ihre erschöpft aussehende Freundin.

»Freust du dich über das schöne Gelb?«, fragte die grinsend. Sie lechzte nach einem kleinen Lob für die harte Arbeit. Sogar die Klebestreifen hatte sie noch entfernt und die Möbel wieder an die Wände geschoben.

»Grazie, hast du super gemacht, Große.« Emi umarmte die Freundin überglücklich und schüttelte sie durch.

»Find ich auch, dass ich das super gemacht hab! Deshalb hab ich mir auch eine Belohnung verdient!«

»Und was kommt jetzt?«

»Jetzt, meine Kleine, jetzt fahren wir ganz gemütlich zu *MOBIG*!«

Emilia schluckte trocken. »Du weißt aber schon, was Dienstag los ist?«

»Wir alle wissen, was Dienstag los ist, und Sinje weiß auch Bescheid!«

»Aiuto, Hilfe! Das hab ich mir schon gedacht!« Sie drehte sich um und warf der Aushilfe einen vorwurfsvollen Blick zu.

»Wir haben schon alles durchgesprochen. Sinje kommt Montag notfalls, um zu helfen. Und Morgen ist ja auch noch ein Tag!«

Am Sonntag hatte das Café, sehr zum Leidwesen der Gäste, geschlossen. Das sollte sich demnächst ändern. Mit der Genehmigung der Außenplätze wollte Emilia eine feste Aushilfe einstellen. Dann sollte der Laden zumindest jeden zweiten Sonntag geöffnet sein. Aber wahrscheinlich brauchte sie dafür zusätzlich eine Genehmigung.

Ob das mit *MOBIG* heute so sinnvoll war? Eigentlich tendierten ihre Gedanken eher zu »Nein«. Blöde Überrumplungstaktik! Beim letzten Gedanken schaute Emi die beiden grimmig an.

»Ho paura che, ich befürchte ... Aber was soll's, gegen eure blöden Ideen hab ich eh keine Chance! Ich ergebe mich!« Schwer ließ sie die gerade erhobenen Arme nach unten fallen und atmete tief durch.

»Gut so! Du hast eh keine andere Möglichkeit.« Milla hakte sich unter den linken Arm ihrer viel kleineren Freundin und schleppte sie nach einem Griff zum Schlüsselbrett aus dem Café. Das Wetter war schön, also würden sie keine Jacken brauchen. Den Ladenschlüssel sollte Sinje nach Feierabend in Emis Briefkasten werfen.

»Halt, ich muss noch meinen Zettel mitnehmen, il foglio!« Gerade noch rechtzeitig war Emi die Liste eingefallen, die sie neulich Abend gemacht hatte. »Damit das Ganze wenigstens einen Sinn hat.«

»Der Hauptsinn ist doch wohl, dass du ein bisschen Abstand kriegst«, sagte Milla gut gelaunt. Sie zog die Freundin jetzt endgültig auf die Straße und dann in Richtung Garage.

»Ich war doch gestern Abend erst unterwegs!«, beschwerte Emi sich.

»Ja, ganz toll! Und hast du dir von Horst noch ein paar Horrorvisionen einimpfen lassen?«

»Ganz so easy wird das nicht am Dienstag! Das ist eine Behörde, und ich will was von denen«, empörte Emilia sich. Zum Glück war aber noch etwas Zeit bis Dienstag. »Da war übrigens noch ein neuer Gast aus dem Café bei Horst. Der hat mir einen Rotwein ausgegeben.« Ganz beiläufig erzählte sie der Freundin von dieser Begegnung.

»Aha.«

»Es gab für ihn allerdings nur ein nettes Dankeschön, dann musste ich ja den Horst noch ein bisschen ausquetschen.« Dass sie ihn gefragt hatte, ob es seiner Freundin wieder besser ging, erzählte sie jetzt nicht. Und auch nicht, dass er daraufhin antwortete, dass es seine Ex-Freundin wäre. Als sie jetzt daran dachte, musste sie grinsen.

»Ja klar, die tollsten Männer lässt du stehen, bis du alt und grau bist!« Milla boxte der Freundin lachend in die Seite.

»Prego, bitte! Er trägt einen Vollbart!« Sie krauste die Stirn. »Du weißt doch, dass ich auf so was überhaupt nicht stehe«, rechtfertigte sie sich entrüstet. »Aber nett ist er wirklich!«, räumte sie ein, und aus ihrem Blick sprach echtes Bedauern. »Na, er wird wohl irgendwann wieder ins Café kommen.«

Wegen des Barts war auch Milla nicht weiter interessiert.

Sie waren im Hinterhof angekommen, und Milla schob mit einem kräftigen Ruck die schwere Garagentür nach oben.

»Ich denke, heute fahre ich«, sagte Emilia. In letzter Zeit hatte sie wenig Gelegenheit gehabt, den alten Golf zu bewegen. »Sonst verlerne ich das noch irgendwann!«

»Sicher. Ich fahre ja im Moment mehr als du!«

Beim Anfahren atmete Emilia tief durch. »Super, ich kann's noch! Per fortuna, zum Glück!«

»Das beruhigt mich ungemein! Übrigens: Das mit dem Geburtstagstisch am Freitag klappt auch«, fiel ihr parallel ein. »Ich hab Rose eine Überraschung angekündigt. Sie bringt noch eine Freundin mit, und wenn Helga dann auch kommt, passt das super.«

»Gut, nach Dienstag hab ich ja wieder mehr Luft.«

»Du musst gar nichts machen!« Das wollte Milla unbedingt klarstellen. »Es war meine Idee, und ich mache auch die Vorbereitungen. Nach dem blöden Praktikum hab ich ja Donnerstagabend Zeit.«

»Ach ja, dein Praktikum, aber das ist ja nun nicht blöd, sondern eine echte Chance für dich.« Emi kam dabei das Wort »bieder« in den Kopf, und sie wollte unbedingt, dass Milla auch wirklich eine echte Chance bekam. »Stand da eigentlich irgendwas von Dresscode in dem Brief? Sind die da noch mal drauf eingestiegen?«

»Da stand was von angemessener Kleidung, businessmäßig eben, Anzug oder Kostüm, denke ich. Und dass sie eine erfolgreiche Werbeagentur sind.«

»Dann lass uns heute Nachmittag oder morgen noch eine kleine Modenschau in deiner Wohnung machen.« Emi wollte der Freundin den Rücken stärken.

»Jetzt vergiss die Klamotten und konzentrier dich auf die Straße!« Milla machte das Gewusel auf der Autobahn immer etwas nervös, aber sie wunderte sich, wie schnell sie durchkamen. Zum Glück war kein Stau. Sie hatte sicherheitshalber eine Karte mitgenommen, die ausgebreitet auf ihrem Schoß lag. »Wenn das so weiter geht, sind wir in fünf bis zehn Minuten da!« Dass sie mit ihrer Einschätzung richtig lag, zeigte sich schnell. Milla fühlte sich wie an Weihnachten. Sie strahlte erwartungsvoll.

Zum Glück wurde gerade ein Parkplatz in Eingangsnähe frei. Man merkte, dass Samstag war. An der Treppe zum Pendeleingang mussten sie in einer Schlange warten. Dann schnappte sich Milla einen Wagen und einen Korb für Kleinigkeiten, und Emilia fingerte ihren Zettel aus der Jacke.

»Was willst du eigentlich hier?«, wollte sie von der Freundin wissen.

»Ich suche einen Rahmen für Roses Geburtstag. Ich wollte ihr eins von meinen Bildern einrahmen. Das ist doch recht persönlich, oder?«

»Deine tollen Bilder? Peccato, wirklich schade, dass du so lange nicht mehr fotografiert hast!« Sie hatte zwar die Bilder für den Laden gemacht, konnte sich danach allerdings nicht mehr dazu aufraffen, weil sie das Fotografieren zu sehr an ihre Zeit mit Rainer erinnerte. Auch jetzt kam den beiden wie auf Kommando der Kerl in den Sinn. Dass die Stimmung in den Keller ging, sah man an ihren hängenden Schultern.

Da fiel Milla das Kapitel aus dem Buch ein, das sie heute Morgen angelesen hatte. Sie erzählte der Freundin davon.

Der Zivilisation ist es gelungen, das Raubtier im Menschen auszuschalten. Nicht aber den Esel!
Winston Churchill

»Wahrscheinlich bin ich der Esel. Ich weiß, Rainer hat viel kaputt gemacht, aber ich hab ihm alle Möglichkeiten gegeben.« Vor der Zeit hatte Milla mit Rainer zusammen viel fotografiert, tolle Bilder an ihre Freunde verschenkt und sogar mal einen Wettbewerb gewonnen. Zwar nur bei der Sparkasse, aber besser als nichts.

»Allora, hast du eigentlich noch was von ihm gehört, oder hast du seine Nummer endlich blockiert?«

Da fiel Milla ein, dass sie sich noch nicht um ihr Handy gekümmert hatte. »Ich war so beschäftigt, da hab ich das total vergessen.«

»Auch gut! Hoffen wir, dass er genauso vergesslich ist. Ich geh jetzt ein paar nette Blumenvasen suchen und die Mülleimer.«

Milla hatte schnell gefunden, was sie suchte. Pastellgrün würde wunderbar zu Roses künftiger Einrichtung passen. Sie konnte sich die neuen Vorhänge schon vorstellen. Wenn Helga alles so hinbekam, war der alte Mief raus aus der Wohnung. Ein paar Abteilungen weiter sah sie die Regale. Sie würde zumindest mal schauen. In natura sah immer alles ganz anders aus als im Katalog, aber für die Tischlerei brauchten sie auf jeden Fall ein paar Ideen.

»Hallo«, rief da jemand hinter ihrem Rücken.

Verdutzt erkannte sie das Herrchen von Scooter. Mehr als ebenfalls »Hallo« brachte sie erst mal nicht hervor. Hier hatte sie nicht mit ihm gerechnet.

Oje, jetzt werde ich auch noch rot. Sie fühlte sich unwohl. Er merkt sicher, dass ich inzwischen an ihn gedacht habe.

»Na, suchen Sie auch ein Regal?«, kam ihre wenig originelle Frage für diese Abteilung.

»Nein.« Er war froh, dass sie angefangen hatte. »Ich will mich nur inspirieren lassen. Oder besser: Mein Freund« – *verdammt, wo war der überhaupt?* – »möchte, dass ich mich hier etwas inspirieren lasse. Ich bin Tischler und hab da im Moment ein Projekt.«

»Oh, das ist ja super! Ich suche gerade einen Tischler oder jemanden, der ein paar alte Schränke kaufen oder verkaufen könnte oder so. Und ein paar Regale bauen ...« Sie stockte in ihrem plötzlichen Redefluss.

»Ich arbeite manchmal alte Schränke auf, die wollen die Leute aber meist wieder zurückhaben. Aber es gibt auch immer Nachfragen, auch von Händlern. Da könnte ich sicher was machen.« Er war erleichtert, über sein Fachgebiet sprechen zu können.

»Die Schränke gehören nicht mir. Sie gehören einer alten Dame aus dem Haus, in dem ich auch wohne, Frau Mittendorf. Sie würde für die Schränke ein paar neue Regale haben wollen – quasi im Tausch.«

»So was?« Robert zeigte auf ein helles Regal, welches sehr nach Holz-Imitat aussah. Sie mussten beide anfangen zu lachen.

»Nein, ganz bestimmt nicht! Das wär nichts für Rose. Sie hat sonst dunkle Möbel, und es sollten schon Regale aus richtigem Holz sein.«

Er schaute sich das komplette Regalprogramm genauer an. »Die sind mittlerweile deutlich besser geworden.« *Dass ich die MOBIG-Regale in- und auswendig kenne, muss Carlo ja nicht unbedingt wissen.* Es war Robert bewusst, dass Carlo sich richtig Mühe gegeben hatte, ihn herzulocken.

»Aber vielleicht sind Sie genau der Richtige«, sagte Milla begeistert.

Die Doppeldeutigkeit dieses Satzes ließ sie beide kurz innehalten; ein vorsichtiges gegenseitiges Anlachen auf Abstand.

»Nein, nicht so! Aber hätten Sie nicht Lust, ein paar schöne Regale für die alte Dame zu bauen?«

Die Rettung der Situation ließ beide aufatmen.

»Warum nicht, wenn wir uns über den Preis einig werden? Haben Sie die Nummer von der Dame? Ich würde mich dann bei ihr melden.«

Da Milla kein gutes Zahlengedächtnis hatte, schrieb sie Roses Telefonnummer von ihrem Handy ab. Nur das vorherige Entknüllen eines geeigneten Schmierzettels aus den tiefen ihrer Hosentaschen fand sie etwas peinlich.

Robert schaute sich derweil weiter um. »Die Latzhose steht Ihnen übrigens gut!« Schüchtern stand er mit dem Rücken zu ihr. Er wandte ihr nun kurz das Gesicht zu und schmunzelte. »Das Kleid von neulich natürlich auch.«

»Das fanden andere nicht, aber das hier ist meine Lieblingshose«, sagte Milla verlegen.

»Und wie finden Sie das hier mit den Körben?«, wollte er nun ihre Meinung hören.

»Den hier«, sie zeigte auf einen Regalkorb mit dem netten Namen *Theo,* »finde ich besonders gut, aber das mit den kleinen Schubladen ist auch toll.«

Bei *MOBIG* hatten die Möbel und sonstigen Einrichtungsgegenstände alle sehr blumige und freundliche Namen wie *Lukas* oder *Tini*. So könnten die Käufer die Sachen wie Freunde mit nach Hause nehmen in die bunten, modernen Eigenheime, in denen die Möbel später einen Platz fanden.

»Ja, das ist nicht schlecht«, musste er ihr recht geben, »da kann man aber noch mehr rausholen.« Er hatte schon eine genaue Vorstellung davon, das Ganze mit Schubladen und kleinen Türen noch flexibler zu gestalten. »Ich arbeite nämlich gerade an einer Serie mit solchen Cube-Regalen – viereckige Regal-Würfel eben.«

»Oh! Das ist dann wohl ihr Projekt, das hört sich ja toll an! Ich finde solche minimalistischen Möbel total schön. Für Rose sollte es dann aber vielleicht nicht ganz so schlicht sein.« Mit leuchtenden Augen flirtete Milla ihn jetzt ganz ungeniert an.

Es war ihm plötzlich nicht mehr unangenehm. Er fühlte sich wohl. Es kribbelt sogar im Bauch, merkte er plötzlich. Dass sein Bauch überhaupt noch wusste, wie das ging ... Mit dem Dauergrinsen kam er sich etwas idiotisch vor. *Hilfe, ich weiß nicht weiter,* hätte er gern gerufen.

»Ich muss jetzt leider los«, kam sie ihm unbewusst zur Hilfe. Wo war nur Emilia? Sie musste sie suchen.

»Ja, irgendwie hab ich meinen Kumpel verloren. Ich denke, wir sehen uns. Wir wollten ja auch wegen dem Eis und dem Kaffee ...« Er schaute sich noch mal um. »Ich heiße übrigens Robert!«, rief er ihr hinterher und winkte noch einmal.

»Milla, eigentlich Ludmilla, aber das sagt niemand! Eis und Kaffee wären super!«, antwortete sie. Jetzt kannte der halbe Laden ihren richtigen Namen. Ihre Mutter hatte sie nach einer Figur aus einem Liebesroman benannt. Milla hieß sie aber schon, seit sie denken konnte.

Beim nächsten Blick war Robert in den Tiefen der Möbelhalle verschwunden.

Drei Gänge weiter mühte sich Emilia mit einem vollen Wagen ab.

»Na, du hast aber ganz schön zugeschlagen! Was willst du denn mit den Blumenkübeln?«

»Na ich dachte, wenn die Stühle draußen stehen, sieht das doch ganz nett aus. Si, mi piace molto!«

»Mensch, Mädchen!«, begann sich Milla die Haare zu raufen. »Arbeite doch zuerst drinnen alles ab! Dann kannst du irgendwann an draußen denken!«

»Du bist aber wirklich streng mit mir! Was ist dir denn über die Leber gelaufen?«

»Nur was ganz Nettes. Das heißt, *jemand* ganz Nettes. Der Typ mit dem Hund von neulich. Robert heißt er übrigens, und Tischler ist er auch noch!« Mist, da fiel ihr grad ein, dass sie nicht mal seine Handynummer hatte. Und wo er wohnte, wusste sie auch nicht.

Aber egal. Sie musste sich jetzt wieder um ihre Freundin kümmern. »Also, du kaufst jetzt am besten, was du für den Termin am Dienstag brauchst. Da soll alles perfekt sein. Und du weißt doch selbst, dass du immer knapp bei Kasse bist.«

»Si Mama, du hast ja recht!« Im Moment war sie zwar etwas genervt, aber sie war Milla trotzdem dankbar. Mit hängenden Schultern schob sie den Wagen wieder in die Abteilung mit den Pflanzenartikeln und stellte die beiden großen Kübel zurück.

Milla schaute auf das Preisschild und freute sich.

»Zwei Mal vierzehnneunundneunzig! Na, für die dreißig Euro werden wir ja wohl einen schönen Spiegel für die Toilette finden!«

»Du denkst auch an alles.« Es frustete Emilia, dass sie den einfach vergessen hatte. Die Luft war raus. Sie griff noch schnell nach einem günstigen Spiegel und Milla schob den Wagen schon in Richtung Cafeteria.

Emilia hatte sichtlich Schwierigkeiten, hinterherzukommen.

»Dir fehlen wohl ein paar Stunden Schlaf«, zog Milla sie auf, obwohl sie selbst nicht nur lahme Arme von der Streichaktion hatte. »Und dann der Wein von dem Bärtigen. Setz dich doch da drüben hin«, wies sie die Freundin in Richtung einer freien Sitzgruppe.

Milla ging an den Tresen, während Emilia für sie eine gemütliche Bank in Beschlag nahm. Eigentlich war es fürs Mittagessen noch etwas früh, aber sie hatten beide Lust auf eine warme Mahlzeit. Die Wartezeit in der Schlange nutzte Milla, um sich ein bisschen umzuschauen. Vielleicht tauchte dieser Robert noch einmal auf. Doch ihre Hoffnung erfüllte sich nicht.

»Jetzt hab ich richtig Hunger!« Emilia nahm erwartungsfroh das Tablett entgegen.

»Du darfst auch aussuchen. Ich hab dich ja schließlich her gelotst!«

Und ein bisschen hat es sich ja auch gelohnt, dachte Emi jetzt entspannter. »Bene, gut, dann nehme ich das Fleischgericht und du das andere.« Sie zeigte auf die kleinen Schnitzel, die in reichlich Soße, Kartoffeln und Gemüse gebettet waren. Das zweite Gericht konnte sie nicht gleich einordnen.

»Lachs! War klar! Fisch ist nicht so dein Ding.« Milla freute sich auf das gedünstete Fischgericht. »Das sind übrigens Rosinenschnecken!« Sie zeigte auf den Kuchenteller neben den beiden Kaffeetassen. »aber die sind wohl kaum so gut wie deine Schnecken!«

»Trotzdem, mit Rosinen sehen sie auch nett aus! Könnte ich auch gelegentlich ausprobieren. Oder im Winter, wenn das meiste Obst so teuer ist.« Beim letzten Wort war schon das erste halbe Schnitzelchen in ihren Mund verschwunden.

»Lass es dir schmecken!«, bekam sie noch von Milla zu hören, die sich ebenfalls hungrig über den vollen Teller hermachte.

»Was war das überhaupt vorhin mit dem Tischler? Und das war

tatsächlich der mit dem Hund aus dem Buch?«, wollte Emi Genaueres wissen.

»Nein, nein, mit dem Buch hat er doch nichts zu tun! Der Hund hat nur den gleichen Namen wie der Autor. Das hab ich dir doch neulich schon erzählt!«

»War mir zu verworren, und dann der Wein, il vino! Aber wann siehst du in wieder?«

»Weiß ich noch nicht! Ich hab ja seine Nummer nicht und weiß nicht, wo er wohnt.« Als Milla das erzählte, wurde sie hinterm Tisch immer kleiner und Emilias Augen immer größer.

»Hm?« Mehr fiel Emilia dazu nicht ein.

»Also ich hab's vergessen. Aber er hat ja Roses Nummer, weil er sich wegen der Schränke bei ihr meldet. Und er möchte mit mir Eis essen und Kaffee trinken.« Milla erklärte ihr die Einzelheiten. Das Essen auf den Tellern wurde bei der spannenden Geschichte beinahe kalt. Plötzlich glaubte Emilia einen kurzen Augenblick lang, hinten im Laden ein bekanntes Gesicht erkannt zu haben.

Ich hab wohl wirklich zu wenig geschlafen heute Nacht! Ihr lautes Gähnen war auch an den Nachbartischen nicht zu überhören.

19

Robert fand seinen Freund in der Abteilung mit den Küchenutensilien. Carlo hatte sich längst einen Einkaufskorb geschnappt. Robert war natürlich neugierig und begutachtete den Inhalt.

»Noch mehr Tassen?« Er entdeckte braune Tassen, einen Schneebesen und eine große Kuchenform.

»Ich find sie hübsch!« *Und so braun, wie die Augen von dieser netten Schneckenfrau.*

»Ich hab übrigens die Frau von neulich aus dem Café getroffen«, sagte Robert beiläufig.

»Aber du warst doch gar nicht dabei!« Carlo stand auf dem Schlauch.

»Wieso war ich nicht dabei? Die Frau mit dem schwarzen Kleid, an der Scooter hochgesprungen ist?«

»Warum sagst du das nicht gleich. Die mit den netten Rundungen also.«

»Hab ich doch gesagt! Ach Blödsinn, du Idiot!«

»Aber du wolltest doch überhaupt nichts von der!«

»Will ich ja auch nicht!« Dass Carlo ihn jetzt amüsiert angrinste, musste er allerdings über sich ergehen lassen. »Wir haben uns ganz normal gegrüßt und da hab ich ihr erzählt, dass ich Tischler bin. Sie fing dann mit alten Schränken an, die eine Bekannte von ihr loswerden wollte, und ...« Während er redete, wurde Carlos Grinsen immer breiter.

»Ist ja gut, ich weiß Bescheid, Robert! Und wann trefft ihr euch jetzt?«

»Wieso treffen? Naja, ich hab noch mal von der Einladung angefangen. Aber eigentlich ging es doch nur um die Schränke und dass die alte Frau dafür Regale haben will.«

»Dann kannst du sie ja anrufen!«

»Ja, ich werde ein paar Kontakte spielen lassen, damit wir für die Schränke einen guten Preis bekommen.«

»Lass doch die Schränke! Anrufen sollst du sie!« Carlo hätte sich die Haare raufen können.

»Aber ihre Nummer hab ich doch gar nicht, nur die von dieser alten Frau.« Da fiel ihm ein, dass Milla die Nummer auf dem kleinen Zettel notiert hatte. In der Hosentasche wurde er glücklicherweise fündig.

»Und wie heißt sie und wo wohnt sie?« Robert war wirklich nicht mehr zu helfen.

»Ich möchte jetzt endlich raus hier!«, sagte der und wollte den aufgestachelten Freund ablenken. »Du hast eben mehr Erfahrung mit Frauen!«, räumte er noch kleinlaut ein. »Was ist übrigens mit Frühstück?« Robert bemerkte grade seinen knurrenden Magen. »Wir wollten doch gleich zuerst …«

»Hast du Lust auf eine Bratwurst? Draußen steht eine Bude und am Bistro sind wir ja schon vorbei.«

»Tolle Frühstückseinladung; aber egal.«

Beide hatten keine Lust auf die inzwischen gut gefüllte Cafeteria. Als sie sich an der Kasse eingereiht hatten, kam dem Tischler noch ein anderer Gedanke. Mit den Worten »Ich bin gleich zurück«, ließ er seinen Kumpel in der Schlange stehen. Es dauerte auch nicht lange, bis er mit einem viereckigen Korb in der Hand wieder an der Kasse auftauchte. »Als Anschauungsobjekt!«

»Willst du jetzt Körbe basteln?«

»Nein, zur Inspiration und vielleicht als Ausstattung für meine Regalserie.« *Und weil er ihr auch gefallen hat.*

20

Am Samstagnachmittag schloss das Café immer um vierzehn Uhr. Jetzt war es kurz vor halb zwei, und der Laden war schon recht leer, als Emilia und Milla in den Laden kamen.

Die Auslage mit den Schnecken sieht sehr übersichtlich aus, dachte Milla und sagte laut zu Sinje: »Du scheinst ja richtig Umsatz gemacht zu haben!«

»Samstag ist doch immer gut was los!«

So blieb die Studentin dann auch nicht auf einen Schwatz bei den Frauen stehen, sondern kümmerte sich um die letzten Gäste.

»Komm, wir gehen nach hinten und packen aus. Du wirst hier nicht gebraucht!« Milla wusste, wie schwer es der Freundin fiel, einfach mal alles laufen zu lassen. Sie warf einen besorgten Blick auf Emilia, die im Auto fast eingeschlafen war. »Ich denke, es ist sogar besser, wenn du dich gleich aufs Ohr legst. Ich mach mit Sinje noch klar Schiff.«

Eigentlich wollte Emilia etwas einwenden, aber sie nickte bloß. »Wirklich, ich bin todmüde! Meinst du, es reicht, wenn ich morgen weitermache? Und du hast doch gestern erst …«

»Alles gut, ich bin topfit, und gestern hat es Spaß gemacht. Morgen früh melde ich mich bei dir, und dann kriegen wir noch einiges auf die Reihe.«

»Gut, dann gehe ich jetzt.« Ganz wohl fühlte Emi sich allerdings nicht dabei. Gab es eigentlich eine Medizin gegen schlechtes Gewissen?

Milla war froh, dass sie die müde Freundin aus dem Laden verbannen konnte. Sie selbst verspürte einen euphorischen Energieschub. Mit Sinje würde sie heute noch richtig was schaffen. Bis gegen sechs Uhr wollte sie bleiben und danach noch kurz bei Rose vorbeischauen.

Jetzt stand sie mit dem Blick zur Decke im hinteren Raum.

»Die Flecken haben Emi heute Morgen auch schon genervt«, stellte Sinje fest.

»Ja, die sehen nicht so toll aus, aber auf Decke streichen hab ich keine Lust. Das ganze Geklecker und so! Das müsste man anders lösen.«

»So was hatte ich auch früher in meinem Zimmer – da war Farbe abgeblättert um die Lampe herum und an ein paar anderen Stellen! Ich hab da, glaube ich, noch was zu Hause. Wieso hab ich da nicht gleich dran gedacht?« Mit den hochgezogenen Augenbrauen wirkte Sinje richtig unternehmungslustig. Sie band sich die Schürze ab und verschwand durch die Ladentür. »Ich bin gleich zurück!« Die Worte waren zwar für Milla nicht zu hören, aber sie konnte sie durch die Schaufensterscheibe von Sinjes Lippen ablesen.

Etwas nachdenklich kassierte sie die beiden letzten Gäste ab und brauchte nicht einmal Wechselgeld. Wenig später stürmte Sinje wieder in den Laden. »Hier nimm das!« Sie warf Milla eine kleine Plastiktüte zu.

»Was soll ich damit? Eine andere Farbe für die Decke? Das hatten wir doch vorhin schon. Zu viel Dreck und zu viel Zeit!« Sie nahm einen Stapel mit Farbmusterkarten in die Hand.

»Quatsch! Du warst doch schon bei mir im Zimmer, oder? Klar, bei meiner Geburtstagsparty! Denk mal nach: die kleinen bunten Kreise an meiner Decke ...«

Milla begann sich zu erinnern; auch an die Bierkisten, die sie vernichtet hatten. »Die hast du jetzt aus solchen Musterkarten ausgeschnitten?«, mutmaßte sie.

»Du sagst es! Und gekostet hat's auch nichts«, rief sie gut gelaunt und sprang fast in die Luft.

»Tolle Idee. Ist dir das selber eingefallen?«

»Klar. Not macht erfinderisch, und wenn ich keine Kohle hab, werde ich Albert Einstein.« Dabei fielen die beiden sich ausgelassen in die Arme. »Dann hol jetzt mal ein paar leere Gläser und Deckelchen und so«, gab Sinje nun konkrete Anweisungen.

»Wofür das? Ach als Schablonen!«

»Ja, und der Durchmesser muss zu den Karten passen!«

Den Auftrag hatte Milla schnell erledigt. Sie zeichneten unterschiedlich große Kreise auf die Farbkarten und die wurden dann ausgeschnitten und kamen mit Kleber bestrichen an die Decke.

»Immer schön auf die Flecken!« gab Sinje ihre Erfahrungen weiter.

Milla stand auf einem Stuhl und klebte die vorbereiteten Kreise an die Stellen, die besonders übel aussahen.

»Sieht toll aus, eine elegante Lösung!« Sinje war in Richtung Tür gegangen und betrachtete mit etwas Abstand das Zwischenergebnis. »Da muss noch einer hin, und da auch.« Sie reichte Milla zwei Farbkreise, die sie sorgfältig mit Klebstoff bestrichen hatte.

»So jetzt reicht's!« Milla war mit ihrer Arbeit zufrieden und hüpfte vom Stuhl. »Richtig genial!« Sie war nun auch hinüber zur Tür gegangen. »Wirklich eine super Idee, Sinje.«

»Ich werd's mir patentieren lassen.« Das war natürlich nur ein Scherz. Ideen für arme Kirchenmäuse würden wohl kaum Profit einbringen.

Die beiden Frauen lagen sich lachend in den Armen und schauten weiter begeistert hoch zur Decke.

»Und wo wir schon bei Einstein sind. Ich lese da gerade so ein Buch.« Milla gab einen kleinen Beitrag zum Besten.

Wenn eine Idee nicht absurd klingt,
dann gibt es für sie keine Hoffnung.
Albert Einstein

»Meine Ideen sind meistens absurd. Dann besteht ja noch Hoffnung für mich«, sagte Sinje lachend.

»Genau Süße. Ich werde jetzt nach Hause gehen und duschen. Heute ist noch ein bisschen Nachbarschaftshilfe angesagt.«

»Noch mehr Hilfe?« Sinje war ehrlich erstaunt über Millas Tatendrang. »Du bist wirklich eine Liebe!«

»Du auch. Und schließ schön ab. Bis Montag dann.« Vergnügt, aber langsam auch erschöpft, schwang sie aus der Tür.

21

»Ach Scooter, für dich haben wir leider nichts dabei!« Nach dem *MOBIG*-Abenteuer freute sich Robert, wieder zu Hause zu sein.

»Und er war ganz brav.« Opa Menke kam wirklich gut klar mit dem fidelen Mischling. »Und ihr? Hattet ihr auch Spaß?«, wollte er von den beiden jungen Männern wissen, als er eine große Tafel

Schokolade mit einem überschwänglichen Dank entgegen nahm.

»Sogar Robert hat sich amüsiert! Und er hat eine Frau getroffen.« Carlo konnte es sich nicht verkneifen, seinen Kumpel aus der Reserve zu locken.

»Eine Kundin«, verteidigte Robert seine Position. Auf keinen Fall wollte er hier irgendwelche Erwartungen wecken.

»Lass doch den Robert, der macht das schon!« Opa Menke konnte verstehen, dass der junge Mann so etwas nicht gleich an die große Glocke hängen wollte.

Robert nahm den gekauften Korb mit in die Werkstatt und setzte sich erst mal an den Schreibtisch. Unterwegs war ihm noch einiges zu seinem Projekt eingefallen, und nicht nur dazu. Nur schade, dass er ihre Nummer nicht hatte. Aber egal, Montag würde er die alte Dame anrufen, und bis dahin konnte er sich noch was überlegen.

Auch Carlo war rundum zufrieden mit sich. Heute verspürte er sogar den Drang, in der Wohnung mal etwas Ordnung zu machen. Sie hatten in den letzten Tagen beide den Kopf voll gehabt und das war nicht zu übersehen.

Er schaute kurz durch die offene Tür in die Werkstatt. Robert bemerkte ihn gar nicht. Er schien sofort in seine Arbeit versunken zu sein.

Carlo schmunzelte Scooter verschwörerisch an. »Komm, Kumpel, wir machen jetzt unsere Arbeit.«

Naja, eine tolle Frühstückseinladung war es jetzt nicht, aber es hat Spaß gemacht!

22

In der Wohnung angekommen, gab Milla dem Kater ein paar Streicheleinheiten und etwas zu fressen. Danach sprang sie kurz unter die Dusche. Im Laden waren sie sogar früher als geplant fertig geworden.

Zehn Minuten später war sie schon aus der Tür und drückte eine Etage tiefer den Klingelknopf.

»Hallo, meine Liebe.«. Rose strahlte übers ganze Gesicht und nahm Milla in den Arm. Es gab eine Menge zu erzählen.

»Und nächste Woche wird sich wohl ein Tischler bei dir melden. Robert heißt er übrigens.«

Millas Begeisterung ließ Rose schmunzeln. »Was soll ich dem Tischler denn sagen?«

»Ich hab mit ihm schon über die alten Schränke gesprochen. Es wird sogar, wie ich es gesagt hab, etwas Geld dafür geben!«

»Das hört sich ja richtig gut an!« Rose hatte in ihren Lieblingssessel Platz genommen und Milla saß ihr gegenüber. Nach der Uhr auf dem Schrank war es gleich halb sechs. Beim Anblick des gedeckten Tisches überlegte Milla, ob Rose sie vielleicht schon erwartet hatte.

Peinlich berührt kniff Milla die Lippen zusammen. »Waren wir etwa verabredet?«, fragte sie leicht irritiert.

»Nein, keine Sorge. Ich dachte nur ...« Rose war auch etwas verlegen. »Aber den Bienenstich lassen wir uns jetzt schmecken.« Über den Tisch griff die Gastgeberin lachend nach Millas Teller.

»Der ist wirklich gut. Und wie der frische Krokantdeckel duftet... Um die Regale will er sich auch kümmern«, musste Milla noch freudestrahlend loswerden, bevor sie beide mit vollen Mündern den leckeren Kuchen verspeisten.

Milla hielt sich nach einem weiteren Kuchenstück den Bauch. »Bin ich voll! Aber der ist so gut, dass man mit dem Essen fast nicht aufhören kann!« Sie wies mit dem Kopf hinter sich. »Hast du trotz Backerei noch Lust auf ein bisschen Rumgeräume?«

»Aber immer«, sagte Rose und sprang schon auf. »Das Geschirr tu ich später weg.«

Das Aufräumen schien der alten Dame immer mehr Spaß zu bereiten. Milla bemerkte, dass Rose sogar schon blaue Säcke bereitgelegt hatte.

»Die bunte Bettwäsche habe ich heute Morgen durchgeschaut. Kann alles weg! Die alten Handtücher auch!«

»Aber das ist doch viel zu hübsch!« Milla griff nach einem weißen Kopfkissenbezug mit Lochstickerei.

»Magst du den haben? Ich habe doch dahinten im Schrank noch so viele davon!«

»Ja gerne!« Bisher hatte Milla noch nicht daran gedacht, etwas für sich mitzunehmen. »Was meinst du zur Caritas? Anders wird es sicher schwierig, die Bettwäsche loszuwerden. Alte Handtücher kauft auch keiner. Alles ist besser als der Container.«

»Ganz wie du denkst.«

»Vielleicht sollte ich auch Helga fragen, die jetzt die Gardinen für dich näht.«

»Das können wir später noch machen bei den besseren Sachen. Erst mal soll der Schrank hier leer werden, und bei der Caritas ist es ja wenigstens für einen guten Zweck!«

»Wenn du meinst, machen wir das so!« Auch Milla war für jeden Vorschlag offen.

»Der Schrank soll ja auch weg! Der ist so dunkel und erdrückend!«

Milla wäre nie auf die Idee gekommen, die Wirkung des alten Möbelstücks der Besitzerin gegenüber so zu beschreiben, auch wenn sie ähnlich dachte. Sie schüttelte leicht irritiert den Kopf.

»Klappt doch alles super.« Rose war in ihrem Eifer fast nicht zu bremsen.

»Ich denke, für heute reicht's. Ich muss die Sachen ja auch noch wegschleppen.« Sie wollte nicht, dass die alte Dame sich überforderte. Nicht dass irgendwann das böse Erwachen kam. Aber sie behielt ihre Bedenken für sich, zu sehr fasziniert von Roses Euphorie. »Wir waren heute richtig gut, besonders du mit deiner Vorarbeit!«

Eingehüllt in die positive Stimmung verließ Milla kurze Zeit später mal wieder mit den schweren Säcken Roses Wohnung. Heute Abend würde sie davon nichts mehr loswerden. Also stellte sie die Sachen unten im Flur ab, wo sie die Säcke dann Montag früh nicht übersehen konnte.

23

Obwohl er es nicht geschafft hatte, vor drei Uhr morgens ins Bett zu finden, saß Robert bereits gut gelaunt am Frühstückstisch. Es war halb neun und heute war Sonntag.

»Rita freut sich übrigens, dass du mit kommst«, sagte er zu Carlo, als der in die Küche kam. Sie waren zum Mittagessen bei Roberts Mutter eingeladen. Robert nannte sie schon lange beim Vornamen, obwohl er sich damals dafür einige Rüffel von seinem Vater eingefangen hatte. Für diesen »neumodischen Schnickschnack« hatte der nichts übrig gehabt.

»Was gibt's denn Schönes?«, wollte Carlo wissen.

»Überraschung – hat sie gesagt.«

Carlo rieb sich erwartungsfroh die Hände. Roberts Mutter konnte wirklich gut kochen und ihm lief beim Gedanken an die letzte Einladung das Wasser im Mund zusammen. Beim Frühstück hielt er sich dann auch extra zurück.

»Scooter, heute gibt's für dich bestimmt auch was Leckeres!« Carlo stachelte den Hund an, der schwanzwedelnd darauf wartete, dass es endlich los ging .

Robert hatte für seine Mutter einen großen Sommerblumenstrauß bei Opa Menke geschnorrt oder gegen eine Flasche guten

Wein getauscht.

Während der Fahrt hielt Carlo den Strauß auf dem Beifahrersitz in der Hand. »Mir ist schon ganz schummrig von dem ganzen Blumenduft«, beschwerte er sich. Er machte einen unglücklichen Eindruck, aber Robert hatte kein Mitleid.

»Stimmt. Hier riecht es wie im Blumenladen. Rita wird sich freuen.«

Nach dem Tod von Roberts Vater hatte die lebenslustige Rita noch ein wenig Veränderung für ihr Leben gewollt. Sie war raus aus der Stadt, aufs Land gezogen. Nur gut dreißig Kilometer lag der kleine Ort entfernt, aber um sich häufiger zu sehen, waren alle einfach zu sehr mit ihren eigenen Leben beschäftigt.

Gleich, als sie neu war im Dorf, begann sie mit einer kleinen Geflügelzucht. Über fünfzig Hühner, Enten und Gänse mussten täglich versorgt werden, und das machte eine Menge Arbeit. Dass es sich nicht um das übliche Standard-Geflügel handelte, sorgte in der Nachbarschaft für redliches Interesse. Mit ihren alten Rassen war Rita schon so manches Mal in der Regionalzeitung gelandet. Da hatten auch Robert und Carlo schon öfter beim morgendlichen Blick in die Zeitung gestaunt.

Robert hatte gleich zugestimmt, als Rita sein Elternhaus zum Verkauf anbieten und neu durchstarten wollte. Durch eine chronische Entzündung im Schultergelenk hatte sie ihren Sekretärinnenjob schon ein paar Jahre früher aufgeben müssen und war mit ihrer Rente und der Witwenrente seitdem gut versorgt.

Mit ihrem neuen Anwesen hatte sie auch großes Glück gehabt. Das alte Haus hatte nur rein optische Mängel gehabt, die Robert mit einem befreundeten Maurer schnell beseitigen konnte.

Neben dem inzwischen geradezu romantisch anmutenden Haus gab es einen herrlichen Obstgarten, ein ansehnliches Nebengebäude und einen Stall für das Geflügel.

»Hallo Jungs«, begrüßte sie jetzt die beiden Freunde. Auch

Carlo kannte Frau Severin schon seit seiner Grundschulzeit. Roberts Vater war zwar etwas streng gewesen, aber Carlo hatte sich immer sehr wohl gefühlt am Esstisch der Familie. Ganz anders als in seiner eigenen Familie ging es hier damals sehr geregelt zu. Bei Carlo waren immer alle mit sich selbst beschäftigt gewesen. Irgendwie hatte das Geld des erfolgreichen Anwalts Rudolf Petersen der Familie kein Glück gebracht. Kein Wunder, dass Carlo nach dem Abi in Paris geblieben war.

Heute nahm Roberts Mutter auch vieles lockerer. Es sollte unter dem großen Apfelbaum neben dem Hühnerstall gegessen werden und der Tisch war noch nicht einmal gedeckt. Das alles wäre mit seinem Vater undenkbar gewesen. Robert registrierte es weniger mit Bedauern als amüsiert. Seine Mutter war schon eine tolle Frau.

»So ihr beiden, jetzt macht euch ruhig nützlich.« Sie zeigte im Wohnzimmer in Richtung der Ablage, wo Geschirr, Gläser und Besteck bereitlagen. »Das kriegt ihr hin. Ich habe noch in der Küche zu tun. Ach übrigens, es kommt ein Überraschungsgast!«

Die beiden Männer schauten sie gespannt an und bemerkten natürlich die leichte Röte in ihrem Gesicht. »Und wer?«, kam es wie aus einem Mund. Alle drei lachten los.

»Ein neuer Nachbar – Werner Lange. Er ist vor kurzem hierher gezogen und kennt noch nicht so viele Leute. Ihr werdet ihn mögen.« Sie klang sehr euphorisch.

Grinsend gingen die Männer in den Garten, um den Tisch zu decken. Ihre Geduld wurde noch ein wenig strapaziert. Sie saßen schon zu dritt bei einem Glas Wein am Tisch, als Rita plötzlich aufsprang. Scooter tobte laut bellend hinterher. Am Gartentor stand ein Mann mittleren Alters.

Die beiden Freunde schauten sich an. *Der sieht aber noch sehr jung aus*, dachten sie wohl gleichzeitig. Grinsend und leicht peinlich berührt beobachteten sie die Begrüßungsszene. Rita umarmte den Mann herzlich, stellte ihm den schwanzwedelnden Scooter vor und begleitete ihn dann, eine Hand um seine linke Schulter gelegt, an den Tisch.

»Das ist Werner. Und das sind mein Sohn Robert und sein Freund Carlo«, stellte sie die Männer einander ganz formell vor.

Robert beobachtete seine Mutter. Sie freute sich einfach und ging mit der Situation sehr entspannt um. Er war verblüfft, wie schnell sich ihr Gast in die Tischgesellschaft einfügte. Es wurde ein rundum gelungenes Mittagessen. Und es gab wunderbare Kalbsschnitzel und frischen Spargel mit Buttersoße.

Als sich Werner nach ihren Schweinen erkundigte, gaben die beiden Freunde ein paar Geschichten von ihren borstigen Vierbeinern zum Besten.

»Ihr solltet uns auch mal besuchen.« Dass Robert den neuen Freund seiner Mutter in die Einladung mit einschloss, schien sie sehr glücklich zu machen. Die Abschiedsumarmung fiel heute besonders herzlich aus.

Als Robert und Carlo dann im Auto saßen, mussten sie etwas loswerden.

»Wow, da hat sich deine Mutter ja einen richtig jungen Kerl geangelt«, stellte Carlo lauthals fest. »Das meine ich als Kompliment! Werner ist höchstens fünfundfünfzig, wahrscheinlich sogar noch jünger!«

»Ja, ich bin erstaunt, dass meine Mutter auf so junge Männer steht, aber die beiden sind echt ein nettes Paar.« Die Vertrautheit der beiden war nur allzu offensichtlich gewesen. »Als wenn sie sich schon ewig kennen. Und mir war das so peinlich war, als ich Moni das erste Mal mitgebracht habe. Aber da lebte ja auch mein Vater noch ...« Robert schüttelte seinen Kopf.

Carlo blieb ebenfalls beim Thema. »Ich glaube, die beiden sind echt verliebt! Deine Mutter ist ja auch eine tolle Frau, und was sind schon ein paar Jährchen. Hast du eigentlich gemerkt, dass sie heute nicht mal gefragt hat, wie es Claudia geht und ob du etwas von Moni gehört hast?«

»Siehst du, da hat der Werner wirklich was Gutes vollbracht.«

Sie unterhielten sich darüber, bis sie zu Hause waren. Scooter bekam davon fast nichts mit. Bei dem leckeren Schnitzel im Bauch war das auch kein Wunder. Er war hinten im Bulli sofort eingeschlafen.

24

Schon um kurz nach sieben war Milla heute aufgestanden. Sie wollte Emilia zusammen mit Sinje im Café vertreten. Für den morgigen Termin mit dem Beamtenmenschen hatte Emi noch Papierkram aufzuarbeiten.

Doch bevor es ins Café ging, musste unbedingt noch die alte Wäsche von Rose weg. Vielleicht war es auch nicht so toll gewesen, die Säcke über den Sonntag im Hausflur stehen zu lassen.

Von der Küchendecke war Emi jedenfalls gestern total begeistert gewesen. »Wenn man so tolle Freundinnen und Mitarbeiterinnen wie euch hat, was soll einem da noch passieren?«, hatte sie glücklich philosophiert.

Die beiden Frauen hatten am Sonntagnachmittag im Café kräftig geputzt und nach dem Duschen hatte es noch ein Treffen in Millas Wohnung gegeben.

»Du weißt doch, deine Modenschau!« Emilia hatte Millas Praktikumstermin in der nächsten Woche nicht vergessen.

»Gut, dann bestell ich uns eine Pizza bei Luigi.« Eine absolute Ausnahme! Ab nächste Woche war wieder Sparen angesagt.

»Nein, nein, nicht dass du denkst, du bezahlst. Ich übernehme das. Du hast mir in den letzten Tagen so sehr geholfen.« Für Emi war das eine Gelegenheit, ihre Dankbarkeit zu zeigen.

Es war dann ein richtig netter Pizzaabend geworden und das passende Outfit für den wichtigen Termin hing anschließend an der Garderobe. Ihre gemeinsame Wahl war auf einen schlichten, blauen Anzug gefallen, der ihr zum Glück immer noch passte. Dazu hatten sie das hellblaue Shirt und zum Wechseln eine gestreifte Bluse und ein weißes T-shirt ausgesucht.

»Das ist es, passt alles super zu deinen Augen, belissimi, wunderschön!« Emi war begeistert.

Heute Morgen stand sie noch einmal vorm Kleiderschrank und schaute sich die ausgewählten Sachen an. *Sieht richtig gut aus. Alles sehr businessmäßig und gar nicht bieder,* dachte Milla und musste grinste. Sie freute sich jetzt auf das Praktikum. Für ihren Dienstag war sie gerüstet.

Wie geplant schnappte sie sich die Säcke und machte sich heute mal mit dem Fahrrad auf den Weg. Frühstücken würde sie später im Laden.

25

Ihr erster Gedanke galt gleich dem wichtigen Termin am nächsten Tag. Etwas bedrückt saß Emilia noch auf der Bettkante. Mit dem Durchwuscheln ihrer Haare versuchte sie, ihren Kopf freizubekommen und stapfte so in die Küche.

Gelegentlich wünschte sich Emi eine Wohnung über dem Café. Aber durch ihren Nachhauseweg, praktisch nur drei Straßenecken weit, konnte sie deutlich besser Abstand halten, auch wenn sie das Backen in ihre nette Wohnküche verlegt hatte. Ihr kleines Wohnzimmer war eigentlich ständig verwaist. Fernsehen war kein Thema, und außer an ihrem Geburtstag hatte sie selten jemand anderen als Milla zu Besuch. Manchmal schlief sie sogar auf der gemütlichen Eckbank in der Küche, aber davon hatte sie Milla noch nichts erzählt.

Aurelias altes Zimmer war immer noch ein Abstellraum. Etwas gruselig, aber Emi war noch nicht bereit, dauerhaft Abschied zu nehmen und den Raum vielleicht zu renovieren. Sie entstaubte ihn zwar regelmäßig, nutzte für sich selber aber nur die kleine Kammer ihrer Einzugstage. Gelegentlich hatte sie auch schon darüber nachgedacht, wie es wäre, mit Milla zusammenzuziehen, aber sie hatte sie noch nicht gefragt.

Jetzt schnell die Kaffeemaschine anmachen und Backofen aufheizen für die Schnecken. Das waren jeden Tag, außer am Sonntag, ihre ersten Handgriffe. Im Bad kämmte sie entschlossen ihre maronenbraunen, dicken Locken durch. Der Blick in den Spiegel verbesserte ihre Laune deutlich. Sie warf ihrem Gegenüber ein Lächeln zu. *Wenn ich heute nicht im Laden stehe, kann ich's ja durchaus etwas lockerer angehen.* Sie beschloss, die Haare offen zu lassen und nahm lachend ein buntes Strandkleid aus dem Schrank. Das hatte sie schon eine Ewigkeit nicht getragen.

Als Emi das Gebäck später in den Laden brachte, waren Milla und Sinje erstaunt über ihr ungewohntes Outfit.

»Irgendwie muss ich mich ja belohnen, damit ich diesen Tag mit dem elendigen Papierkram überstehe. Und einen Cappo bitte!« Sie wollte sich noch etwas gönnen, bevor es losging, und setzte sich kurz an einen der Tische.

So kam ihr wieder der bärtige Gast in den Kopf, der letzte Woche genau hier gesessen hatte. Verträumt genoss sie den heißen Cappuccino, den Sinje ihr schmunzelnd an den Tisch brachte.

Als sie kurz darauf zu Hause am Schreibtisch saß, war die beschwingte Stimmung allerdings wie weggeblasen. Sie nahm den großen Zettel zu Hand, auf dem sie neulich abends bei Horst alles

Wichtige notiert hatte. Horst hatte für seinen Laden einen Reinigungsplan erstellt, in dem alles genau beschrieben war und wo er unter anderem auch die Reinigungsprotokolle für die Toiletten und Arbeitsbereiche abheftete. Bei offiziellen Kontrollen hatte er mit dem Ordner immer Pluspunkte gesammelt. »Und du behältst den Überblick!«, hatte er zu ihr gesagt. Sie wussten beide, dass das nicht einfach war. »Außerdem macht es bei den Gästen auch einen guten Eindruck«, wusste Horst aus Erfahrung.

Sie würde heute zuerst nur besagtes Toilettenreinigungsprotokoll erstellen und zum Ausfüllen aufhängen und dann vielleicht eine Vorgangsbeschreibung. Obwohl sie sich bei Horst alles angeschaut hatte, raufte sie sich frustriert die Haare.

»Excel, so ein Mist und ewig her«, entfuhr es ihr. Irgendwelche Tabellen zu erstellen – das war wirklich nicht ihr Ding.

Nach einer Stunde hatte sie sich aber etwas eingearbeitet. Sie machte ein paar Ausdrucke von dem erstellten Protokoll. Mit der ersten Seite in der Hand war sie zufrieden. Sie würde sie nachher in der Kundentoilette aufhängen und dann konnten die Kunden auch sehen, dass hier auf Hygiene geachtet wurde.

Horst hatte auch gesagt, dass die Beamten am Anfang manchmal eine Schonfrist gewährten. Bei ihr war das wohl bisher so gewesen, aber jetzt war sie dran. Als sie die Erstgenehmigung bekommen hatte, gab es im Café auch noch nicht allzu viel zu sehen. Sie hatte fast keine Kunden und war noch dabei, die Kaffeesorten auszuprobieren. Kekse hatte sie zu dem Zeitpunkt einfach zugekauft.

Hoffentlich gab es keinen Ärger wegen des Gebäcks, kam ihr ein unschöner Gedanke.

Sie versuchte, sich optimistisch zu stimmen, indem sie einen Piccolo öffnete. Der kalte Sekt rann ihr prickelnd Kehle hinunter. Allein schmeckt er irgendwie nicht, dachte sie in dem Augenblick, als es wie auf Bestellung an der Tür läutete.

Milla fiel ihr heulend um den Hals. »Ich hab ihn gesehen! Und sie haben sich umarmt!«

»Dove, wo? Wen? Rainer?« Natürlich musste Emilia bei so einem Auftritt sofort an Rainer denken.

»Quatsch. Nein, Robert!« Sie stand ihrer Freundin jetzt heulend gegenüber. »Er war auf der andern Straßenseite, und sie haben sich ganz innig umarmt.«

Emi schaute Milla erstaunt an. »Komm erst mal runter. So genau kennst du ihn doch überhaupt nicht! Du kennst ihn doch eigentlich gar nicht! Forse, vielleicht war's ja jemand anderes.«

Milla wischte sich mit beiden Händen die Tränen aus dem Gesicht und schluckte etwas von ihrer merkwürdigen Verzweiflung herunter. »Ich wollte es auch nicht glauben! Bin dann näher ran, hinter ein Auto. Er hat mich nicht gesehen. War viel zu beschäftigt. Aber er war es.« Mit weit aufgerissenen Augen und fuchtelnden Händen schilderte sie aufgeregt die Details ihrer Entdeckung.

»Aber er hat dir doch auch nicht gesagt, dass er allein ist, oder? Du hast ihn doch bestimmt nicht gefragt, und Versprechungen hat er dir auch nicht gemacht, no! Also wirklich, Milla, ihr hattet noch nicht einmal eine richtige Unterhaltung!«

Milla musste ein paar Tränen herunterschlucken. »Aber er war doch so nett!« Aus ihrem Blick sprach tiefstes Bedauern.

»Darüber hast du ja bisher nicht wirklich was gesagt! Aber ich versteh dich. Calma, beruhige dich.« Gegen diesen Robert wollte sie jetzt nicht wettern. Warum auch Wasser auf die Mühlen geben – hier gleich im doppelten Sinne.

»Ach Emi, du hast ja recht! Aber letzte Nacht hab ich noch von ihm geträumt! Ein sehr erotischer Traum! Und ich hab doch schon so lange nicht mehr ...« Auch mit ihrer liebsten Freundin sprach Milla nicht gern über die Einzelheiten ihres nicht vorhandenen Liebeslebens. Emi ging es genauso.

»Vergiss ihn vorläufig mal und denk an den neuen Job!« Das

erschien Emilia eine gute Ablenkung zu sein.

Es kamen noch ein paar verschnupfte, tiefe Seufzer, doch langsam trockneten die Tränen. »Wahrscheinlich hast du recht. Ich steigere mich da in etwas rein. Vielleicht liegt es auch an *Seriodesign*. Dass ich da morgen hin muss, macht mich echt nervös. Und ich muss nachher unbedingt noch zu Rose. Sie muss ihm sagen, dass ich einen Freund hab, falls er nach mir fragt.« Hoffentlich war es nicht schon zu spät, fiel Milla dabei ein.

»Ach Milla, du übertreibst wirklich total! So kenne ich dich überhaupt nicht! Warum bist du überhaupt gekommen? Gab's Probleme im Laden?«, wollte Emilia wissen.

»Nein, es lief gut, Sinje hat eh alles im Griff … Ich dachte, du könntest ein bisschen Gesellschaft gebrauchen. Und dann das!«, schniefte sie noch einmal.

»Gut, dann kannst du mir ein bisschen Gesellschaft beim Sekt leisten und ein paar Trennblätter für den Ordner beschriften.« Sie nahm einen weiteren Piccolo aus dem Kühlschrank und füllte für die Freundin ein Glas. »Prost. Auf die Frauen und auf die Freundschaft.«

Emi erklärte Milla, wie die Trennblätter beschriftet werden sollten. Sie hatte zwar nicht die Absicht, heute alles fertigzumachen, aber den guten Willen sollte man schon erkennen. Sie selbst machte sich an das Reinigungsprotokoll für die Theke und sonstige Abstellflächen. Um zwei Uhr hatten sie schon ganz gut was geschafft und Milla wollte kurz bei Rose vorbei und dann zurück ins Café gehen.

Emilia druckte aus dem Internet noch ein Schild aus, um den Laden als rauchfreie Zone auszuweisen. *»Ganz wichtig!«*, hatte Horst gesagt, wie ihr gerade noch rechtzeitig eingefallen war. Sie laminierte es noch ein und machte sich dann mit dem ganzen Papierkram auf den Weg in Richtung Café.

Milla war schnell wieder da. »Ich hatte Glück. Er hat sich gemeldet, will aber erst heute Nachmittag bei Rose vorbei kommen. Ich hab ihr auch von dem Praktikum erzählt, und dass ich bis Donnerstag keine Zeit mehr hab ... und nach mir hat er gar nicht gefragt. Sie weiß aber jetzt Bescheid.«

»Siehst du, für ihn bist du wahrscheinlich nur ein netter Geschäftskontakt. Du hast dich da wirklich in was reingesteigert!« Voll Bedauern schaute Emi ihre Freundin an, die nicht wirklich erleichtert wirkte.

»Ich glaube, du hast recht!«, gab sie zu. Aber als sie die Schultern hob, sanken diese danach besonders tief. Wie ein geprügelter Hund sah sie aus.

»Kopf hoch! No, nicht wahr?« *Ich werde sie im Auge behalten*, war dann ein weiterer von Emis Vorsätzen.

»Hallo. Hab ich was verpasst?« Sinje hatte gerade eine Kundin abkassiert und das Gespräch der Freundinnen nur mit einem halben Ohr verfolgt.

Milla war es etwas peinlich, aber sie wollte Sinje nicht ausschließen. Ohne ins Detail zu gehen, erklärte sie ihr kurz den Zusammenhang des vermeintlichen Missverständnisses.

»Ich wusste nicht, dass du so sehr auf der Suche bist«, sagte Sinje schmunzelnd.

»Na, das hört sich jetzt an, als wär ich absolutes Notstandsgebiet!«, versuchte Milla einen kleinlauten Protest.

»Quatsch! Aber wir könnten doch demnächst ʼne Kneipentour machen. Was hältst du davon, Emi?« Sie wandte sich der Dritten im Bunde zu. »Damit Milla wieder unter nette Männer und auf andere Gedanken kommt!« Sie lachte laut auf, hielt sich dann aber die Hand vor den Mund. Die Kunden hatte sie glatt vergessen.

»Schlag jetzt mal nicht über die Stränge, du Küken!« Emi rief Sinje leise zur Raison. »Aber damit könnte sie genau richtig liegen«, wandte sie sich dann an Milla. »Das wäre gar nicht schlecht für dich. Am Wochenende ist es ja zeitlich etwas lockerer.«

»Oh ja, da überleg ich mir noch was Nettes, um euch beiden alten Damen ein bisschen aufs Fahrrad zu helfen!« Sinje hatte sichtlich Mühe, leise zu sprechen und ihre Begeisterung im Zaum zu halten.

»Jetzt haben wir aber noch ein ganz anderes Thema!« Emi wedelte kurz mit dem Ordner in der Hand, und ihr Gesichtsausdruck war wieder ernst. »Du kümmerst dich am besten weiter um die Gäste und ich hänge mit Milla die Sachen auf. Nachher machen wir das mit dem Ausfüllen der Protokolle zusammen, und dann bist du da auch gleich drin im Thema.«

Was die Chefin sich vorgenommen hatte, klappte wirklich gut. »Wir sind schon ein tolles Team!«, lobte sie auch die Leistungen ihrer Mitarbeiter. Sie brauchten nicht lange, um die Dokumente zu platzieren und ein bisschen auszufüllen. Dann war Emilia zufrieden. »Ich werd heute einfach früher mit den Keksen für morgen anfangen«, verplante sie den restlichen Tag. »Dann kann ich früh ins Bett und bin morgen fit für den Behördenfuzzi! Ist das für euch okay?« Emi schaute die zwei Mädels an, die sofort zustimmend nickten. Sie wollten beide bis Ladenschluss bleiben.

Emi genoss es, zu dieser ungewohnten Zeit entspannt nach Hause zu bummeln. Auf halbem Weg kam ihr ein Nachbar entgegen, der sie freundlich begrüßte. »Ich hätt dich fast nicht erkannt! Wieso hast du plötzlich einen Bart!«, fragte sie überrascht. Er murmelte was von *keine Zeit und Lust zum Rasieren*«. Als sie weiterging, kam ihr eine ungewohnte Erkenntnis. »Perfetto, gut, sieht klasse aus«, rief sie ihm hinterher.

Er drehte sich noch mal um und warf ihr lachend eine Kusshand zu. »Danke!«

26

»Eigentlich möchte ich mich nicht hineinziehen lassen in eure Beziehungsprobleme!« Mit ihrem Anruf hatte Claudia Robert in die Enge getrieben.

»Bitte lass uns kurz treffen! Nur auf einen Kaffee! Du weißt doch, der Coffeeshop unten am Park, an der Jole.« Die Jole war der kleine Fluss, der sich durch Rosenau schlängelte und in dem netten Park am Flussufer tummelte sich immer allerlei Volk.

»Aber ich hab wirklich nur kurz Zeit!« Er wollte sichergehen, sie möglichst schnell wieder loszuwerden.

Robert nahm das Rad, Scooter sollte für die Zeit im Hinterhof bleiben. Als er am Park ankam, schaffte er es gerade noch, das Fahrrad abzustellen, da stürzte Claudia sich schon mit einer innigen Umarmung auf ihn, als wären sie beste Freunde oder mehr, und rief: »Du bist mein Retter!«

Als er sich aus ihren Armen befreit hatte, sah er in ihre verweinten Augen. Sie tat ihm leid. Bisher hatte er nicht den Eindruck gehabt, dass Claudia eine besonders emotionale Frau war. »Ich hab dir schon am Telefon gesagt, dass ich mich nicht einmischen werde.« Mit zusammengekniffenen Augen schaute er sie an.

Sie versuchte, ihn mit einem Lächeln aus der Reserve zu locken. Diese Taktik hatte Robert oft beobachtet, wenn sie Carlo zu irgendwas überreden wollte.

»Bist du sicher, dass es nicht nur dein verletzter Stolz ist?«, probierte er die unsensible Tour. »Ich hab schon länger gedacht, dass ihr nicht so richtig zusammenpasst.«

»Wirklich? Meine Freundin Jenny meinte das gestern auch schon.« Claudia schaute Robert ungläubig an und schnäuzte sich dann die Nase.

Robert hielt sich bewusst zurück mit weiteren Äußerungen.

»Aber es ist so traurig! Wir waren doch jetzt schon so lange zusammen. Ich vermisse ihn einfach!«

»Wahrscheinlich fühlst du dich nur ein bisschen einsam.«

»Ich und einsam?« Dieses Wort erschien ihr absurd.

»Jeder ist irgendwann einsam; sogar als Paar kann dir das passieren. Du warst einfach dran gewöhnt, dass Carlo immer da war, wenn du was unternehmen wolltest«, führte er seine Vermutungen weiter aus.

Sie war nachdenklich geworden. »Da könntest du recht haben. Aber das ist doch auch das Gute an einer Beziehung!«

»Das hat aber nichts mit Liebe zu tun. Das kannst du auch mit irgendeinem Kumpel haben oder mit deinen Freundinnen.«

»Aber was ist dann Liebe?«

»Oh je. Wirklich, Claudia, was kommst du mir jetzt mit solchen existenziellen Fragen?« Seine Wangen fühlten sich gerade sehr warm an. Sie war zum Glück viel zu sehr mit ihrem eigenen Dilemma beschäftigt, um es zu bemerken. Irgendwie schien es ihr auch plötzlich peinlich zu sein, den Kumpel ihres Ex-Freundes mit solchen Fragen zu bombardieren. Sie ging einen weiteren Schritt auf Abstand und sah zu Boden. »Ich glaube, ich werde dann gehen. Du musst ja Carlo nicht unbedingt davon erzählen.«

»Natürlich werde ich es ihm erzählen. Carlo sollte doch wissen, wie es dir geht. Das braucht dir auch nicht peinlich zu sein. Du wirst sehen, wenn Gras darüber gewachsen ist, könnt ihr wieder ganz normal miteinander reden.«

»Vielleicht. Ich hab mich übrigens heute krankgemeldet, konnte ihn einfach nicht sehen.«

»Das wird schon, glaub mir.«

Sie war jetzt schon ein Stück gegangen. »Tschüss!« Und bei einem letzten Blick zurück winkte sie ihm noch einmal zu. »Danke! Und der Kaffee? Den trinken wir halt ein anderes Mal.«

Er hob ebenso die Hand, obwohl sie es eigentlich nicht mehr

sah, und schaute ihr hinterher.

So, jetzt nach Hause, dachte er erleichtert. Mit jedem festen Tritt in die Pedale löste sich ein bisschen von der Anspannung des Gesprächs. Als er das Rad durch die Hofeinfahrt schob, kam ihm Scooter freudig bellend entgegen.

»Ja mein Lieber, gleich gehen wir eine Runde!« Den Schweinen warf er noch ein paar schrumpelige Äpfel über den Zaun und dann holte er die Leine. Sein Kopf war jetzt wieder frei, und unterwegs machte er Pläne für den restlichen Tag. Nach dem Mittagessen würde er die alte Dame mit den Schränken anrufen.

Der Gedanke war gerade mehr als nebensächlich. Ihm erschien das Bild der lachenden Ludmilla in ihrer lila Hose vor dem inneren Auge. *Hübsche Rundungen* hatte Carlo gesagt. Etwas respektlos, aber das traf es genau. Ihre Brüste hatten ihm schon in diesem schwarzen Kleid gefallen. Sie hatte durchaus positiv reagiert auf seine in Aussicht gestellte Einladung. Ja, und Moni war nun wirklich Geschichte. Vielleicht war diese Milla durchaus etwas für ihn.

Scooter schaute erwartungsvoll nach oben zu seinem grinsenden Herrchen.

27

Carlo hatte das Knatterteil schon ein paar Mal bewundert. Dass heute ein Preis daran hing, schien ihm wie ein Wink des Schicksals. Im Labor hatte er die Zeit genutzt, seine Begeisterung zu steigern. Es war verrückt, aber diese alte Bundeswehr-Herkules wollte er haben. Heute war der richtige Tag, um sich etwas zu gönnen, und tausendfünfhundert Euro waren ein echtes Schnäppchen. Ja, er würde nachher gleich mal reingehen und den Verkäufer ausquetschen. Es gab kein richtiges Ladenschild, aber irgendwie sah es nach Werkstatt aus. Mit ein bisschen Glück hatte da jemand Ahnung.

Seine Vorfreude wurde nur durch einen kurzen Gedanken an Claudia gebremst. Er zog sich einen Kaffee am Automaten und schaute auf dem Weg kurz in ihrem Büro vorbei.

»Claudia hat sich heute Morgen krankgemeldet«, bekam er von ihrem Kollegen Clemens zu hören. »Das müsstest du doch eigentlich wissen.« Er runzelte die Stirn und schaute Carlo neugierig an.

»Ach ja, ich hatte es vergessen«, sagte der irritiert. Dann war die Tür auch schon wieder zu. Er wollte Clemens auf keinen Fall Gelegenheit geben, nachzubohren.

Es hatte sie sicher sehr mitgenommen. Also nahm er sich vor, Claudia am Abend kurz anrufen. Ihre Abwesenheit stimmte ihn doch etwas nachdenklich. Bis zum Feierabend war der Gedanke allerdings verblasst. Er gedachte erst einmal, sein anderes Vorhaben in die Tat umzusetzen.

Es ging dann auch sehr schnell. Das Moped genau anschauen, Probefahrt, Papiere begutachten, Kaufvertrag machen und dann zum Geldautomaten. Der spuckte natürlich nicht genug aus. Also ließ Carlo seinen Ausweis als Pfand zurück und lieh sich beim Verkäufer einen Helm aus.

»Verrückt oder?«, schrie er gegen das knatternde Motorrad und den bellenden Scooter an, als er auf dem Hof zum Stehen kam.

Robert war gerade beim Schweinefüttern. Der Futtereimer fiel ihm vor Schreck aus der Hand. Über den Zaun gelehnt lachte er dann aber so sehr, dass ihm fast die Tränen kamen. »Das ist mehr als verrückt! Wo kommt das Teil denn her?«

»Hab ich grad gekauft!«

Robert öffnete das Tor, um aus dem Gatter zu gelangen. Die Schweine waren längst mit dem Futtereimer beschäftigt. Egal, die hatten etwas Spaß verdient.

Dieses Ding musste er sich genauer anschauen. Er strich mit der Hand über den olivgrünen Tank. »Sieht nicht schlecht aus. Aber du hast gar nichts gesagt? So einen Oldtimer kauft man doch nicht mal so eben an der Straße!«

Carlo erzählte, dass er die Maschine schon länger im Auge gehabt und sie jetzt einfach gekauft hatte. Früher waren sie beide eine Weile Motorrad gefahren, aber ganz anders eben.

»Nicht schlecht, wenn ich dagegen an unsere Joghurtbecher von früher denke. Weißt du noch?«

Klar erinnerte sich auch Carlo noch an die Touren, die sie zusammen gemacht hatten. Eine Kawasaki und eine Yamaha; viel PS, ganz viel Plastik und mit dem hier nicht zu vergleichen.

»Sicher, das war schon cool damals. Aber jetzt hab ich Lust auf dieses Teil.« Voller Stolz schwang sich Carlo noch einmal auf die Sitzbank der alten Herkules. Mit einem kurzen Fußkick auf den Starter lief der Motor wieder. Robert hob anerkennend den Daumen.

Sein Freund wies auf den leeren Platz hinter sich. »Lass uns eine Probefahrt machen!«

»Ich hab doch keinen Helm!«

»Ach komm, eine kleine Runde!«

»Na gut, aber wirklich nur 'ne kleine Runde!« Er wog seine Neugierde gegen das schlechte Gewissen auf und ließ sich nicht länger bitten. Scooter musste im Hof bleiben. Als sie zurück waren, hörten sie ihn schon hinterm Tor bellen.

»Das macht einfach nur Spaß«, rief Robert beim Absteigen begeistert.

»Kannst du dir das mit Claudia vorstellen?«, grinste Carlo.

»Nee. Mit der hab ich mich heute übrigens getroffen.« Robert erzählte von Claudias Niedergeschlagenheit und wie er sie beruhigt hatte. »Ich denke, sie packt das!«

»Und ich hab mir schon Sorgen gemacht, weil sie heute nicht in der Firma war«, sagte Carlo. Wenn er jetzt darüber nachdachte, konnte er sie verstehen.

»Sie wollte zwar nicht, dass ich es dir erzähle. Ich hab ihr aber gesagt, dass das alles normal ist. Du musst sie ja nicht unnötig drauf ansprechen.«

»Okay! Ich hatte mir sowieso überlegt, sie erst mal in Ruhe zu lassen oder auch nicht. Ich weiß noch nicht.«

»Du hast dich ja auch schnell getröstet«, stellte Robert fest. Da hatten sie dann beide etwas zum Lachen.

»Wir sollten vielleicht unsere Moped-Klamotten raussuchen«, kam es Carlo in den Sinn.

Der Hund umkreiste sie bellend, als wollte er protestieren.

»Und Scooter?«, kam es wie aus einem Mund. »Ja, was machen wir mit dir?«, wollte Robert wissen. Aber womöglich hatte er sogar schon eine Idee – später.

»Ich muss noch telefonieren! Hab ich ganz vergessen!«, rief er plötzlich und stürmte ins Haus.

Carlo schaute ihm erstaunt hinterher.

Total peinlich! Robert hatte ganz vergessen, bei der alten Dame vorbeizuschauen. Bereits nach dem ersten Durchläuten war sie am Apparat, nett wie am Vormittag.

»Ach was, junger Mann, macht überhaupt nichts. Die Schränke laufen ja nicht weg.«

»Ich bin aber Mittwochvormittag ganz bestimmt bei Ihnen!«, bemühte er sich, nicht allzu unzuverlässig zu wirken. Es war sonst nicht seine Art, eine neue Kundin zwei Tage warten zu lassen, aber morgen war sein Terminkalender einfach übervoll.

28

Dass es heute schon so früh Futter gab, freute Simon sehr. Milla hatte es nicht mehr ausgehalten im Bett und saß jetzt mit ihrem Kaffee auf dem Sofa. Der Toast war längst kalt, aber sie wollte heute nichts runter bekommen. Sie würde sich ein Brot mit auf die Arbeit nehmen.

»Jetzt ein Bad!«, kam ihr laut ein genialer Gedanke. So würde sie die Zeit bis zum Aufbruch sinnvoll nutzen.

Es dauerte etwas, bis die Wanne voll war, aber sie merkte dann schnell, wie das warme Wasser sie entspannte. Da Milla ihren Wecker aufs Waschbecken gestellt hatte, stieg sie rechtzeitig wieder aus dem Wasser. Heute fühlte sie sich besser vorbereitet als neulich beim Vorstellungsgespräch. Gut auch, dass sie die Haare beim Baden hochgebunden hatte. Zum Föhnen hätte sie jetzt keine Lust mehr gehabt. Der Anzug saß wunderbar locker. Wahrscheinlich hatte sie im Gewusel der letzten Tage etwas abgenommen.

Um kurz vor acht betrat sie die Werbeagentur. Heute wirkte die etwas sterile Atmosphäre des Empfangsbereichs nicht mehr so einschüchternd auf sie.

»Guten Tag, Sie müssen Frau Bahrens sein. Wir haben uns wohl neulich schon kurz gesehen«, wurde sie von einer Dame, die etwas jünger war als sie, freundlich empfangen.

Milla erwiderte die nette Begrüßung. Sie fühlte sich immer noch entspannt.

»Ich bin übrigens Bettina Möbius«, stellte die Frau sich vor.

Aha, dachte Milla, *die Frau, die den Brief geschrieben hat.*

»Herr Manske kommt immer erst gegen neun. Ich zeige Ihnen schon mal alles.« Sie ging vorweg in Richtung der hinteren Büros.

»Übrigens – das mit dem Anzug ...« Milla blieb etwas unsicher zurück.

Bettina Möbius lachte auf. Sie wusste sofort, worauf Milla anspielte. »Ach das mit der Kleiderordnung, ja. Herr Manske hat mir den Zusatz extra noch diktiert ... Ihr Outfit sieht heute Morgen wirklich professionell aus!«

Milla atmete erleichtert auf. »Da fällt mir ja ein Stein vom Herzen!«

»Aber das Kleid neulich fand ich auch passend. Er hatte wohl einfach einen schlechten Tag.«

»Jetzt freu ich mich richtig, hier zu sein!«

»Ich bin übrigens Bettina! Du kannst aber auch Tina sagen!« Sie machte Milla zuerst mit den drei Grafikdesignern im Büro bekannt. »Damit du weißt, mit wem du die Kunden verbindest. Herbert und Basti sind schon draußen unterwegs. Die beiden machen den Vertrieb. Für ganz wichtige Kunden ist allerdings immer Herr Manske selbst zuständig.« Die weitere Einweisung in Millas Aufgabenbereich verlief locker und unterhaltsam. Bettina war begeistert, jemanden vom Fach an ihrer Seite zu haben. »Und wenn du irgendwann nicht weiter weißt, bin ich ja noch da. Ich bin so was wie Herrn Manskes Assistentin und Mädchen für alles.« Darüber konnten sie beide lachen.

Als Herr Manske kurze Zeit später das Büro betrat, war Milla schon mittendrin. Sie hatte gerade einen Kunden für ihren Chef in der Leitung und stellte das Gespräch professionell durch. Bettina hatte ihr extra eine VIP-Liste in die Ablage vom Tresen geklebt, damit sie genau wusste, für welche Anrufe der Chef zuständig war.

Die eigentliche Begrüßung durch Herrn Manske fand erst in der Frühstückspause statt.

»Ja, meine Lieben, ihr habt euch ja schon bekannt gemacht«, begann er fröhlich. »Frau Bahrens, es freut mich, dass Sie da sind! Sie sehen übrigens toll aus!« Er sah nicht, dass Bettina hinter seinem Rücken anerkennend den Daumen hochhielt.

»Danke«, erwiderte Milla das Kompliment mit einem freundlichen Lächeln. So ganz geheuer kam ihr diese übertriebene Herzlichkeit ihres vielleicht bald neuen Chefs jedoch nicht vor.

Da alles für sie noch ganz neu war, ging die Zeit schnell rum. Besonders stressig fand Milla es zwar nicht, aber sie war doch froh, als Bettina sie um kurz nach vier persönlich verabschiedete. »Hast du gut gemacht!«

»Danke, es hat auch Spaß gebracht!« Beschwingt machte sie sich auf den Weg ins Café. Dabei kam Milla zwar an ihrem Haus vorbei und hätte eigentlich kurz Simon begrüßen können, aber der musste noch warten. Sie brannte zu sehr darauf, Emi die Neuigkeiten aus der Agentur zu erzählen. Wie es im Café mit dem Beamtenmenschen gelaufen war, wollte sie natürlich auch wissen.

Oh, oh, dachte sie, als sie Emilia ins Gesicht schaute. Die schien in Hektik zu sein, denn ihr Gesicht war rot angelaufen. Milla ging nach hinten und wartete auf die Freundin, die gerade einen Kunden bediente.

»Finalmente, endlich! Gut, dass du da bist«, fiel sie Milla erschöpft um den Hals. »Mir brummt der Schädel!«

»Komm erst mal runter, Kleines!«

»Wenn du wüsstest, was der alles verlangt! Ich bin heute Vormittag fast nicht zum Abkassieren gekommen, so viel hat der mir erzählt!«

Milla bekam ein schlechtes Gewissen. Den Bericht von ihrem eigenen locker-flockigen Tag behielt sie erst mal für sich. »Ich mach dir einen Vorschlag: Damit du etwas Abstand bekommst, gehst du jetzt nach Hause und machst dich ans Backen für morgen ...«

Weiter kam sie nicht, denn Emi fiel ihr ins Wort. »No, ich darf nicht mehr backen!« Dieser Satz von ihr explodierte förmlich im Raum. »Jedenfalls so lange nicht, bis ich eine Küche vorweisen kann, die den Vorschriften entspricht. Und die vom Gesundheitsamt werden auch noch vorbei kommen. Da geht es nicht nur um Hygiene, sondern auch um Kennzeichnungspflicht, Allergene und diesen ganzen Kram«, ergänzte sie nach einer Weile.

Milla war jetzt sprachlos, aber Emi wollte noch mehr loswerden. »Für die Schnecken muss ich mir einen Bäcker suchen. Am besten heute noch.« Sie sprach immer hektischer. »Ja, und die Kekse, die darf ich jetzt auch irgendwo kaufen. Ich weiß gar nicht, was die Kunden sagen werden.« Sie zeigte auf das Gebäck in der Auslage. »Das sind die letzten eigenen Schnecken und Kekse, die ich im Moment noch rausgeben darf. Und damit hat der Kerl mir schon ein Zugeständnis gemacht, wie er sagte. Merda, Sch...« Das deutsche Schimpfwort aller Schimpfworte benutzte sie nicht gern.

»Da hat der Horst wohl recht gehabt mit seiner Schonfrist«, fielen Milla die Horrorvisionen ein, die der Bistro-Betreiber ihrer Freundin offenbart hatte.

»Leider!«

»Aber egal.« Milla wollte es nicht noch schlimmer machen. »Du könntest vielleicht zur Bäckerei Schönfeld gehen. Die ist am dichtesten dran.«

»No, der kann keine richtigen Schnecken. Sein ganzes Hefegebäck ist furchtbar! Viel zu viel Teig und überhaupt nicht locker.«

»Gut, wie wär's dann mit Reinecke in der Kantstraße?« Sie schaute Emilia erwartungsvoll an.

»D`accordo, einverstanden! Ich glaube, das könnte klappen. Hoffentlich ist der jetzt noch wach!« Sie dachte an die ungewöhnlichen Schlafzeiten der Bäcker. »Bei so vielen Schnecken muss ich ihn selber fragen. Und ob er das schon zu morgen hinkriegt, ist auch die Frage.« Sie machte jetzt einen etwas gefassteren Eindruck.

»Gut, dann mach du dich auf den Weg. Ich bleib hier im Laden.« Heute schien sie keine Angst vorm Kassieren zu haben.

Emilia war schon fast draußen, als ihr bei Millas Anblick etwas einfiel. Sie ging noch mal zurück und zog die Freundin mit nach hinten. »Ach Süße«, sie schaute lächelnd zu Milla auf, »wie war's denn heute überhaupt bei dir? Wie ist es gelaufen?«

»Super! Einfach super!« Milla schlang ihre Arme um die Freundin und erzählte ihr kurz von ihrem erfolgreichen ersten Tag. Als Emi anschließend aus dem Laden ging, war sie deutlich positiver gestimmt und winkte Milla durch die Scheibe zu.

Erst kurz vor Ladenschluss war sie wieder zurück. »Oh je, das war wirklich harte Arbeit, den Reinecke zu überzeugen. Achtzig Schnecken extra, und dann noch die besonderen Füllungen... Wenigstens beim Preis hat er sich nicht angestellt! Che meraviglia, was für eine Freunde, ich verdiene sogar noch was«, flüsterte sie der Freundin ins Ohr. Die Gäste mussten ja nicht alles mit bekommen.

»Die hab ich übrigens als Beilage gekauft. Confiserie-Qualität. Und ganz billig waren sie auch nicht.« Emilia holte aus einer Plastiktüte mehrere große Dosen. Die Kekse, die sie Milla zeigte, sahen wirklich lecker aus.

»Dann bist du wenigstens vorbereitet für morgen.« Sie war froh, dass Emi das Riesenproblem so gut gelöst hatte.

»Viel verdienen werde ich in den nächsten Wochen allerdings nicht. Obwohl ich die Zeitersparnis natürlich gut gebrauchen kann.« Für Emi schien es wie ein Silberstreif am Horizont. »Die schicken mir in den nächsten Tagen das Schreiben mit den ganzen Auflagen und auch Infomaterial über Küchenausstattungen!«

»Das wird schon.« Das Finanzielle bereitete Milla zwar etwas Sorge, aber das behielt sie jetzt für sich. »Ich schau morgen nach dem Praktikum wieder rein«, versprach sie ihrer Freundin. In Gedanken war sie schon bei Simon, als sie sich verabschiedete und nach Hause ging. Sie hatte ihn heute wirklich vernachlässigt.

Auf dem Absatz vor ihrer Wohnung erwartete sie eine Überraschung.

»Du!«, rief sie erschrocken.

Der Mann, der vor ihrer Tür stand, hielt beschwichtigend einen Finger vor seinen Mund. Lächelnd zeigte er auf den Boden, wo ein Junge auf einer Decke schlief. Rainer und Robin! Milla war wirklich wie vor den Kopf gestoßen. Sie ging eine Stufe rückwärts, als wollte sie vor dieser Situation fliehen. Aber Rainer stand schnell direkt vor ihr. Seine einnehmende Umarmung ließ sie frösteln. Sie fand keine Erwiderung.

»Hallo Milla. Gut siehst du aus«, flüsterte er ihr ins Ohr.

Sie schaute ihn mit großen Augen an »Was machst du hier?« Die Worte kamen zwar leise, aber betont auseinandergezogen aus ihrem Mund. Sie fühlte Wut in sich hochkommen. Das war typisch! In welch eine Situation er sie wieder brachte!

Sie stand eine ganze Weile wie erstarrt da und rieb sich dann fröstelnd die Arme. Hinter der Wohnungstür war schon das Mauzen des Katers zu hören.

»Da wartet wohl jemand auf dich.« Rainer lächelte sie erwartungsvoll an. Er kannte Simon noch nicht und sollte ihn eigentlich auch nicht kennenlernen, dachte sie immer wütender werdend. Ihr Gesicht war vor Aufregung bereits rot angelaufen.

»Lass mich durch!«, forderte sie ihn auf.

»Ach Milla, sei nicht so. Nur für eine Nacht. Der Kleine braucht einfach etwas Schlaf.«

Wie oft hatte er ihr Mitleid für seinen Jungen schon ausgenutzt? Sie wollte es gar nicht wissen. Er schleppte ihn wohl wieder auf eine Reportage mit. Wahrscheinlich hatte Doro, seine Ex, gerade keine Zeit.

Milla ließ hilflos die Arme fallen und holte tief Luft. »Eine Nacht! Und mehr nicht!« Dieses Zugeständnis kostete sie sichtbar Überwindung.

»Versprochen.«

Was ein solches Versprechen von ihm wert war, wusste sie nur zu gut. »Ich werde dich morgen daran erinnern.«

Er nahm seinen schlafenden Sohn vom Boden auf. Doch beim Anblick dieses ach so fürsorglichen Vaters konnte sie nur den Kopf schütteln. »Warum muss Robin um diese Zeit schon schlafen? Und was ist überhaupt mit Schule?« Sie schaute Rainer fragend an.

»Erzähl ich dir gleich.« Er drückte ihr eine von den rumliegenden Taschen in die Hand. *Wie früher*, dachte sie und ließ sie einfach auf den Boden vor der Garderobe fallen.

Rainer deckte den Jungen auf dem Sofa mit der Decke zu, auf der er im Treppenhaus gelegen hatte. Simon strich dabei neugierig um Rainers Beine.

»Brauchst dich gar nicht bemühen, der Kerl bleibt nicht lange«, sagte Milla barsch.

Rainer ignorierte ihren Ausspruch, machte es sich auf ihrem Sessel bequem und streckte Arme und Beine aus. »Richtig gemütlich hast du es hier. Danke, dass du uns aufgenommen hast!«

Milla ging in die Küche, um endlich Simon zu versorgen. Sie wollte nicht auf die Nettigkeiten eingehen.

»Hättest du vielleicht eine Kleinigkeit für uns zu essen? Durch den engen Terminplan war heute Mittag nur Zeit für ein Brötchen.«

Obwohl sie mit dem Rücken zu ihm stand, konnte sie seinen mitleiderregenden Blick wahrnehmen. »Mach dir selber ein Brot.« Milla setzte sich mit einem Joghurt an den Tisch. In der kühlen Küche kam wenigstens nicht allzu viel Gemütlichkeit auf.

Er begann zu erzählen, dass Robin gerade Ferien hatte und er den Jungen ständig mitnehmen musste. Doro hatte einfach einen Auftrag für eine Dokumentation angenommen. Sie waren ja beide Robins Eltern und beide in der Medienbranche tätig, und sie hatte ihm Robin einfach so vorbeigebracht.

Wie rücksichtslos von ihr, würde er jetzt wohl gern hören. Aber Milla aß stillschweigend und ohne großen Appetit. Da hatte sich seine Ex tatsächlich die Freiheit genommen, auch mal etwas für ihre Karriere zu tun, dachte sie schadenfroh.

Wie hatte sie diesen Mann einmal geliebt! Nach der Entlassung durch ihren letzten Chef, dem alten Auswanderer, hatte sie sich die ganze Zeit um Robin und all den anderen Kram gekümmert. Rainer, der Mistkerl, hatte die freie Zeit genutzt und sie betrogen. Als er ihr dann noch verkaufen wollte, dass sie selbst daran schuld gewesen wäre, weil sie immer mehr zum Hausmütterchen mutierte, war es endgültig aus. Irgendwie hatte sie immer noch nicht begriffen, dass er jetzt hier war.

Mit einem Teller voller leckerer Brote setzte er sich zu ihr an den Tisch. Wie selbstverständlich hatte er ihren Kühlschrank geplündert. »Keine Angst, ich werde morgen für dich einkaufen«, deutete er ihren erbosten Gesichtsausdruck ganz richtig.

Sie war schnell besänftigt, leider. »Ist schon gut.«

»Und wie ist es dir so ergangen in letzter Zeit? Du siehst übrigens toll aus.«

Sie sollte es besser wissen, aber sie genoss seine aufmerksame Art und ließ sich von seinen Worten einlullen, sagte aber nicht viel dazu.

»Eigentlich hatten wir doch eine schöne Zeit damals«, fuhr er unbeirrt fort. Sein Blick war richtig verträumt.

»Die hätten wir womöglich immer noch, wenn du nicht fremdgegangen wärst«, sagte sie gepresst.

Er ließ diesen Einwand im Raum stehen. »Ich war damals total überarbeitet«, schien ihm nach einer Weile eine brauchbare Rechtfertigung zu sein, »das war doch nur ein einmaliger Ausrutscher!«

»Ach komm, vergiss es einfach. Morgen seid ihr ja wieder

weg.« Und ihr Seufzer verriet unmissverständlich, dass sie den nächsten Tag herbeisehnte.

»Aber du weißt doch, dass ich dich trotzdem geliebt habe?« So schnell würde er scheinbar nicht aufgeben.

»Och nee, jetzt nicht diese Nummer ...« Milla erhob sich, um den Tisch zu verlassen, wurde aber von ihm aufgehalten.

»Schon gut, bleib sitzen. Ich werde eben nach Robin schauen.« Er ging mit seinen Broten ins Wohnzimmer.

Sie sah im erleichtert hinterher. Das breite Lächeln, das er ihr über die Schulter zuwarf, wurde nicht erwidert.

Hoffentlich war's das, dachte sie genervt und nahm sich vor, die Bildfläche gleich zu verlassen. Sie wollte kurz unter die Dusche und dann schlafen gehen. Leider verpasste sie den richtigen Augenblick.

»Den wirst du mögen.« Rainer war mit einer Flasche Rotwein in der Tür erschienen. Er hatte seinen ganzen Charme und ein hinreißendes Lächeln in diese Worte gelegt.

»Nein, ich bin müde. Ich hatte einen anstrengenden Tag!«

»Na komm, ein Glas. Vielleicht hast du ja Lust, mir ein bisschen von deinem Tag zu erzählen?«

Sein ungewohntes Interesse kam ihr plötzlich reizvoll vor. Wie hatte sie sich damals danach gesehnt, dass er sich auch für ihre Dinge interessierte. Nur allzu oft war sie ihm geradezu hinterhergerannt, aber alles andere war ihm immer wichtiger gewesen. Warum sollte sie sich jetzt nicht mal rächen? Ihn einfach zu quatschen mit ihren ganzen Problemen? Eine große Verlockung! Sie hatte bei ihrer Überlegung allerdings den Rotwein außer Acht gelassen. Dafür hatte er schon immer ein Händchen gehabt.

Das erste Glas zeigte noch keine große Wirkung, aber beim zweiten war ihr schon wohlig warm. Sogar die Küche war nicht mehr kalt, und es war so gut, dass er einfach nur zuhörte.

»Der Wein ist wirklich lecker.«

»Ich hab ihn extra für dich ausgesucht.« Er sprach sehr leise und strich ihr ganz langsam eine Haarsträhne aus dem Gesicht.

Streicheleinheiten, ungewohnt, ein sanfter Kälteschauer. Als sie ihm lächelnd in die Augen schaute, näherte sich sein Mund langsam ihrem Gesicht. Sie schrak ein bisschen zurück, als er mit dem Zeigefinger ihre Nase anstupste. So war der erste Kuss irgendwie keine Überraschung mehr. Dank ihrer weinseligen Stimmung hatte er ein leichtes Spiel. Küssen konnte er, und er brauchte nicht allzu viel Geduld, bevor er begann, sie auszuziehen. Auf einmal versuchte er dann, sie ins Schlafzimmer zu drängen.

»Halt, Rainer ich hab keine Lust auf dieses Spielchen!« Ganz plötzlich wieder nüchtern, noch halb in der Tür stehend griff Milla sich ein Kopfkissen vom Bett und schob ihn aus dem Zimmer. Aufatmen konnte sie erst, als sie hinter der verschlossenen Tür in Sicherheit war. Ein Glück, aber morgen würde es sicher noch Stress geben.

29

Scooter verfolgte vom Beifahrersitz des Bullis aus, wie Robert das Haus betrat. Die alte Dame wohnte im ersten Stock. Extra früh hatte er sich auf den Weg gemacht, damit heute nichts dazwischen kam. Er war schon ganz gespannt, weil er auch auf ein paar Informationen über diese Milla hoffte. Carlo hatte schließlich auch wieder Spaß. Beim Gedanken an das alte Motorrad musste er grinsen.

»Wenn Sie ein Freund von Milla sind, können Sie mich Rose nennen!«, begrüßte sie ihn, als sie ihm die Tür geöffnet hatte.

Sicher, die hohen Räume waren arg zugestellt, aber Robert fand es insgesamt heimelig. Es war wie ganz, ganz früher bei seiner Oma, die leider viel zu früh gestorben war – es war auch dieser saubere Geruch nach frischer Wäsche.

Rose zeigte ihm die Schränke, die sie nicht mehr haben wollte und wo dann die Regale hin sollten. Sie fand den jungen Mann sehr sympathisch. Verwunderlich, dass Milla nicht wollte, dass er von ihrer Männerlosigkeit erfuhr. Sie überlegte und warf total unpassend einen Satz in den Raum. »Millas Freund nennt mich auch beim Vornamen.« Jetzt war es raus, auch wenn es sich idiotisch anhörte. Vielleicht merkte er ja etwas.

Er zuckte leicht zusammen, was sie nur deshalb mitbekam, weil sie ihn so genau betrachtete. Versöhnlich bot sie ihm einen Kaffee und einen Sitzplatz an, was er beides ablehnte.

»Ich werde nachher ein bisschen rumtelefonieren, damit wir einen guten Preis rausholen«, sagte er, ohne bei der Erwähnung von Millas Namen nachzuhaken. Zumindest waren es ordentliche Schränke.

Mit hängenden Schultern verabschiedete er sich wenig später von der alten Dame.

Sie schaute ihm besorgt hinterher. »Oh Milla, was machst du nur mit diesem armen Jungen?«, murmelte sie leise. Gerade verstand sie die junge Frau, die ihr so ans Herz gewachsen war, überhaupt nicht.

Robert ging die Treppenstufen hinunter. »Idiot!«, beschimpfte er sich selbst ganz leise. Resigniert setzte er sich auf eine der unteren Stufen. *Und der Tag hat doch gerade erst angefangen.*

Sein Blick fiel auf die Briefkästen.

»Milla Bahrens«, las er laut vor. »Was hast du nur mit mir gemacht?« Er überlegte eine Weile und ging dann im Treppenhaus wieder nach oben. Sie würde genau über der alten Dame wohnen, hatte sie ihm erzählt. Und richtig, als er in der Etage darüber angelangt war, sah er ihr Namensschild an der Klingel.

Kein weiterer Name, stellte er fest. Millas Freund? Und er konnte ja nun wirklich nicht nachfragen, wie der Satz gemeint war, aber vielleicht war ja alles ein Missverständnis, denn irgendwie wirkte sie doch interessiert. Diese Möglichkeit gab ihm Mut und er drückte kurz auf den Klingelknopf.

Gepolter in der Wohnung, eine Frauenstimme, dann tatsächlich eine Männerstimme – und die Tür ging auf.

»Guten Tag, ist Milla da?« Robert kam sich ferngesteuert vor, als er die Worte aussprach. Er schien durch den Mann, der vor ihm stand, hindurchzugucken. Ihm war bewusst, dass sein Gesicht immer heißer wurde.

»Milla ist gerade unter der Dusche.« Rainer nahm den Mann an der Tür kaum wahr. Er war damit beschäftigt, seine Haare abzutrocknen. Abgesehen von dem Handtuch um seine Hüften war er nackt.

»Ich komme später noch mal wieder.«

»Was soll ich Milla sagen, wer da war?«, rief Rainer ihm laut hinterher.

»Robert«, nannte er reflexhaft seinen Namen. Warum hatte er das jetzt getan? Der Typ würde ihr sicher erzählen, dass gerade ein Idiot an der Tür war, der sich Robert nannte. Aber das spielte in diesem Moment auch keine Rolle mehr. Sie war tatsächlich vergeben, das wusste er jetzt. Da hatte er sich nach so langer Zeit mal etwas getraut, und dann so ein Reinfall.

Draußen freute sich Scooter, als sein Herrchen zurückkam. Robert fuhr den Bus nur eine Querstraße weiter. Damit der Hund ein bisschen Bewegung bekam, gingen sie in den kleinen Park, der direkt zum Flussufer runter führte. Hier an der Jole hatte er so manche Sonnen- und Schattentage seiner Jugend verbracht, meistens mit Carlo und oft auch mit irgendwelchen Mädchen, die besonders auf Carlo standen. Dennoch hatte auch er seinen Spaß gehabt, immer ein bisschen im Windschatten seines besten Freundes.

Der Weg direkt am Fluss entlang war genau das, was Robert

jetzt brauchte, um seinen aufkeimenden Frust in den Griff zu bekommen. Unterwegs machte er Pause in einem kleinen Café. In der netten Umgebung wurde er seine blöden Gedanken wenigstens vorübergehend los.

Dieser Latte Noci schien ein Geheimtipp zu sein. Er bestellte einen großen Pappbecher. Schade, dass es hier nicht so tolle Schnecken gab wie die von neulich. *Büchercafé* nannte sich die kleine Lokalität. Das wäre womöglich sogar was für Carlo, denn jetzt, wo Claudi weg war, war er ja deutlich entspannter. Und die Bedienung sah beinahe aus wie die Kleine in der Kneipe; oder vielleicht auch nicht. Ach, er war wohl einfach ein bisschen verwirrt. Wenigstens Scooter schien seinen Spaß zu haben. Der Hund grinste ihn von der Seite an. *Verrückt!*

»Du hast's gut, Scooter! Aber mein Tag wird das heut bestimmt nicht mehr.«

30

»Ich muss sofort in die Agentur! Und wenn ich heute Nachmittag wieder da bin, seid ihr bitte weg.« Milla flehte den überlegen grinsenden Rainer geradezu an. Robin saß in der Küche beim Frühstück. Ausgelassen begleitete er den Gesang im Radio.

»Verdammt Rainer, ich hab verschlafen!« Mit einem Haargummi fixierte sie ihre nassen Haare auf dem Kopf. Mehr war heute nicht drin. »Mist, die Hose ist kraus geworden!« Sie hatte sie gestern achtlos auf den Boden geschmissen.

»Bei deinem Temperament müssen ja die Hosen kraus werden«, sagte Rainer lachend.

»Vergiss es!« Für Schamgefühl hatte sie heute Morgen keine Zeit. Es war ja zum Glück nicht wirklich was passiert. »Ach Mann! Wenn ich jetzt den Job nicht bekomme, bist du schuld! Dass du es nur weißt!«

»Der Chef, der dich nicht nimmt, muss ein Idiot sein.«

Die Doppeldeutigkeit seines Kommentars war ihr wohl bewusst. Sie nahm den Rest ihrer Sachen und war schon aus der Tür. »Ihr seid nachher weg, dass das klar ist! Zieh die Tür einfach ran«, waren ihre letzten Worte.

»Das hätte ich ja fast vergessen. Da war vorhin so ein komischer Robert an der Tür«, rief er ihr im Treppenhaus hinterher.

Sie blieb kurz wie angewurzelt stehen. »Mist! Warum immer ich?« Völlig kopflos rannte sie dann auf die Straße. Heute hatte es schon ein böses Erwachen gegeben, aber er war gestern wenigstens nicht in ihrem Bett gelandet. Und genau an diesem Morgen muss Robert reinschneien.

»Ach Blödsinn, der ist doch versorgt!« Mit der flachen Hand fasste sie sich an die Stirn. Die junge Frau, die gerade an ihr vorbei ging, drehte sich irritiert noch einmal um. Milla war es egal. Jetzt musste sie aber endlich zu Manske.

»Mensch Milla, der Chef ist fuchsteufelswild.« Bettina fing sie schon am Eingang ab.

»Ich weiß, dass ich eine halbe Stunde zu spät bin, aber warum ist der heute so früh hier?«

»Heute ist doch das Treffen mit den *Loomix*-Leuten. Da will er natürlich sicher sein, dass alles vorbereitet ist.«

Milla fühlte sich, als wäre sie schon ewig in diesem Laden, nicht erst den zweiten Tag. Was eine Ladung Stress so alles anrichten konnte!

An den Besprechungstermin mit den Marketingleuten des großen Süßwarenherstellers hatte sie nicht mehr gedacht. »Ich hab einfach den Wecker nicht gehört.« An den Grund dafür mochte sie im Moment nicht denken.

»Egal. Sieh erst mal zu, dass du was mit deinen Haaren machst.

Du siehst aus wie ein Mopp!«

Mit ihrer Handtasche verschwand sie in der Damentoilette. Kamm, ein paar Haarnadeln und ein bisschen Fingerfertigkeit, und so bekam sie ihre Frisur doch noch gebändigt. Fünf Minuten später klopfte sie mit hochrotem Gesicht an die Tür von Herrn Manske. Die Standpauke fiel heftiger aus als erwartet, aber immerhin warf er sie nicht gleich raus. Sie würde heute und morgen wirklich alles geben und versuchen, den Fehler wieder gut zu machen.

Der *Loomix*-Termin wurde zum Glück ein richtiger Erfolg. Als Milla die Schnittchen und die Getränke servierte, bekam sie auch mit, wie souverän Manske mit seinen Mitarbeitern umging. Er schien ein echter Teamplayer zu sein. Am Nachmittag blieb sie deutlich länger, um zu zeigen, dass ihr der Job wichtig war. Sie räumte gerade ihren Tresen auf, als Manske dabei war, das Büro zu verlassen.

»Frau Bahrens, ich wünsche Ihnen noch einen schönen Feierabend«, sagte er in bester Laune. »Die Sache von heute Morgen sollten wir vielleicht vergessen. Vorhin da drinnen haben sie uns wunderbar versorgt. Und dass diese kleinen Pralinen von *Loomix* waren — Sie haben ein gutes Händchen für schwierige Kunden.« Eigentlich war ihr nur das Serviertablett etwas kahl erschienen und sie hatte dann in einer Schublade in der Teeküche diese eingepackten Schokoteile entdeckt.

»Danke, Herr Manske! Es wird auch nicht wieder vorkommen, dass ich mich verspäte«, sagte sie erleichtert und wusste gar nicht, wie ihr geschah.

Bettina hatte das Gespräch im Hintergrund mitbekommen. »Ich glaube, du hast es geschafft! Rein menschlich ist der Manske nämlich ganz okay«, machte sie Milla Hoffnung.

»Meinst du wirklich?«

»Ja. Ich glaube, du hast bald einen neuen Job.« Bettina kam um den Tresen und nahm die noch etwas verunsicherte Milla in den

Arm. Es war schon ein kleines Wunder, dass aus dem komischen Tag noch etwas geworden war.

31

Auf dem Weg ins Labor hatte Carlo kurz entschlossen seinen Vorgesetzten angerufen und sich für heute freigenommen. Nachdem er vorgestern die Herkules gekauft hatte, war ihm gestern den ganzen Tag über ein Gedanke im Kopf herumgegeistert. Er brauchte mal wieder etwas mehr Zeit für andere Sachen als Arbeit.

Nach dem Aufstehen heute war es selbst für ein schnelles Frühstück zu spät gewesen, um noch pünktlich bei der Arbeit zu sein. Jetzt stellte er sein Fahrrad am Bistro von Horst ab und war der erste Gast.

»Eigentlich mach ich ja auch erst um halb neun auf,« bekam Carlo zu hören, »aber weil du es bist. Was machst du überhaupt hier um diese Zeit?«

Er erzählte dem Wirt von seinem schnellen Entschluss und Horst machte sich daran, für sie beide ein kleines Frühstück zu zaubern.

»Du hast doch jetzt kein Problem damit, oder? Wenn du was Wichtiges vorhast, kann ich auch woanders frühstücken.«

»Ganz bestimmt nicht, ich bin doch schon dabei. Ich freu mich. Super Einfall.« Sie lachten fröhlich vor Begeisterung.

Carlo erzählte Horst natürlich auch von seiner neuen Errungenschaft.

»Für so was hab ich leider keine Zeit. Im Moment geht's ziemlich rund hier und meine Freundin mault auch schon. Manchmal nervt es zwar, aber auf Alleinsein hab ich keine Lust.«

»Bei mir hat's zu sehr genervt, und deshalb bin ich jetzt solo.«

Gerade erschien ihm diese Entscheidung wieder richtig. Was hätte Claudia wohl gesagt, wenn er sich so einfach einen freien Tag genommen hatte? Und ohne ihr Bescheid zu sagen? Er konnte es sich gut vorstellen und lehnte sich zufrieden auf seinem Stuhl zurück.

»Aber du hast doch Emi neulich einen Wein ausgegeben«, erinnerte sich Horst noch gut.

»Wein? Ach ja, der Kleinen aus dem Café. Ja, richtig.« Lächelnd musste er an die braunen Augen denken.

»Ja und? Wär die nichts für dich? Die ist doch süß. Und garantiert solo. Die hat mit ihrem Laden gar keine Zeit, sich jemanden zu suchen.«

»Lass mal. Ich bin ja gerade erst raus aus meiner letzten Beziehung«, winkte Carlo ab. Dass sie nicht unbedingt sein Typ war, musste er Horst ja nicht auf die Nase binden.

»Ist ja deine Sache. Aber irgendwann schnappt sie bestimmt einer weg«, wollte er Carlo zum Handeln ermuntern. »Und so, wie sie dich an dem Abend angeguckt hat ... Ich denke, du hättest gute Chancen.«

»Sie hat mich doch kaum eines Blickes gewürdigt. Die war doch nur mit dir beschäftigt«, fiel Carlo ein. »Und überhaupt, was wollte sie von dir? Wenn du doch schon eine andere Freundin hast? Ach ja, es ging ja ums Geschäft. Davon hat sie mir kurz erzählt. Immerhin.« Wieso hatte er das vergessen?

Horst begann laut zu lachen. »Also es klingt fast so, als wärst du eifersüchtig.«

»Spinner! Ich bin im Moment nicht interessiert.«

»Sie schien mir aber wirklich an dir interessiert.« Horst wollte seinem neuen Kumpel wenigstens noch etwas zu Grübeln mit auf den Weg gehen.

Das nette Frühstück mussten sie leider abbrechen, weil neue Gäste ins Bistro kamen. Eigentlich wollte Horst es als Einladung gelten lassen, aber Carlo bezahlte für zwei. »Weil es so nett war. Ich kann es mir wirklich erlauben. Und ich hab ja jetzt auch keine kostspielige Freundin mehr«, setzte er noch einen drauf.

»Wenn du das nächste Mal Lust hast, ruf vorher an.«

»Mach ich.«

»Ach übrigens: Die kleine Emi ist garantiert nicht kostspielig.« Das Grinsen zu diesem Kommentar begleitete Carlo noch ein ganzes Stück auf seinem Fahrrad. Aus den Gedanken wurde er erst gerissen, als Robert ihn kurz vor der Hofeinfahrt mit dem Bus überholte.

»Du schon unterwegs?«, wunderte sich Carlo. «Ich hab heute Morgen anscheinend gar nichts mitgekriegt.«

Robert kam gar nicht zu Wort, denn die quiekenden Schweine erinnerten ihn sogleich daran, dass er schon vorm Füttern aufgebrochen war. »Mist, die hab ich heute früh auch total vergessen. Hoffentlich machen die Nachbarn nicht wieder ein Drama draus.« Die beiden beeilten sich, den Trog der wild herumtollenden Tiere zu füllen.

»Was machst du überhaupt hier? Um diese Zeit? Hast du deinen Arbeitsplatz weggesprengt, oder was?«

Carlo hatte schnell erzählt, dass er heute einfach mal blaumachte, aber bei Robert war es schon schwieriger. Wie toll die Schränke bei der alten Dame waren, beschrieb er verdächtig detailliert. Carlo beobachte ihn von der Seite. Robert kraulte Jimbos speckigen Nacken und schien mit den Gedanken doch ganz woanders.

»Spuck's aus«, forderte er den Freund auf.

»Was denn?« Robert schaute ihn unschuldig an.

»Na, was los ist! Die Frau mit den Schränken – das ist doch die von dieser Milla, oder?« Gut, dass er sich noch an den Namen erinnerte.

»Ja.«

»Ja und? Was ist jetzt mit euch?«

»Verdammt! Nichts ist jetzt mit uns. Sie hat einen Freund, einen ziemlich gut aussehenden übrigens. Ich hab mich total zum Idioten gemacht!«

»Wieso? Ich dachte, sie ist auch allein.«

»Hab ich auch gedacht. Vielleicht wollte ich es auch nur denken. Ach, ich weiß auch nicht ... Sie hat doch eindeutig mit mir geflirtet, neulich bei *MOBIG*. Hast du doch so erzählt.«

»Naja, es gibt zum Glück noch andere Frauen«, stellte Carlo trocken fest.

»Mann, ich hab mich total blamiert!« Robert schildert farbenfroh seinen Auftritt an der Wohnungstür von Milla.

»Möglicherweise ist das ja auch nur ein Missverständnis.«

»Hallo! Ein Missverständnis? Der Typ hatte nur ein Handtuch um die Hüften, und sie stand gerade unter der Dusche.«

»Dann sieh wenigstens zu, dass du bei den Schränken für dich was übrig hast«, meinte Carlo pragmatisch. Robert sollte sich nicht ausnutzen lassen.

»Das ist wirklich eine ganz liebe Omi. Aber du hast recht! Ich werd mich jetzt mal um die Schränke kümmern.«

Scooter schien zu spüren, dass es Robert nicht gut ging, und folgte ihm ins Haus. Carlo stand noch eine Weile bei den Schweinen. Die beiden waren sehr kontaktfreudig. Nur schade, dass er sie nicht verstehen konnte.

»Euer Leiteber ist heute nicht gut drauf«, sprach Carlo sie trotzdem an.

In der ersten Zeit, als die beiden neu zusammen waren, hatten sie heftige Rangkämpfe ausgetragen. Im Normalfall ordnet sich einer unter, sagte der Tierarzt damals. Bei Jimbo und Morris wusste er sich allerdings keinen Rat. In der Buchhandlung hatte Robert dann ein Buch über Tierpsychologie entdeckt. Temple Grandin war eine Autistin, die sich mit dem Verhalten von Tieren in der

Massentierhaltung beschäftigte. Auf großen Tierfarmen in Amerika wurde sie richtig gefeiert. Jedenfalls stand in dem Buch, wie Robert zum Chef der beiden werden konnte. Er hatte mit den damals noch viel kleineren Schweinen richtig gebalgt, um den Platz und um das Futter, und er hatte ihnen keine Chance gelassen. Es hatte funktioniert, es war ruhiger geworden im Stall, und an den Hosen und Stiefeln von Robert knabberten die Schweine aus Respekt auch nicht mehr. Sogar der Tierarzt war ganz verwundert gewesen. So was hatte er noch nicht erlebt. Und es war wohl auch eher ein Glücksfall oder Zufall gewesen, dass es funktioniert hatte, denn Robert war ja kein Profi. Carlo hatte sich das Ganze nur von draußen angeschaut und sich über die drei amüsiert.

»Vielleicht sollte ich die Taktik auch auf der Arbeit ausprobieren, was Morris? Schweine gibt's schließlich überall«, teilte Carlo seine verrückten Gedanken den beiden Borstentieren mit.

32

Emilia war schon beim Aufräumen, als Milla ins Café kam. Die Freundin machte einen frustrierten Eindruck. »Cari saluti, liebe Grüße! Dieser Schröter, das ist der Beamtenfuzzi, hat mir heute die Infoblätter geschickt.« Sie schaute Emi fragend an, denn Milla schien nicht bei der Sache.

»Ach Kleines, tut mir leid! Seit gestern ist einfach so viel passiert!«

»Was ist denn passiert? Der Job?«

»Nein, oder nicht nur. Mit dem Job sieht es gut aus.« Sie berichtete von dem heutigen Meeting, von Bettina und auch von ihrem Chef, der gar nicht so übel war, obwohl sie gleich am zweiten Tag verschlafen hatte.

»Bene, wunderbar! Ja und sonst?« Emi schaltete ihren Röntgenblick ein. »Da ist doch noch was anderes. Du hast so einen merkwürdigen Blick.«

»Rainer«, ließ Milla die Bombe platzen. »Rainer stand gestern vor der Tür. Du weißt doch, wie down ich war, als ich Robert mit seiner Freundin gesehen hab«, versuchte sie eine Erklärung.

Emilia raufte sich erst die Haare und nahm Milla dann in den Arm. »Pazzesco, Wahnsinn! Ach, ist dir denn überhaupt nicht mehr zu helfen?« Zu gern würde sie die Freundin vor diesem Kerl beschützen.

»Nicht so schlimm. Ich hab ihn schnell abblitzen lassen und ihn heute auch gleich wieder rausgeschmissen!«

»Rainer lässt sich rausschmeißen?« Emi hatte schon so viele Geschichten von dem komischen Kerl gehört, ohne ihn jemals zu Gesicht bekommen zu haben. Ihre krause Stirn sprach von Ungläubigkeit.

»Ja, er hat verstanden, dass da nichts mehr läuft.«

»Gut, wenn du meinst. Wir werden ja sehen. Non ci posso credere, ich kann es nicht glauben.« Emilia schaute ihre Freundin besorgt an. »Ich muss jetzt zumachen. Zu Hause noch ein bisschen im Internet surfen wegen der Preise für die neue Küche und so.«

»Kein Problem, ich wollte auch nur kurz reinschauen. Bin spät dran, und Simon wartet.« *Hoffentlich nur der*, dachte sie, behielt es aber für sich.

Emi winkte ihr hinterher.

Obwohl Milla es so eilig gehabt hatte, lief sie an ihrem Haus vorbei. Drei Straßen weiter fand sie einen ruhigen Platz auf einer Bank. Wie konnte es sein, dass sie hier unter diesem Baum saß und Angst hatte, nach Hause zu gehen?

Dass er sich nie an Absprachen hielt, roch sie schon, als sie vor der Wohnungstür stand. Rainer hatte gekocht.

»Hatten wir nicht eine Abmachung?«, fuhr sie ihn auch direkt an, als sie die Wohnung endlich betrat. »Und hast du etwa die Tür aufgelassen, um einkaufen zu gehen?«

»Nein, nein, alles gut, ich hab einfach den Schlüssel vom Bord mitgenommen.«

»Es ist nicht deine Wohnung, und du gibst mir jetzt sofort den Schlüssel zurück.« Sie war erbost über seine Hausherrenallüren.

»Hängt längst wieder am Haken!«

»Wo ist eigentlich Robin?«

»Den hab ich bei Doro gelassen. Die hat gerade ein paar Tage Luft. Ich hatte doch heute Morgen in Hamburg den Termin und ...« Er sah sie eine Weile erwartungsvoll an. »Und ich dachte, so hätten wir ein bisschen Zeit für uns. Der Kleine ist inzwischen ganz schön anstrengend.« Er versuchte eine bedauernswerte Miene.

Milla hatte dafür kein Verständnis. »Du bist der Vater und solltest dich endlich mal besser kümmern«, fauchte sie.

In der Zeit, als sie zusammen waren, hatte sie sich fast immer allein um Robin kümmern müssen, besonders als Rainer sie so weit hatte, dass sie das Thema Job ganz aufgab. Der Gedanke daran machte sie heute noch wütend.

»Und vor allem: *Uns* gibt's nicht! Das ist Geschichte!« Moussaka hatte sie schon lange nicht mehr gegessen. Ihr lief das Wasser im Mund zusammen, als er eine große Portion auf ihren Teller häufte. Sie hatte ganz vergessen, dass er gut kochen konnte.

»Der Wein ist noch genauso lecker wie gestern«, wollte er sie mit der leicht anzüglichen Bemerkung aus der Reserve locken.

Diese Andeutung auf *gestern* ignorierte sie. »Wie denkst du dir das jetzt eigentlich weiter? Diese Wohnung reicht gerade für mich, und ich will nicht wieder in diese alte Geschichte rein.«

»Können wir das nicht später besprechen?«

»Nein, das können wir nicht.« Sie wollte etwas hören.

Vor allem wollte sie sich nicht den Appetit auf den leckeren Auberginenauflauf verderben lassen. Sie sah ihn beim Essen herausfordernd an.

»Also gut.« Ihm schien der Appetit vergangen zu sein. »Ich hab einen Auftrag in Hamburg und einen in Kiel angenommen. Ich hab Doro versprochen, dass ich mich wegen der Ferien auch um Robin kümmere. Und es ist nun mal einfacher hier in Doros Nähe als bei mir in Stuttgart. Ich wohne ja jetzt auch direkt in der City und nicht mehr auf dem Land.«

»Und was hat das mit mir zu tun?« Sie war etwas lauter geworden, denn sein verknautschter Blick verriet ihr, dass sie den Punkt getroffen hatte.

»Ja, ich geb's zu. Ich musste ein bisschen suchen, bis ich dich gefunden hatte! Und wo ich schon in der Gegend bin, wollte ich dich wenigstens wiedersehen.«

»Hallo? Ich stehe im Telefonbuch. Ich hab mich nicht versteckt, aber du kannst dir vielleicht denken, dass ich kein Interesse habe.«

»Übrigens, was ist das denn hier Lustiges?« Er hatte keine Lust auf blöde Diskussionen und wollte das Thema wechseln. In der Hand hielt er das Buch von Scooter Robinson. »*Living Words* – liest du jetzt so einen Schrott?«

»Ich kann lesen, was ich will. Was fängst du jetzt an, dich wieder in mein Leben einzumischen?« Mit einem vor Wut überschäumenden Blick riss sie ihm das Buch aus der Hand.

»Ich glaube, ich gehe noch auf ein Bier.«

»Wann sind die Ferien zu Ende?«

Er nannte einen Termin in gut einer Woche.

Sie überlegte kurz und hatte sogleich den kleinen Robin vor Augen. »Okay, ich gebe dir bis Montag Zeit, was anderes zu suchen, keinen Tag länger. Und du kümmerst dich vernünftig um Robin und mischst dich vor allem nicht in mein Leben ein.« Den Kleinen hatte sie schon immer gemocht, aber Rainer würde sie keine Chance lassen. Danach würde sich der Kerl hoffentlich nicht mehr melden. Sie musste einfach alles tun, um ihn endgültig aus ihrem

Leben zu verbannen.

Als sie sich zu ihrem überlegenen Grinsen einen Happen des leckeren Auflaufs in den Mund steckte, hätte sie sich fast verschluckt.

»Kann ich den Schlüssel noch mal haben, damit ich dich nachher nicht störe?«, fragte er kleinlaut.

Sie nickte. »Ich leg dir noch Bettzeug raus, falls die Decke von gestern nicht reicht. Und mit dem Sofa hast du dich ja schon angefreundet.« Sie sah ihm deutlich an, dass das so gar nicht zu seinen Plänen passte.

»Für Robin müsstest du dann das Klappbett aus dem Keller holen. Ich will nicht, dass der Kleine noch mal auf dem Boden schläft.« *Wir werden schon sehen, wie das läuft.*

Er fühlte sich herausgefordert, und die Tür fiel etwas lauter als beabsichtigt ins Schloss. *Egal*, dachte Milla und ließ es sich so richtig schmecken. Nebenbei schnappte sie sich das kleine Buch.

Auch die hohlste Nuss will noch geknackt sein.
Friedrich Wilhelm Schopenhauer

Damit traf Scooter den Nagel auf den Kopf! Mit ihrem lauten Lachen erschreckte sie sogar Simon. Das Kapitel war genau das Richtige für nachher im Bett und viel besser als Rainer, die hohle Nuss.

33

Besonders viel hatte ihm der freie Tag, außer dem netten Frühstück, nicht mehr gebracht. Nicht einmal die kleine Tour mit der Herkules hatte richtig Spaß gemacht. Carlo war mit seinen Gedanken viel zu sehr bei Robert, der wütend am Schreibtisch herumfuhrwerkte. In seinem ganzen Frust brachte der natürlich auch nichts zustande. »Lass mich heute einfach nur in Ruhe«, hatte er seinen Freund abgewiesen. Umso verwunderter war Carlo, dass heute Morgen das Radio lief. Gab's denn so was? Jetzt fing der Kerl auch noch an, mitzusingen.

»Ist jetzt alles gut? Liebeskummer ade, oder wie?«, zog er ihn auf.

»Wer spricht denn von Liebeskummer? Frauen sind eben nicht besser als Männer.« Robert schien wirklich wieder lachen zu können. »Ich hab heute Nacht durchgemacht, und jetzt steht das Konzept. Zeig ich dir nachher.«

Arbeit war doch die beste Medizin, dachte Carlo bei einem Blick auf die Küchenuhr. »Müssen wir auf heute Nachmittag verschieben. Ich geh heut wieder ins Labor. Jetzt muss ich aber duschen, und Hunger hab ich auch.«

»Dann holen Scooter und ich schnell Brötchen.«

Draußen regnete es leider, und so ging Robert nur schnell zum Backshop gleich unten an der Ecke.

»Die sind aber nicht von Kerner«, stellte Carlo dann auch umgehend fest.

»Draußen schüttet es wie aus Eimern, da wollte ich schnell wieder rein.«

»Weichei! Und Scooter sieht auch ganz unglücklich aus.«

»Hast ja recht, aber ich bin jetzt wirklich müde! Ich füttere noch schnell die Schweine und leg mich danach erst mal aufs Ohr.«

»Dann nehm ich mir ein Brötchen mit und geh eben noch eine Runde mit Scooter. Brauchst du heute den Bus?« Bei dem Wetter hatte er auch keine Lust, zur Arbeit zu radeln.

»Selber Weichei. Nein, ich muss heute nur ein bisschen telefonieren und Internetrecherche betreiben.«

»Heute Nachmittag müssen auch die Schweine sauber gemacht werden. Soll ich vielleicht ...?« Er wollte seinem Freund jetzt gern den Rücken stärken.

»Mist! Das hab ich vergessen.« Robert kratzte sich nachdenklich am Kopf. »Wär das denn Okay? Ich bin grad so gut drin in meinem Projekt!«

»Na klar, du hat ja das letzte Mal auch für mich angefangen. Dann hab ich wieder einen gut!«

»Du hättest sogar einen weiteren gut, wenn du mir noch ein paar von diesen tollen Schnecken besorgst. Ich glaube, ich brauche nach der Nacht eine Belohnung.«

»Ich werde sehen, was ich machen kann.«

Carlo beeilte sich, noch einmal mit Scooter rauszukommen. »Scheißwetter«, konnte er sich auch nicht verkneifen, als er vors Haus trat, aber Scooter wedelte trotzdem mit dem Schwanz. Die Schweine standen schon am Gatter und schienen ebenso bester Laune zu sein. Sie freuten sich wohl auf das Suhlen in der großen Pfütze, die sich langsam bildete.

Hinter Carlo kam nun auch Robert aus dem Haus. Da Schweine ja bekanntlich schlau sind, erkannten sie den harten Brotkanten in Roberts Hand als willkommenes Leckerli.

»Du verwöhnst sie wieder«, war noch von Carlo zu hören, der gerade von Scooter vom Hof gezogen wurde.

»Ich verwöhn euch doch gerne«, begann Robert die einseitige Unterhaltung mit den schmatzenden Tieren. Dass man überhaupt so laut schmatzen konnte, darüber war er jedes Mal aufs Neue verwundert.

»Ich habe auch noch was für die Dicken.« Robert hatte nicht bemerkt, dass Opa Menke um die Ecke gekommen war. Den roten Eimer kannten die Schweine schon. Die schrumpeligen Äpfel, die der rüstige Rentner gelegentlich vorbeibrachte, gehörten zu ihren Lieblingsspeisen.

»Da brauch ich ihnen ja gar kein Futter mehr geben.« Manchmal befürchtete Robert wirklich, dass Jimbo und Morris platzen könnten.

»Gib ihnen halt ein bisschen weniger, und ich leg noch ein paar an die Seite. Aber du weißt ja, dass bei mir immer was übrigbleibt.«

»Ich weiß. Äpfel machen glücklicherweise nicht dick.« Er zwinkerte dem alten Mann verschwörerisch zu. Sie hatten beide fast vergessen, dass es regnete. Regenjacken hatten sie natürlich auch keine an, und so mussten sie jetzt laut auflachen, als sie bemerkten, wie nass sie schon waren.

»Es wird Zeit, wieder reinzugehen.« Opa Menke trat den Rückzug an.

Auch Robert ging zurück ins Haus und brauchte erst mal ein Handtuch, damit seine wertvollen Pläne auf dem Schreibtisch nicht auch noch nass wurden.

Ach was – später, jetzt gönnte er sich erst mal sein Nickerchen.

34

Der Duft der frischgebackenen Schnecken fehlte ihr. Mit dem Laptop auf dem Schoß war sie auf dem Sofa eingeschlafen. »So was hat's früher nicht gegeben«, sagte sie zu sich selbst, als sie nach dieser Nacht versuchte, ihre Schultern zu entkrampfen. Emilia wurde bewusst, dass sie nichts Richtiges zum Frühstücken im Haus hatte. Sonst hatte sie sich immer schnell eine Schnecke geschnappt. Heute gab es nur Kaffee – mit ganz viel Milch.

Die Internet-Adressen, die in dem Schreiben von Schröter angegeben waren, hatten sie mehr als frustriert. Oft gab es nicht einmal Preisangaben zu den tollen Bildern. Eine professionelle Küche mit Edelstahlausstattung würde für sie unbezahlbar sein. Sie musste sich unbedingt etwas anderes einfallen lassen. Vielleicht hatte Horst ja eine Idee.

Jetzt war es an der Zeit, die Schnecken für den Laden abzuholen. Gestern hatte sie vorsichtig nachgefragt, ob sie eventuell etwas weniger Zuckerguss nehmen könnten. Emi hoffte sehr, dass sie es hinbekommen hatten. Aber draußen goss es in Strömen. Also lieber das Auto nehmen. Sie holte den Schlüssel. Im Hof stand ausgerechnet vor ihrer Garage ein Lieferwagen.

»Hallo! Gehört hier jemand dazu?«, rief sie natürlich nicht laut genug in Richtung der umliegenden Wohnungen. Sehen ließ sich leider niemand.

»Na, das kann ja heiter werden!«

Ihre Regenjacke triefte schon, als sie in Richtung der Bäckerei lief. Dort packte man ihr die Kuchenpakete zusätzlich in gelbe Wertstoffsäcke, damit sie ihr unterwegs nicht total durchweichten.

»Wieder so viel Zuckerguss«, rief sie genervt, als sie im Laden angekommen war und eins der Pakete vor der ersten Kundin öffnete. »Entschuldigung, scusi!« Vor den Kunden sollte sie sich wirklich im Griff haben, dachte sie beschämt errötend.

»Ach was, schon okay.« die Kundin zeigte Verständnis für ihre Laune, wollte nur wissen, warum sie das Gebäck denn nicht mehr selber herstellte. »Die waren doch immer so lecker, direkt einzigartig.«

»Da sind Sie nicht die Einzige, die dieser Meinung ist.« Emi erklärte zum wiederholten Male ihre momentane Misere; was sie alles erledigen musste, damit sie wieder selber backen durfte. Wie all die anderen, denen sie es erzählt hatte, versprach auch diese Kundin, ihr weiter treu zu bleiben.

»Dankeschön, nur das mit dem Zuckerguss muss ich meinem Bäcker unbedingt noch beibringen.« Darüber mussten sie beide lachen.

Dass einige andere Kunden auch mit der Qualität der Backwaren unzufrieden waren, nervte Emi sehr. Sie würde heute Nachmittag mit dem Bäckermeister persönlich sprechen müssen.

Um die Mittagszeit stand plötzlich der bärtige Carlo im Laden. Er schaute sie intensiv an, und sie merkte, wie ihr unter seinem Blick die Wärme ins Gesicht stieg.

Er ist nicht dein Typ, versuchte sie sich in Erinnerung zu rufen.

»Wo sind denn die Schnecken vom letzten Mal?«, fragte er, als er an der Reihe war, mit einem Blick auf das ungewohnte Angebot in der Auslage.

Auch ihm erklärte sie ihren momentanen Notstand. Er hörte zu, fragte zwischendurch nach und runzelte die Stirn. Sie waren so in ihr Gespräch versunken, dass ihnen gar nicht auffiel, wie sich hinter Carlo eine Schlange bildete. Dann merkte Emi es doch und wies über seine Schulter. »Wir sollten vielleicht mal ... Che vergogna, wirklich peinlich!«

»Oh, ja! Ich setz mich an den Tisch.« Er überließ dem nächsten Gast den Platz am Tresen und ging mit nachdenklicher Miene zu einem der Tische. Zwischendurch lächelte er zu ihr hinüber.

Komisch, da ist so ein Geruch — ein Hauch von Landluft. Emi schaute sich irritiert um.

Die Kunden wurden nicht weniger, und Carlo musste langsam zurück ins Labor. Also erhob er sich wieder. »Eigentlich sollten wir uns noch mal auf einen Wein treffen. Ich hätte da so ein paar Ideen für deine Probleme.« Er lachte sie mit strahlenden Augen an.

»Können wir machen, aber ich hab im Moment leider nicht viel Zeit.«

Sie gab ihm eine Tüte mit zwei von den zuckerigen Schnecken mit und dann verabredeten sie sich doch für acht Uhr bei Horst.

35

Zum Mittagessen hatte Robert heute sogar eine Gemüsesuppe gekocht. Dank seiner guten Laune war das Ergebnis natürlich erstklassig. Sonst nahm er sich mittags fast nie Zeit zum Kochen und aß irgendwelche Reste, die Carlo oft am Vortag zubereitet hatte. Allerdings würde er später noch einkaufen müssen, ansonsten gerieten sie ernsthaft in eine Lebensmittelknappheit.

Während des Essens blätterte er die Tageszeitung durch. Bei einer neuen Artikelserie über praktische Erfindungen blieb er hängen. Da wurden Sachen vorgestellt, die bisher noch nicht realisiert worden waren. Das wäre vielleicht auch was für sein Projekt, überlegte er, während er angespannt auf seiner Oberlippe kaute. Sogar Möbel-*MOBIG* wurde erwähnt. Verhandlungen ... intensiver Platzbedarf ... man weiß noch nicht.

Konzentriert las er den Abschnitt laut vor.

»... entworfene Picture Point ist ein lebensechtes Simulationscenter für Bilderbuchzimmer. Der Kunde setzt sich in den aufgebauten Ausstellungsraum. Dort kann er mithilfe an den Wänden hängender, großer Digitalbilderrahmen die Wirkung ausgewählter Bilder testen ...« Auf einem USB-Stick konnte man sogar seine eigenen Motive mitbringen. Die Bestellung ging dann einfach über einen Fotoshop. Bezahlen an der Kasse, und dann kam die Fotorolle schnellstens per Post. Auf dem Bestellzettel gab es auch gleich Vorschläge für die perfekte Rahmung.

Von etwas Ähnlichem hatte er schon mal gehört. Wenn er sich recht erinnerte, konnte man die Wirkung von Möbeln in Bildern von zu Hause austesten. *Oder war das anders - aber egal.*

Jedenfalls war das hier nett und irgendwie genial. Das musste er nachher Carlo zeigen. Wirklich interessant fand er auch das vorgestellte Bilderprogramm *OnTop*. Damit konnten Bilder an Wandschrägen und sogar an die Decke gehängt werden. Ganz wild, krumm und schief, alles war möglich.

Daraus ließ sich mit Sicherheit noch mehr machen, überlegte Robert. Überhaupt, warum nicht auch Bilder für sein Regal? Nicht für alle Fächer, aber einzelne Lichtblicke. Damit würde eine komplette Regalwand nicht mehr so trist wirken. Tolle Idee! Robert war Feuer und Flamme und vor allem gespannt, was Carlo von seinen Überlegungen hielt.

Als sein Teller leer war, stellte er ihn in die Spülmaschine und nahm die Hundeleine vom Haken. Ein bisschen frische Luft war genau das Richtige, damit seine grauen Zellen noch ein bisschen Energie bekamen. Der Regen von heute früh war fast weggetrocknet.

Carola, die junge Mutter aus dem Nachbarhaus, hängte gerade Wäsche auf. Damit wäre er auch mal wieder dran gewesen, dachte Robert schuldbewusst, wollte sich von so was jedoch nicht die Laune verderben lassen.

»Hallo Süßer«, rief Carola und meinte natürlich Scooter. »Hallo Robert«, ergänzte sie dann ihren Gruß.

»Du machst das richtig gut«, sagte Robert grinsend. »Wenn du Lust hast, kannst du unsere Wäsche auch gleich mitmachen!«

»Warum nicht. Ich hab ja Zeit. Muss sowieso den ganzen Tag auf Moritz aufpassen. Er kommt erst im nächsten Jahr in den Kindergarten. Dann kann ich mir einen Job suchen.«

Es schien ein durchaus ernst gemeintes Angebot zu sein, wie Robert feststellen musste. Er war in der Laune, drauf einzugehen. »Hört sich gut an. Ich werde nachher mit Carlo sprechen, wenn du es ernst meinst.«

»Klar mein ich das ernst!«

»Super. Über die Bezahlung können wir ja dann später sprechen.« Er sah, dass ihre Augen gleich noch mehr leuchteten.

»Jetzt muss ich aber los.« Der Hund sprang schon die ganze Zeit aufgeregt vor ihm herum. »Ich melde mich bei dir.«

Wirklich ein spannender Tag, dachte Robert, als er sich in Richtung Park ziehen ließ.

36

»Robert hat mir übrigens erzählt, dass ihr euch getroffen habt.«

Carlo sah nach der Mittagspause bei Claudia im Büro vorbei. Das lag eigentlich so, dass sie sich tagsüber nicht begegnen mussten, aber jetzt wollte er es. Er wollte einfach einen lockeren Umgang mit ihr.

»Ich hab vielleicht ein bisschen überreagiert, aber Robert hat mich ganz schnell runter geholt«, sagte sie. Jetzt, zwei Tage später, konnte sie fast schon darüber lachen. »Ich finde es übrigens nett, dass du bei mir reinschaust!«

»Gestern hab ich auch einen freien Tag gebraucht. So was geht auch an mir nicht spurlos vorüber«, gab er zu. Er freute sich, dass sie es offenbar doch gut hinbekamen.

Wieder auf dem Flur waren seine Gedanken schon auf den Abend ausgerichtet. Ein paar Anrufe waren noch fällig, um Emilia ein paar konkrete Lösungsvorschläge präsentieren zu können. Es wurde aber doch schwieriger als gedacht. Von den beiden Kontakten, die ihm hilfreich sein sollten, konnte er einen erst gar nicht erreichen. Der hatte wohl eine neue Nummer.

Der andere, Jörg, hatte selbst eine Bäckerei, die gut lief. Am Telefon war seine Frau, die frustriert verlauten ließ, dass Jörg weg wäre. »Dieser Idiot ist mit seiner Friseusen-Jutta auf die Malediven durchgebrannt«, schimpfte sie. »Das Konto hat er natürlich auch leer geräumt!«

Carlo konnte verstehen, dass sie frustriert war, aber seine Zeit wurde langsam knapp, und helfen konnte er ihr sowieso nicht. Mit ein paar aufmunternden Worten beendete er das Telefonat.

»Uff«, stöhnte er, nachdem er aufgelegt hatte. Inzwischen war er selbst leicht frustriert. »Was gibt es bloß für Idioten.« Doch da fiel ihm plötzlich Ute ein. Die hatte nämlich einen recht lieben, aber chaotischen Mann, der mit Furz und Feuerstein handelte. Die gute Schrebergarten-Ute! Da konnte er sich gleich für heute Nachmittag anmelden. Der Schweinemist musste ja ebenfalls noch weg.

»Klar, ich spreche nachher mit Bernd«, war Ute dann auch gleich bereit, ihm zu helfen. »Und ich hab auch eine Idee, wie du dich revanchieren kannst. Im Vereinsheim ist heute Kindergeburtstag, ich hab der Mama einen Auftritt versprochen. Und wenn du mit …«

»Heute? Aber das ist doch alles ewig her, und ich weiß gar nicht mehr …«

»Papperlapapp, das verlernt man nicht! Das wird richtig gut.«

Im letzten Jahr hatte Carlo mit Ute an einem Clown-Wochenendseminar teilgenommen. Sie hatte lange gebraucht, ihn zu überreden, aber dann hatte auch er seinen Spaß gehabt. Bei dem Gedanken an einen Auftritt in der Öffentlichkeit bekam er jetzt allerdings Magengrimmen. »Ich hab doch auch gar kein Kostüm«, hoffte er, aus der Sache raus zu kommen.

»Kein Problem, ich hab so viel Kram. Da finden wir schon was«, sagte Ute unbekümmert. »Wir sehen uns dann um halb fünf. Den Mist kannst du anschließend bei Herbert abliefern. Aber erst kommt unser Auftritt.«

»Na gut, aber denk an das Gespräch mit Bernd«, war er schließlich bereit, sich auf den Handel einzulassen. Mit etwas Glück würde sein Plan aufgehen und er käme so mit einer perfekten Lösung zu seiner Abendverabredung gehen. Warum nur war ihm das auf einmal so wichtig? Verwundert kratzte er sich am Kopf.

Jetzt musste er aber zurück an die Arbeit. Das Multifunktionsmehl hatte langsam Form angenommen. Die Backergebnisse waren inzwischen durchgängig gut. Egal ob helles Brot oder Kuchen

– Volumen, Farbe und Geschmack waren sehr vielversprechend. Es war Zeit, die Feinheiten herauszuarbeiten. Der Klebergehalt des Weizenmehls, welches die Basis des Produkts war, musste stimmen, damit die anderen Getreidesorten keinen Schaden anrichten konnten. Und natürlich das Mischungsverhältnis. Mit der kleinen Versuchsmühle ließ sich einiges machen. So langsam musste er aber die Praktiker im Werk involvieren. Die sollten das Ganze schließlich umsetzen. Carlo wusste, dass die Produktionsleiter nichts so sehr hassten, wie vor vollendete Tatsachen gestellt zu werden. Schon öfter hatte er mitbekommen, wie weniger erfahrene Kollegen plötzlich in der Produktionsabteilung auf heftigen Widerstand gestoßen waren.

Pünktlich zum Feierabend setzte er sich an den Computer und verfasste ein E-Mail-Rundschreiben an die verantwortlichen Mitarbeiter. Da auch Mitarbeiter von ausgegliederten Produktionsteilen betroffen waren, legte er den Zeitpunkt für das Meeting auf Dienstag, 13 Uhr. Er fühlte sich mit seinen eigenen Testergebnissen gut vorbereitet und freute sich darauf, das Projekt endlich voranzubringen.

37

»Frau Bahrens, Sie waren eine echte Bereicherung für unsere Agentur.« Der Agenturchef Guido Manske war auf dem Sprung zu einem Außendiensttermin. »Ich weiß nicht, ob wir uns nachher noch sehen, aber das wollte ich Ihnen persönlich gesagt haben. Wir werden uns in ungefähr zehn Tagen melden, denn es gibt noch Absprachen mit anderen Bewerberinnen.«

Der Job war ihr also noch nicht sicher. Millas Lächeln zeigte einen leichten Anflug von Bedauern. Der verflog wieder, als Manske ein großes Lob des Marketing-Chefs von *Loomix* erwähnte. »Er war wirklich begeistert von Ihnen!« Das morgendliche Chaos von gestern schien er vergessen zu haben, und das nur wegen ein paar Leckereien.

Fast zwei Wochen. Da musste Milla sich wohl in Geduld üben.

»Du machst das Rennen«, versicherte ihr Bettina im nächsten Moment. Sie hatte die Lobrede ihres Chefs vom Nebenraum aus mit angehört hatte. »Die anderen beiden haben gegen dich keine Chance. Die zieht er bloß wegen der Förderung vom Arbeitsamt mit durch. Damit es besser aussieht.«

Danach war nicht mehr viel los. Deshalb konnte Milla pünktlich um 16 Uhr Feierabend machen. Vorher verabschiedete sie sich natürlich noch herzlich von den wohl zukünftigen Kollegen. Sie war in Hochstimmung.

Jetzt kam Roses Geburtstag an die Reihe. Der nächste Supermarkt war ihrer. Da fiel ihr ein, dass sie ihre Küche heute nicht für sich alleine hatte, und vorbei war es mit der guten Laune. Rainers wahrscheinliche Anwesenheit erschien ihr jetzt noch unpassender. Auf blöde Kommentare zu den geplanten Geburtstagskuchen konnte sie gut verzichten. »Was hast du mit dem Geburtstag von irgendeiner alten Oma am Hut?« Ein solcher Spruch wäre noch harmlos im Verhältnis zu dem, was der Megaegoist sonst immer so von sich gab.

Gerade nervten sie die Gedanken an den einen Kerl, da lief ihr der andere an der Gemüsetheke fast in die Arme. Was hatte Robert hier zu suchen? Das war nicht der Laden, in dem sie sonst einkaufte. Mit hochrotem Kopf beeilte sie sich, aus seinem Blickfeld zu verschwinden. Er beförderte gerade sehr konzentriert Tomaten in eine Tüte. So war dann auch Milla erfolgreich, bei ihrem Versuch, nicht von ihm gesehen zu werden. Vermutlich würde sie jetzt das Wichtigste vergessen, wenn sie ihm dauernd ausweichen musste. Aber sie hatte Glück, denn sein Wagen war bereits gut gefüllt, und so dauerte es nicht mehr lange, bis er sich an der Kasse anstellte. Endlich konnte sie in aller Ruhe ihre ungewohnt lange Einkaufsliste durchgehen. Als sie wenig später im Café vorbeischaute, spendierte ihr Emi einen Latte Noci.

»Mio Dio, mein Gott, du siehst echt erledigt aus«, stellte die Freundin fest.

»Der Geburtstag ist nicht so schlimm, aber die Männer nerven mich gerade!« Milla erzählte von Roberts Auftauchen im Supermarkt, wobei Emilia lachen musste.

»Wahrscheinlich hat er für ein Candlelight-Dinner mit seiner Freundin eingekauft«, äußerte Milla zynisch. »Viel mehr nervt mich Rainer. Ich will für Rose backen, und da kann ich diesen Kerl nicht in meiner Nähe gebrauchen.« Sie schnaufte laut bei Aussicht auf einen wenig prickelnden Abend.

»Warum backst du nicht bei mir? Ich brauch doch den Ofen im Moment nicht, purtroppo, leider«, bot sie der Freundin trotz allem mit einem verschmitzten Lächeln an.

»Gut, dass wir den Geburtstag mit deinem Kuchen überhaupt im Café machen können. Geschlossene Gesellschaft und Privatveranstaltung ist eine tolle Lösung.« Millas Laune hatte sich rasant gebessert. Sie umarmte die freudestrahlende Emi.

Emis Strahlen kam allerdings mehr von der Verabredung, an die sie gerade dachte. »Ich bin übrigens gar nicht da. Ich hab sozusagen noch einen Geschäftstermin wegen der Küche.« Sie weihte Milla in ihre Pläne für den Abend ein.

»Na, das wird bestimmt ein netter Abend.«

»Ist ja bloß fürs Geschäft! Bene, und du weißt, dass er nicht mein Typ ist.«

»Jaja, schon klar. Aber das Angebot mit deinem Backofen nehme ich gern an.«

»Sai una cosa, weißt du was? Wenn du magst, bring einfach dein Kopfkissen mit. Die Küchenbank ist ganz gemütlich, und bei mir nervt wenigstens kein Rainer.« Jetzt konnten endlich beide lachen.

»Ja, aber Simon ...«

»Der darf natürlich auch mit.«

Gut, dass der Kater so pflegeleicht und flexibel war. Milla und Emi hatten den entspannten Kater sogar schon mal für ein paar Tage an die Ostsee mitgenommen.

»Hört sich gut an.« Milla war begeistert. »Rainer wird sich zwar wundern, aber Hauptsache, ich kann in Ruhe die Kuchen fertigmachen.«

»D`accord, einverstanden! Dann sehen wir uns gleich in meiner Wohnung.« Emi blickte zur Uhr über der Eingangstür. »Ich hab sogar noch ein bisschen Zeit bis zu meiner Verabredung. Ich könnte dir doch noch etwas helfen, wenn ...«

»Nein, nein, du machst dich hübsch für deine Verabredung. Den Boden für den Erdbeerkuchen krieg ich in Nullkommanichts auf die Reihe, und dann gibt's noch meinen Spezial-Apfelstrudel.« Sogar die anspruchsvolle Emi war immer wieder begeistert von Millas saftigen Strudel, der eigentlich ganz leicht zu bewerkstelligen war. »Und die Vanillekipfel backe ich morgen früh.« Da der Teig im Kühlschrank ruhen musste, war das eine super Lösung.

»Also gut, bene, dann düs jetzt ab«, forderte Emi die Freundin in bester Laune auf.

»Mach ich, bis gleich!«

»Ach, warte mal kurz. Du hast doch heute bestimmt noch nicht die Zeitung gelesen?«, vermutete Emi.

»Nein, wieso?«

»Da ist was Nettes über Bilder drin, coole Sache.«

»Ich verstehe nur Bahnhof.« Milla schaute die Freundin mit großen Augen an, nahm aber bereitwillig den Zeitungsteil entgegen, den Emi ihr hinhielt.

»Kannst du ja unterwegs lesen. Ich dachte an deine Fotos, und das passt vielleicht.«

Mit dem Artikel vor der Nase wäre Milla fast mit einem Gast zusammengestoßen, der gerade das Café betrat.

38

Was Ute ihm da zumutete, war wirklich hart. Kinder machten ihm immer ein bisschen Angst. Claudia war auch schon ein paar Mal auf das Thema zu sprechen gekommen. Für ihn selber waren sie bisher nur von Bedeutung gewesen, wenn wieder ein guter Kumpel im Zuge der Familienplanung aus seinem Dunstkreis verschwand. Und heute – wie sollte er das schadlos überstehen? Natürlich hatte sich sein bevorstehender Auftritt schnell rumgesprochen in der Kolonie.

Carlo sollte sich etwas aussuchen aus dem Sammelsurium der ganzen Clownsklamotten, die Ute mit der Zeit gehortet hatte. Hinter der Bühne des Vereinsheims lag alles ausgebreitet. Am liebsten würde er einen Rückzieher machen.

»Warum musstest du das überall rumerzählen? Die Kinder hätten doch gereicht.« Er sah beinahe verzweifelt aus, wie er sich jetzt die Haare raufte. Fast hätte Ute Mitleid bekommen.

Es dauerte ein eine Weile, aber beim Rumsuchen beruhigte er sich schließlich wieder. Als er dann mit der roten Nase und der viel zu großen, karierten Latzhose vorm Spiegel stand, kam er sich plötzlich vor, als wäre er in einem Abenteuer. Irgendwie störte zwar sein Vollbart das Gesamtbild, aber die rote Melone schaffte einen perfekten Ausgleich.

»Du siehst einfach super aus!« Begeistert fiel Ute ihm um den Hals.

Die Geräuschkulisse im Versammlungsraum hatte ihm schon etwas Angst gemacht, aber als er jetzt durch den Vorhang lugte, wurde er richtig nervös.

»Ganz ruhig, Carlo«, versuchte Ute den Angsthasen zu beruhigen und zog abrupt den Vorhang auf. »Es gibt kein Zurück mehr.«

Das gab es wirklich nicht. Aber der begeisterte Begrüßungsapplaus und die erwartungsvollen Blicke der Kinder nahmen Carlo mit in eine andere Welt. Ute gab ihm ein paar Vorlagen, die er noch aus dem Seminar kannte, und dann lief alles fast von selbst. Die Requisiten auf der Bühne boten eine Menge Möglichkeiten. Ute hatte wirklich alles perfekt vorbereitet, und Carlo fühlte sich nach ein paar Minuten wie ein Profi; als würde er das jeden Tag machen. Die Kinder waren kein Thema mehr. Dass er sie wirklich zum Staunen bringen konnte, die großen Augen, mit denen das Geburtstagskind Nils am Bühnenrand stand – all das war für Carlo ein ganz neues Erlebnis.

»Danke.« Mehr fiel ihm nicht ein, als er Ute nach etlichen Zugaben und einem tobenden Abschiedsapplaus erschöpft in die Arme fiel.

»Das war wirklich der Wahnsinn! Danke!«

»Das sollten wir mal wieder machen«, nutzte Ute gleich die Chance, Carlo für weitere Auftritte zu begeistern.

»Naja, aber nicht zu oft, sonst spricht es sich herum, und keiner nimmt mich mehr ernst.« Zu sehr wollte er sich doch nicht einbinden lassen. »Obwohl, wenn ich irgendwann meinem Job verlieren sollte, wäre das sicher eine nette Alternative.« Dann fiel ihm die andere Sache ein. »Hast du eigentlich mit Bernd gesprochen?«

»Er sagt, er ist gerade an der Auflösung einer kleinen Bäckerei mit dran. Wenn du Interesse hast, sollst du dich morgen früh melden. Bernd ist jetzt mit seinen Kumpels beim Bowling.« Wenig begeistert verzog sie das Gesicht.

»Bingo! Genau das ist es, was ich suche«, freute sich Carlo. Er ließ sich von Ute Bernds Handynummer geben und verabschiedete sich.

Draußen beim Abladen des Schweinemists hatte er auch gleich nette Hilfe. Allein hätte er es wahrscheinlich auch nicht mehr geschafft, so fertig, wie er war. Zum Glück war noch etwas Zeit bis zu seiner Abendverabredung.

39

In der Wohnung stieß Milla dann beinahe mit Rainer zusammen. Verrückt, aber er versuchte es wieder. »Robin mag dich sehr, und du hast doch Zeit«, gedachte er, ihren halben Samstag, für einen kostenlosen Babysitterdienst zu verplanen. Er könne den Jungen nicht mitnehmen zu seinem ach so wichtigen Termin.
Vergiss es, Rainer! Was hatte sie sich schon geärgert, als sie dann mit Simon unterm Arm in Emilias Wohnung geflüchtet war. Sicher, das Backen machte irgendwie Spaß, aber dass Emi dann gleich weg war – schade. Was dachte sich der Kerl eigentlich? Dass er es schaffte, sie erneut in so eine Situation zu bringen, hätte sie im Traum nicht gedacht. Zum Glück hatte sie in der Tasche noch ein paar Baldrianperlen. Richtig loslassen konnte sie die Gedanken erst, als ihr auf Emis Sofa die Augen zufielen. Simon hatte es sich zufrieden schnurrend zu ihren Füßen bequem gemacht.

Dass es ein so spannender Abend werden würde, hätte Emi nicht gedacht, als sie die Freundin mit ihrer Backkunst allein zurückließ. Die Zeit mit Carlo verging wie im Fluge. Der Abend war viel zu schnell vorbei, und in ihrer Vorfreude fand sie wenig Ruhe zum Schlafen.
Als sie die Freundin am Morgen so erschöpft auf dem Sofa liegen sah, beschloss sie, leise zu verschwinden. Simon mauzte kurz auf. Emi nahm ihn zwecks Ruhigstellung durch Futter einfach mit in die Küche. Leise schloss sie die Tür. Sie wusste, dass sie oben im

Schrank noch ein Glas löslichen Kaffee hatte; absoluter Frevel, aber es gab manchmal Notsituationen ... Er schmeckte sogar einigermaßen. Ein zartes Dauergrinsen verriet ihre gute Laune. Da kam es wohl nicht unbedingt auf den Geschmack an.

»So, Simon, ich muss jetzt«, kündigte sie dem beschäftigten Kater ihr Aufbrechen an. Milla sollte heute einfach ausschlafen – kein Rainer und kein Manske. Sie könnte gegen zehn in der Wohnung anrufen, dann würde die Freundin immer noch alles rechtzeitig schaffen. Nach einem schnellen Blick in den Kühlschrank wusste Emi, dass Milla gestern fleißig gewesen war. Nur die Kekse mussten noch gebacken werden und Erdbeeren für den Boden würde Milla sicher bei Luis holen. Emis Nachbar, der Obst- und Gemüsehändler hatte immer beste Ware im Angebot.

Emi würde gleich ein Schild mit der Aufschrift *Privat – Geschlossene Gesellschaft* vorbereiten, dann war beim Kaffeetrinken mit Millas Kuchen im Café nichts zu befürchten. Sie hatte den Beamtenfuzzi neulich extra gefragt, denn Ärger wollte sie nicht riskieren.

»Hallo, ich bin's.«

Sie war ganz in Gedanken, als das bimmelnde Handy fast das Schneckenpaket von Reinecke auf die Straße befördert hätte. Es war Carlo. Dass er sich so schnell wieder meldete, wunderte sie.

»Ich wollte nur sichergehen, dass unser Termin heute Nachmittag steht! Wenn ich bei Bernd war, schau ich vorbei«, verkündete er gut gelaunt.

»Si, ja klar, hatten wir doch abgesprochen.« Emilia war etwas irritiert von seiner Hartnäckigkeit. Ihr warmes Bauchgefühl zeigte ihr, dass seine aufmerksame Art ihr mehr als nur schmeichelte.

»Also ... du bist eigentlich nicht mein Typ, wegen Bart und so«, hatte sie ihm gestern direkt verkündet. »Wie du weißt, hab ich ja auch nie Zeit.«

»Geht mir genauso«, hatte er daraufhin lachend geantwortet.

»Eine Beziehung hab ich auch gerade erst hinter mir. Als Kumpel wärst du mir viel lieber.« Die Anspannung der Situation schien aufgelöst, und Horst freute sich, als sich die beiden so herzlich zuprosteten. Die vorangegangenen Worte hatte er ja nicht mitbekommen.

Kumpel, naja, etwas merkwürdig fühlte Emi sich schon. Aber es ging ja auch nur um die Einrichtung aus der Bäckerei, die sie so gut gebrauchen konnte und die scheinbar recht günstig zu haben war. Carlo hatte mit Bernd einen Besichtigungstermin für den nächsten Tag ausgemacht.

»Che figo, toll, dass du so ein Profi bist«, war Emi wieder begeistert, einen so netten Berater gefunden zu haben.

»Ich schau mir das Ding allein an«, übernahm er dann auch die Regie in der Angelegenheit. »Du hast eh so wenig Zeit. Fotos mach ich auch und dann komme ich im Café vorbei.«

Konnte es sein, dass er kurz gezwinkert hatte, als er ihr beim letzten Satz beängstigend nahekam?

»Dann kann ich den ganzen Ärger vielleicht bald vergessen. Hoffentlich wird's nicht so teuer«, offenbarte sie leichte Bedenken bezüglich ihrer finanziellen Situation.

»Das kriegen wir schon. Der Freund, mit dem ich zusammenwohne, kann dir das Ganze sicher passend machen.«

»Oh, das hört sich ja noch besser an.« Dabei fiel Emi ein, dass sie sich für sein Engagement unbedingt revanchieren musste. »Ich werde euch beide mal richtig schick zum Essen einladen, einverstanden?« Das hörte sich doch professionell an, fast geschäftsmäßig, oder?

»Das musst du nicht. Unter Kumpels hilft man sich doch.« Laut lachend prostete er ihr zu. »Aber meinen Freund Robert kannst du ganz bestimmt mit einem Gutschein für deine tollen Schnecken glücklich machen.«

Als sie bemerkten, dass die Weingläser fast leer waren, hatten sie noch eine Runde bestellt, obwohl Emilia sich etwas zierte.

Jetzt am Telefon war ihr der Abend peinlich. In der Erinnerung kam es ihr heute Morgen vor, als hätte sie gestern viel zu viel und viel zu laut gelacht. Hatte sie etwa mit ihm geflirtet? Gut, dass er nicht sah, wie sich ihre Wangen färbten – mehr als nur ein wärmendes Bauchgefühl.

»Also ich bin dann auf jeden Fall noch im Laden, wenn du vorbei kommst. Hab ja auch eine Menge zu erledigen in den nächsten Tagen.«

40

»Komisch, die Schweine machen einen ziemlich erledigten Eindruck. Das müssen wir beobachten.« Carlo war etwas besorgt, als er von Scooters erster Runde zurückkam.

»Ich werde mich später drum kümmern«, sagte Robert. »Wahrscheinlich hat es Opa Menke mit den Äpfeln wieder zu gut gemeint. Aber erst mal will ich heute dieser Frau Rose die Entwürfe für die Regale zeigen, damit ich das vom Zettel bekomme.«

»Verstehe, du willst deine Milla vom Zettel bekommen.«

»Für so was habe ich zum Glück gar keine Zeit.« Nach dieser kurzen Richtigstellung verschwand Robert in die Werkstatt.

»Okay, Scooter, dann bis heute Abend«, verabschiedete sich Carlo vom Hund.

Der musste auch im Hof bleiben, als Robert kurze Zeit später aufbrach. Mit dem Fahrrad hatte er den Weg zu Frau Mittendorf in fünf Minuten zurückgelegt.

»Oh, junger Mann, mit Ihnen habe ich heute gar nicht gerechnet«, empfing ihn Rose überrascht.

»Ich glaube, Sie warten wirklich auf jemand anderen, so

hübsch, wie Sie heute aussehen«, sagte Robert höflich. Dass sie so niedlich rot werden konnte in ihrem Alter, amüsierte ihn.

»Ja, mein Geburtstag. Gleich kommt eine Freundin vorbei, und wir machen einen netten Spaziergang, dann gehen wir zum Mittagessen.«

»Ich will Sie auch gar nicht lange aufhalten, und alles Gute für Sie.« Er schüttelte ihr herzlich die Hand. »Nur ein kurzer Blick auf die Skizzen und dann habe ich noch ein Muster, Kirsche, wenn Ihnen das gefällt?«

Sie setzten sich an den kleinen Tisch. Rose ließ sich alles zeigen und war begeistert. »Dass es so schön wird, hätte ich nicht gedacht.«

»Wie sie sehen, hab ich auch an ein paar Schnörkel und Verzierungen gedacht und ich freu mich natürlich, wenn ich Ihren Geschmack getroffen habe.«

»Mehr als das! Und überhaupt – hätten Sie nicht Lust, heute Nachmittag zu meinem Geburtstagskaffeetrinken zu kommen?«, kam ihr ein mutiger Gedanke in den Sinn. »Ganz ungezwungen. Eine Freundin will mir eine Freude machen und hat eine Kaffeerunde organisiert.«

Robert kratzte sich verlegen am Kopf. »Ich habe im Moment in der Werkstatt so viel zu tun, und die Regale möchte ich doch auch schnell ...«

»Ach was. Die Regale haben noch Zeit. Sie würden mir eine große Freude machen, wenn Sie heute Nachmittag vorbeischauen, wenigstens auf ein Stück Kuchen. Sie kennen doch bestimmt dieses Büchercafé gleich am Jole-Park? Es fängt um vierzehn Uhr an, aber Sie können auch später kommen. Bitte!«

»Ja, das Café kenne ich. Und den Wunsch kann ich Ihnen wohl nicht abschlagen – einer so netten Kundin. Ich versuch's mal«, gab Robert klein bei. *Soweit ist es jetzt schon, dass ich nachmittags mit alten Damen Kaffee trinke,* dachte er amüsiert.

Gut gelaunt machte er sich auf den Rückweg. Schon von weitem sah er den kläffenden Scooter auf dem Gehweg. Opa Menke stand wartend in der Toreinfahrt.

»Was ist denn hier los?«, wollte Robert aufgeklärt werden.

»Ich bin schuld. Gestern dieser Eimer am Tor ... aber ich konnte doch nicht wissen ...« Der alte Mann war völlig aufgelöst.

»Jetzt mal ganz langsam und der Reihe nach«, sagte Robert beschwichtigend.

»Also, die Schweine sind krank, wohl vergiftet«, brachte er es auf den Punkt.

»Aber das kann nicht sein. Die haben sich bestimmt bloß überfressen.«

»Nein Robert, schau hier, die Äpfel. Der Eimer stand gestern Abend am Tor, und ich hab ihnen noch ein paar davon reingeschmissen. Rattengift! Sie haben sich auch schon übergeben!«

»Rattengift?« Robert schaute sich den Eimer mit den Äpfeln genauer an und erkannte die verräterischen rosa Spuren an einigen Äpfeln. »Tatsächlich, das gibt's doch nicht!« Besorgt ging er hinüber zum Gatter, wo Jimbo und Morris nahezu bewegungslos auf dem Boden lagen. In der Bauchgegend schienen beide von Krämpfen geplagt.

»Der Tierarzt ist schon unterwegs. Die Dame am Telefon meinte, wenn es tatsächlich Rattengift wäre, könnte er ihnen ein Gegenmittel verabreichen.«

»Aber wer macht denn so was?« Robert war in die Einzäunung geklettert und streichelte die leidenden Schweine. »Die beiden tun doch niemandem etwas!«

»Du weißt, dass sich alle immer aufgeregt haben über die Geruchsbelästigung.«

»Ja, schon, die *angebliche* Geruchsbelästigung! Aber wir machen doch schon dauernd sauber.«

Gerade fuhr der Tierarzt in die noch immer offene Toreinfahrt.

Er brauchte nicht lange, um den Verdacht zu bestätigen. »Unschöne Sache, aber es gibt leider nicht nur Tierfreunde.« Er spritzte beiden Tieren Vitamin K. Den Eimer mit den Äpfeln würde er fachgerecht entsorgen. »Sie sollten sich eventuell überlegen, die Tiere weiter draußen unterzubringen«, riet er Robert.

»Wieso? Wir halten uns doch an die Auflagen vom Veterinäramt«, versuchte er, ihre Situation zu verteidigen.

»Sicher, Sie haben das Recht auf Ihrer Seite, aber was bringt es, wenn Sie darauf beharren? Davon werden die Schweine demjenigen, der das war, auch nicht sympathischer. Die Tiere sind die Leidtragenden, und beim nächsten Mal haben Sie vielleicht weniger Glück.«

Der Tierarzt reichte ihm noch eine Tube und erklärte die weitere Behandlung. »Diesmal werden Sie es überstehen. Sie werden sich wahrscheinlich noch einige Male übergeben und deutlich weniger Appetit haben als sonst, aber das gibt sich bald.«

»Danke.« Wortkarg verabschiedete Robert den Tierarzt. Nachdenklich setzte er sich auf die Treppe vor der Werkstatt. Auch Scooter schien zu leiden. Er lag zusammengekauert vorm Schweinegatter im Gras und schaute auf die Borstentiere.

Mit einem schuldbewussten »Das wird schon«, verabschiedete sich auch Opa Menke.

41

»Dieser Robert scheint ein netter Kerl zu sein«, schilderte Rose Marianne ihr Unverständnis gegenüber Millas Verhalten. Die Freundin hatte gleich nach Robert geklingelt und fand Rose ganz aufgedreht vor. »Du hättest dir mal anschauen sollen, was er sich für Mühe gibt mit meinen Regalen.«

»Du wirst auf deine alten Tage noch zur Kupplerin«, bekam sie zu hören, als sie Marianne von ihrem genialen Einfall erzählte.

»Meiner Milla muss man einfach mal auf die Sprünge helfen. Oh, ich bin schon ganz gespannt, was sie heute im Büchercafé vorbereitet hat.«

»Ich hatte erst Bedenken, aber jetzt, wo ich sehe, wie du in letzter Zeit aufgeblüht bist, sind die verschwunden.«

»Was für Bedenken?«

»Ich dachte, wir beiden alten Schachteln – das ist doch vielleicht ein bisschen langweilig. Und da habe ich einen Überraschungsgast eingeladen.«

»Ein Überraschungsgast? Das Leben ist wirklich voller Überraschungen«, freute sich Rose.

»Gustav, eigentlich Herr Menke, ist bei mir im Seniorenkreis. Du hast dich ja bisher gesträubt. Und da wir öfter am gleichen Tisch sitzen und er so nette Geschichten erzählt …«

»Ja klar, und das ausgerechnet an meinem Geburtstag. Nein, ist schon gut, das wird sicher nett, aber ich unterhalte mich eigentlich immer gut mit dir.«

»Ich mich doch auch mit dir, aber Männer können doch auch in unserem Alter noch ganz ansprechend sein.« So nahm Marianne ihre Freundin in die Arme. Sie konnten gemeinsam herzlich lachen. »Ach übrigens, ich wünsch dir alles Gute zum Geburtstag, und dass du dich noch lange so jung fühlst wie heute.«

Nach ihrem Spaziergang trafen sie Herrn Menke beim Italiener, und Rose konnte verstehen, warum ihre Freundin diesen Gustav spontan eingeladen hatte.

»So ein nettes Mittagessen hatte ich schon lange nicht mehr, meine Damen«, sagt er erfreut.

»Da geht es uns genauso, Gustav. Nicht wahr, Rose?«

»Ja, natürlich, ich habe schon lange nicht mehr so einen netten Geburtstag gehabt.« Ganz verzückt bewunderte Rose noch einmal den herrlichen Blumenstrauß, den er ihr mitgebracht hatte. »Und die sind wirklich aus Ihrem Garten? Sie haben einen grünen Daumen, und ein Künstler sind Sie auch.«

»Vielleicht, aber ich habe das irgendwann mal gelernt. Gärtnermeister nennt man das wohl«, sagte er lächelnd.

Roses Gesicht verfärbte sich deutlich, aber dann konnten sie alle zusammen lachen. Dass Gustav die Rechnung übernehmen wollte, stieß auf deutlichen Widerstand bei beiden Frauen.

»Aber die Blumen haben mich doch nichts gekostet«, beschwerte er sich.

»Da hat er natürlich recht.« Marianne zwinkerte Rose zu, und so ließ diese sich schließlich erweichen.

Im Café wurden die drei schon von Milla erwartet. Sie hatte drei Tische in der einen Ecke des Ladens zusammengeschoben und darauf das Schild »Geschlossene Gesellschaft« gestellt. Die anderen Cafégäste schauten etwas neidisch zu den leckeren Kuchen hinüber. Aber alle hatten Verständnis, als Emi die Situation erklärte.

Luis hatte für Milla die besten Erdbeeren ausgesucht, als sie von der anstehenden Geburtstagsfeier erzählt hatte. Den frischen Blumenstrauß hatte er ihr, mit besten Grüßen für die alte Dame, in die Hand gedrückt.

»Noch mehr so schöne Blumen«, rief Rose begeistert.

»Ich werde Luis später was von dem Kuchen hinüberbringen«, beschloss Milla eine kleine Geste für Emis netten Nachbarn.

Als Sinje und Helga eintrafen und Rose ein großes Paket überreicht bekam, begann Milla, ein Geburtstagsständchen anzustimmen. Es gab danach eine Menge *Ahs* und *Ohs*, als Rose auspackte und wunderschöne Vorhänge und kleine und größere Deckchen zum Vorschein kamen.

Milla hatte für den gekauften Rahmen ein Bild von der Jole ausgesucht. Roses Augen strahlten geradezu.

Da Sinje die übrigen Gäste übernahm, konnte sich die Sechserrunde ganz auf die Gespräche einlassen.

»Eigentlich wollte ja mein Tischler noch vorbeikommen«, bemerkte Rose mit einem Blick auf die Tür. »Die Regale werden so schön, Milla.«

»Ja, dann wird er wohl hoffentlich damit beschäftigt sein.« Einen unwilligen Blick konnte sie sich nicht verkneifen. Der war nun wirklich der Letzte, den sie hier sehen wollte.

Rose ließ sich nicht beirren. »Vielleicht kommt er ja noch. Wenn Milla das Ganze nicht organisiert hätte, auch das mit dem Tischler und mit dir, Helga, dann säßen wir jetzt hier nicht so nett. Milla ist eine richtige Organisations- und Ordnungsfee.«

»Wirklich, Milla? Machen Sie das beruflich?«, wollte Gustav wissen. »Ich könnte bei mir auch jemanden gebrauchen, der etwas Ordnung in meine Bude bringt. Aber bei mir ist es noch nicht so schlimm. Mein Freund Klaus ist ein viel größerer Chaot und seit seine Christa nicht mehr ist ...« Gustav wollte gar kein Ende finden, aber er wurde von Milla ausgebremst.

»Nein, ich mach das nicht beruflich. Ich hab nur Rose etwas geholfen, weil sie so eine nette Nachbarin ist.«

»Aber womöglich kannst du damit Geld verdienen«, warf Rose eine Idee in den Raum.

Gustav war sofort dabei. »Natürlich, ich will das ja auch nicht umsonst haben.«

»Naja, ich hab demnächst wohl wieder einen richtigen Job, aber ich komme gerne mal vorbei, weil ich selbst viel Spaß am Aufräumen habe.«

Sie vereinbarten einen Termin für die nächste Woche. So hatte die Idee mit Roses Geburtstagsfeier noch eine erfreuliche Nebenwirkung.

42

»Soll ich uns heute Abend was Nettes kochen, Robert? Was ist eigentlich mit den Schweinen?«, fragte Carlo, als er Robert überm Tor vom Gatter hängen sah.

»Es war bloß Rattengift, danke der Nachfrage.« Er hatte sich den ganzen Tag größte Sorgen um die beiden gemacht und war genervt.

Carlo quetschte ihn aus, um die Einzelheiten zu erfahren. »Warum hast du mich nicht angerufen?«

»Keine Ahnung, aber du hättest ja auch nichts machen können. Der Tierarzt und Opa Menke und Scooter und ich ... wir können nur abwarten. Und sie haben jetzt schon seit über einer Stunde nicht mehr gekotzt.«

Zum Glück waren die Tiere inzwischen wieder auf den Beinen. Robert hatte einen großen Topf mit Haferschleim zubereitet, und das schien ihnen zu schmecken.

»Ich hab früher Schluss gemacht, war dann aber noch bei Utes Bernd, um ein paar Fotos für Emi zu machen. Wenn ich mich nicht so dreckig gemacht hätte, wär ich jetzt im Café. So muss ich allerdings erst mal duschen.«

»Gott, hast du ein kompliziertes Leben und ich nur ein paar vergiftete Schweine«, witzelte Robert schon wieder etwas entspannter.

»Pass auf: Duschen, mit den Fotos ins Café, dann besorge ich was zum Kochen.«

»Vorschlag angenommen. Ich hab seit dem Frühstück nichts mehr gegessen.« Robert blickte zwar immer noch etwas angesäuert drein, war aber eindeutig versöhnungsbereit.

»War doch richtig nett. Che gioia, was für eine Freude!« Emi war beim Abräumen der Tische in bester Stimmung. Umso mehr fiel ihr auf, dass Milla nicht ganz bei der Sache war. »Hast du doch alles super hingekriegt, und alle sind glücklich.«

»Ich weiß, außer mir. Aber dass Rose diesen blöden Tischler dabei haben wollte? Zum Glück hat's ja nicht geklappt.«

»Ich glaube, seit du Rainer auf der Pelle hast, nerven dich alle Männer.« Emi umarmte die Freundin liebevoll. »Aber mal im Ernst, du willst den doch nicht wirklich bis Montag aushalten, das ganze Wochenende?«

»Ich hab eigentlich nur an Robin gedacht ...«

»Robin hat Eltern, die sich um ihn kümmern sollten. Du bist nicht für ihn verantwortlich.«

»Es ist wie damals, da hab ich mich da auch überrumpeln lassen.«

»Und was sagt dir das?«

Milla schaute Emi hilflos an. »Aber es ist so schwer.«

»Ja, das Nein sagen! Und jetzt hast du den Salat!«

»Ich geh jetzt nach Hause und versuche, dass er bis morgen verschwindet.«

»Nicht nur versuchen, es ist deine Wohnung und dein Leben!«

Milla sah nicht gerade glücklich aus, als sie das Café verließ.

Sie hatte Schwierigkeiten, in die Wohnung zu kommen. Robin hatte sich im kleinen Flur mit seinen Spielsachen breitgemacht. Zum Glück war Simon noch in Emis Wohnung.

»Sorry, Milla, ich hatte keine Zeit, die Sachen wegzuräumen, könntest du vielleicht ...?« Mit dem unvollendeten Satz wies Rainer in Richtung der chaotisch verunstalteten Küchenspüle. »Und der Kühlschrank ist auch leer. Du müsstest eventuell ...«

Der Küchentisch war zugemüllt mit allem möglichen Schreib-

und Computerkram. Sie befreite den zweiten Stuhl von der großen Tasche und setzte sich ganz ruhig hin. Da sie bisher noch kein Wort gesagt hatte, blickte Rainer neugierig von seinen Zetteln auf. »Du weißt doch, ich war schon immer etwas chaotisch.« Mit seinem Dackelblick versuchte er, das drohende Donnerwetter abzuwenden.

»Nein, Rainer, das will ich auch nicht mehr wissen. Das geht so nicht, und wir werden auch nicht das ganze Wochenende klarkommen.«

»Ich bemühe mich!«

»Nein, ich muss mich auf den Job vorbereiten und brauche meine Ruhe. Bis morgen könnt ihr noch bleiben, dann müsst ihr woanders unterkommen. Notfalls musst du den einen Job eben absagen.« Sie blieb dabei ganz ruhig, und wahrscheinlich fiel er ihr deshalb nicht ins Wort.

Sie stand auf. »Ich mache uns jetzt was zum Abendessen«, fuhr sie fort. »Und du lässt dir was einfallen.«

Im Froster waren noch zwei Pizzen, und aus ein paar Resten zauberte sie einen Salat.

»Du hast dich verändert, Milla«, sagte Rainer, als sie sich daran machte, für das Abendbrot am Tisch Platz zu schaffen. »Schade, aber wahrscheinlich passt es wirklich nicht mehr. Ich werde nachher ein bisschen telefonieren, und morgen bist du uns los.«

Sie war mehr als erstaunt, als er sich beim Essen ganz entspannt mit Robin über die Schule unterhielt und auch von seinem aktuellen Auftrag erzählte.

»Okay, ich geh jetzt schlafen. Ihr wisst ja, wo alles ist«, verabschiedete Milla sich nach dem Essen.

Danke für Alles – Liebe Grüße von Robin und Rainer stand auf dem Zettel, der am nächsten Morgen mit einen 50-Euro-Schein auf dem Küchentisch lag.

»Na Jungs, wie sieht's aus mit eurer Wäsche?« Als Carola fröhlich in die Küche von Robert und Carlo gestürmt kam, wurde sie von Scooter fast umgerissen. »Oje, hier ist ja Trauerstimmung«, stellte sie mit erstauntem Blick auf die beiden lustlos muffelnden Männer fest, als ob sie nur trockenes Brot zum Frühstück bekommen hätten.

»Du hast doch bestimmt die Sache mit den Schweinen gestern mitbekommen. Für das Thema Wäsche war noch gar keine Zeit«, setzte Carlo an.

»Aber die beiden sind doch wieder quietschfidel.«

»Eben, und das sollen sie auch bleiben. Aber Robert hat jetzt Angst, und ich auch, dass diese Tierquäler noch mal zuschlagen und dass Jimbo und Morris dann vielleicht weniger Glück haben.«

»Und was wollt ihr jetzt machen?«

»Wir müssen uns was überlegen«, wurde auch Robert wieder gesprächig. »Heute Nacht kamen mir schon Ute und ihre Schrebergartenfreunde in den Sinn. Die sind auf jeden Fall weit genug draußen. Da würden die Schweine wohl niemanden belästigen. Aber ich weiß natürlich nicht, ob die so einfach …«

»Wahrscheinlich muss ich dann dauernd den Clown machen«, hatte Carlo leicht amüsiert einzuwenden, worauf Carola mit einem unverständigen Kopfschütteln reagierte.

»Das ist ein anderes Thema. Aber du bist ja wegen der Wäsche hier. Was meinst du, Robert? Carola wollte sich um unsere Wäsche kümmern, und wir hätten dann mehr Zeit!«

»Ja, wird auch nicht teuer, und wenn der Kleine schläft, hab ich genug Zeit.«

»Zeit ist immer gut«, stellte Robert jetzt deutlich erfreuter fest. »Ich konnte die ganze Nacht nicht schlafen, da habe ich mir das noch mal mit diesem Picture Point genauer durchgelesen. Nicht nur genormte Formate, sondern passgenaue Bildzuschnitte und Ausschnitte.« Robert bemerkte die fragenden Blicke der beiden. »Sorry, es geht wieder um meine Regale. Langsam wird das Ganze richtig gut!«

»Und die Wäsche?«, erwartete Carola noch eine Antwort.

»Ach ja, kannst du natürlich machen! Oder was meinst du, Carlo?«

»Klar, für mich war es gleich eine tolle Idee! Okay Caro, du sagst dann einfach, wie lange du brauchst und was du dafür haben musst.«

»Gut, und habt ihr schon was?«, wollte sie auch gleich wissen.

Carola verließ die Wohnung mit einem Korb Schmutzwäsche, und Carlo hatte es plötzlich auch eilig. »Ich komm zu spät, total verplappert. Aber ich ruf später bei Ute an.«

»Das beruhigt mich.« Robert nahm die Hundeleine vom Haken und ging mit Scooter ebenfalls nach draußen.

45

Hoffentlich war alles gut gegangen. Hoffentlich hatte sie sich nicht wieder erweichen lassen. Heute Morgen war Emi nachdenklich im Laden angekommen, besorgt, noch nichts von Milla gehört zu haben.

Carlo hatte gestern auch nur schnell die Fotos vorbeigebracht. Immerhin war die Bäckereieinrichtung ganz nett und vor allem bezahlbar. Aber dass er so schnell verschwunden war ... naja.

Die Zeit vor der ersten Kundschaft nutzte sie, um die angebotenen Einrichtungsgegenstände auf den Bildern mit ihren Möglichkeiten im Hinterraum abzugleichen.

»Na Süße, bist du schon wieder am Planen?«, wurde sie von Milla aus ihren Gedanken gerissen.

»Ach – du? Bei dir scheint ja einiges passiert zu sein. Du siehst aus, als hättest du gute Laune.«

»Du wirst es nicht glauben, aber es war ganz einfach.« Sie erzählte Emi haarklein, wie es gestern Abend gelaufen war.

»In der Ruhe liegt die Kraft!«

»Daran hat es wohl gelegen. Sonst bin ich ja immer hochgekocht in diesen Situationen. Ich hab richtig gemerkt, dass Rainer mit einer ruhigen Milla nichts anfangen konnte. So wenig hat er noch nie gemeckert und Sinnloses gequatscht. Und weißt du was?« Sie zog einen Zettel aus der Hosentasche. »Das Kalenderblatt von heute. *Denn du bist mutiger, als du denkst!* Passt doch.«

»Si, ja, ich weiß, dass du mutig bist.«

»Du aber auch. Ich hab noch eine andere Idee. Würdest du am Montag eventuell noch mal mitkommen zu *MOBIG*? Vielleicht könnte Sinje noch mal...«

»Nein, das krieg ich zeitlich überhaupt nicht hin«, bremste Emi sie gleich aus.

»Schade, aber nicht so schlimm. Die Idee ist ja auch ganz was anderes.« Handtasche, Portemonnaie und dann der 50-Euro-Schein. »Den hat Rainer mir dagelassen mit einem Dankesgruß, und ich werde ihn jetzt in ein paar Ordnungssysteme investieren. Ich glaube, diese Ordnungssache macht mir wirklich Spaß. Aber jetzt kommt das Beste!« Sie nahm einen Kugelschreiber vom Tresen.

Denn du bist mutiger, als du denkst!

Sie schrieb den Kalenderspruch ganz klein auf den Geldschein.

»Na, ich weiß nicht, ob das so in Ordnung ist? Sachbeschädigung, oder etwa nicht? Non prendertela, nimm es mir nicht übel.« Emilias Blick verfinsterte sich.

»Vielleicht, aber so kann ich auch anderen Mut machen. Und dieser Geldschein für mein neues Projekt ist genau der richtige Anfang.«

»Anfang? Willst du das etwa öfter machen?«

»Möglicherweise. Sieht man doch kaum.«

Inzwischen saßen schon mehrere Gäste an den Tischen und am Tresen stand eine Frau, die sichtlich in Eile war. Auf dieses Thema würde Emi später noch einmal zurückkommen müssen.

»Gut, ich bin dann am Nachmittag zurück, wenn du mich eventuell noch brauchst. Ich will heute meine Wohnung wieder in Ordnung bringen.«

»Ja, ich werde Carlo anrufen, dann könnte ich mir vielleicht am späten Nachmittag die Möbel richtig anschauen. Meinst du, du könntest den Laden machen?«

»Ich denke schon. Das mit der Kasse werde ich wohl hinkriegen.«

»Was du nur immer mit der Kasse hast? Du hast doch neulich auch … Solange du keine Geldscheine verunstaltest, kann gar nichts passieren.«

»Schauen wir mal.« Milla verschwand mit einem Augenzwinkern.

Warum war sie eigentlich so nervös, wenn es darum ging, diesen Carlo anzurufen, überlegte Emi, nachdem die Freundin gegangen war.

»Petersen«, meldete Carlo sich ganz sachlich auf seinem Handy.

»Hallo, hier ist Emilia aus dem Café.« Sie hasste es, wenn sie in diese Kleinmädchenstimme verfiel, aber egal. Das Gespräch war zum Glück nur kurz. Er hatte Zeit, würde einen Besichtigungstermin absprechen und sie dann am Nachmittag abholen. Und er nahm es ihr nicht krumm, dass sie selber noch mal einen Blick auf die Sachen werfen wollte!

Sie hatte schon ein paar Kartons an die Seite gestellt, um die alten Schränke rechtzeitig leer zu bekommen. Damit würde sie heute am besten schon anfangen. Und wenn Milla mit ihrem Ordnungsfaible … Klar, die konnte gleich am Nachmittag beginnen, sich etwas zu überlegen.

46

Zur Mittagszeit kam Opa Menke in Roberts Werkstatt gestürmt. Habt ihr das schon gesehen? Jetzt geht es aber wirklich zu weit!« In der Hand schwenkte der alte Mann ein paar gelbe Zettel. »Die fliegen draußen überall herum!«

»*Schweine raus aus unserer Straße!*«, las Robert empört vor. »*Wer sich auch belästigt fühlt durch den extremen Geruch der Schweine, soll bitte mit dafür sorgen, dass diese Zettel überall aufgehängt und verteilt werden.*«

Opa Menke fiel vor Aufregung fast die Lesebrille von der Nase. »Und hier der Unterzeichner: *Ein besorgter Bürger.* Geradezu lächerlich.«

»Das finde ich nun nicht gerade lächerlich. Da will jemand die Leute aufwiegeln. Und dann besteht die Gefahr, dass sich noch irgendjemand so einen Mist ausdenkt wie die Aktion mit dem Rattengift.«

»Ihr müsst euch wirklich was überlegen.« Opa Menke legte Robert vertraulich eine Hand auf die Schulter, bevor er ging.

»Ich werde Carlo gleich anrufen.«

Dieser war gerade in der Mittagspause und hatte Minuten vorher erst mit Bernd einen Termin gemacht. Eigentlich hatte Carlo sonst am Samstag frei, aber heute waren noch ein paar Sachen für das Meeting am Montag vorzubereiten. »Ich versuche am Nachmittag, Ute zu erreichen. Die hat heute laut Bernd ein Seminar.«

So konnte Robert nur abwarten, was sich ergeben würde. Er ging mit Scooter in den Hof und fühlte sich irgendwie traurig. Es hatte nie großen Widerstand gegeben und sie hatten sich doch immer bemüht, die Geruchsbelästigung möglichst gering zu halten.

Er hatte sich übers Tor gebeugt und Jimbo und Morris versuchten, beinahe vorsichtig, an seiner Hand zu knabbern, während er ihnen die Schwarte schrubbelte. »Ihr werdet mir fehlen«, gestand er wehmütig.

»Hallo Robert.« Carola stand plötzlich hinter ihm. »Redest du etwa mit den Schweinen?« Sie hatte den großen Wäschekorb dabei, aber Robert hatte im Moment keinen Blick für frisch gebügelte Klamotten. »Ja, ich hatte gerade das Bedürfnis. Womöglich sind sie nicht mehr lange da.«

»Du meinst diese blöden Zettel, die draußen rumfliegen?« Carola stellte den Korb auf die Treppe zur Werkstatt. »Dieser verrückte Gregor hat auch schon Kampagnen gegen Katzenscheiße und Hundehaufen gestartet.«

»Wer ist bitteschön Gregor?«

»Na, Gregor und seine Kumpels! Ein Tierhasser, arbeitslos, und dauernd besoffen! Der sucht sich alles, wogegen er wettern kann, und jetzt sind es die Schweine. Das war er bestimmt! Das ich da nicht gleich drauf gekommen bin!«

»Und wo wohnt der Typ?«

Sie beschrieb ihm ein verkommenes Haus in der Problemsiedlung einige Straßen weiter. »Aber du solltest da nicht allein hingehen, auch nicht mit Carlo. Die würden euch wahrscheinlich alle machen!«

»Ich bin kein Freund von Polizei.«

»Ich hab bisher noch nicht viele oder eigentlich überhaupt keine direkten Erfahrungen mit denen gemacht«, versicherte ihm Carola, »aber hier solltest du die vielleicht lieber vorschicken.«

Er telefonierte zuerst mit Carlo, und da dieser Carolas Meinung teilte, rief er widerwillig auf der Polizeiwache an. Gregor und seine Kollegen wären alte Bekannte. Die Polizei würde sich der Sache annehmen.

Roberts Regalprojekt hatte gerade etwas mehr Form angenommen, als Opa Menke mit den Zetteln aufgetaucht war. Eigentlich wollte er noch nicht Feierabend machen, und so begann er,
die Bretter für Roses Regal vorzubereiten. »Ach, der Geburtstag«,
fiel ihm dabei ein. Er nahm sich vor, am nächsten Tag mit einem
Blumenstrauß bei ihr zu klingeln, aber jetzt freute er sich über sein
Vorankommen. Die Kombination von unterschiedlichen Hölzern
erschien ihm immer mehr als perfekte Idee. So würden auch nicht
zu viele Verzierungen nötig sein, um die alte Dame glücklich zu machen. Er hatte ihr ja die Pläne schon gezeigt.

47

Für Simon wurde es ein angenehmer Tag. Milla hatte ihn endlich
bei Emi abgeholt. Dieser Mann war weg und Frauchen kochte sogar etwas Nettes zu Mittag; Simon liebte gekochtes Hühnchen.
Beim Aufräumen fiel Milla wieder das Buch in die Hand. Die Geschichte zu dem Rainer-Zitat gefiel ihr richtig gut. Auch der Autor
hatte eine Bekannte, die bei ihrer Partnersuche nur zu gern an
»hohle Nüsse« geriet.

Milla hatte es sich auf dem Sofa gemütlich gemacht und amüsierte sich nach der harten Woche mit ihrem Lesestoff und dem
kuschelnden Kater.

*Viele Menschen geben Geld aus, das sie nicht haben, für
Dinge, die sie nicht brauchen, um damit Leuten zu
imponieren, die sie nicht mögen.*
Danny Kaye, amerikanischer Schauspieler

Dieses Zitat wurde einigen Berühmtheiten zugeschrieben. Es

passte so gut in diese Zeit voller Oberflächlichkeit. Die Geschichte zu dem Zitat handelte von einem eigentlich glücklichen Pärchen. Die beiden verloren sich allerdings in dem, was sie nach außen hin darstellen wollten. So war die glückliche Beziehung fast gescheitert – aber nur fast. Sie hatten Glück, wachten irgendwann auf und bemerkten, dass sie auf dem Holzweg waren.

Dazu fielen Milla dann die 50 Euro ein. Sie würde nicht einfach shoppen gehen, sondern richtig was draus machen.

Denn du bist mutiger, als du denkst! Sie sollte vielleicht noch ein bisschen mehr draus machen. Eigentlich war sie sogar mutiger, als Emi dachte.

Milla wollte ein wenig im Internet recherchieren, um herauszufinden, was man mit Geldscheinen alles machen durfte. Sie hatte Feuer gefangen und ließ den Computer hochfahren, während sie sich in der Küche einen Kakao zubereitete.

»Ja, Simon, wenn wir schon Zeit haben, wollen wir die auch nutzen.« So bezog sie den Kater in ihr Vorhaben ein.

Was bekam sie da alles zu lesen. In Diktaturen wurden Geldscheine für die Verbreitung politischer Botschaften genutzt. In Deutschland waren die Banknoten Eigentum der Bundesbank. Eigentlich wäre es Sachbeschädigung, sie zu beschriften, aber der Materialwert war sehr gering. Man fand immer wieder Geldscheine mit Liebesbotschaften und Telefonnummern und die Umlaufzeit einer Banknote war meist recht kurz. In Ländern wie den USA und Australien drohte einem sogar eine Gefängnisstrafe; hier scheinbar nicht. Ach, sie sollte einfach nicht so viel darüber nachdenken. Und sie hatte ja gestern den Kugelschreiber zum Wegradieren gekauft.

Milla startete einen Versuch, aber mit besagtem Kugelschreiber war es nicht so einfach, etwas auf der Beschichtung zu hinterlassen. Es dauerte ein bisschen, bis man ihren neuen Leitspruch auf dem Schein lesen konnte.

»Bahrens?« Neben ihr hatte das Telefon geläutet, und sie hatte den Hörer abgenommen, ohne auf die angezeigte Nummer zu achten. Am Apparat meldete sich ein Herr Wegner, Hals-Nasen-Ohren-Arzt hier in der Stadt.

»Ich bin nicht Ihre Patientin, Sie müssen sich verwählt haben«, sagte sie.

»Das weiß ich. Ich habe heute auch gar keine Sprechstunde, aber ich habe mich nicht verwählt, wenn Sie Milla Bahrens sind.«

»Ja, die bin ich.«

»Gut, dann möchte ich etwas von Ihnen.«

»Bitte?«

»Nein. Entschuldigung, das klang jetzt etwas doppeldeutig! Ich habe Ihre Telefonnummer von Frau Lübke bekommen, die gestern bei mir in der Praxis war.«

»Ich kenne keine Frau Lübke!«

»Helga Lübke?«

»Ach Helga, natürlich! Die kenne ich!« Dass Helga mit Nachnamen Lübke hieß, hatte sie vergessen. »Was ist mit Helga, hatte sie einen Unfall?« Milla sah Helga schon mit blutender Nase auf dem Behandlungsstuhl liegen.

»Nein, es geht nicht um Frau Lübke. Ich brauche *Sie*, damit Sie bei mir etwas Ordnung schaffen.«

»Was? Ach so, ja.« Sie war überrascht und gespannt.

»Also, wir sind vor drei Monaten in eine neue Praxis gezogen und haben seitdem viel mehr Patienten – Gemeinschaftspraxis und so. Wir hatten keine richtige Übergangszeit und mussten sofort wieder ins Alltagsgeschäft einsteigen. Wegen der unterschiedlichen Systeme, die mein Kollege und ich haben, war und ist das allerdings nicht so einfach. Ja, und dann kam Frau Lübke. In dem Chaos hat sogar eine simple Ohrspülung viel zu lange gedauert. Sie hatte allerdings Mitleid, und hat mir von Ihnen erzählt.«

»Ich habe so etwas noch nie professionell gemacht«, sagte

Milla nachdenklich. »Sicher bei meinem letzten Arbeitgeber mal nebenbei und für ein paar Kollegen, ab und zu auch bei Bekannten, aber eigentlich bin ich Werbegrafikerin. Und überhaupt, was stellen Sie sich denn vor, was ich bei Ihnen machen sollte?«

»Also mein Kollege war ja computertechnisch schon etwas weiter. Wir hatten noch ganz viel Papierkram, leider. Das soll natürlich über kurz oder lang ein Ende haben. Ein Bekannter baut gerade ein vernünftiges Netzwerk für die Praxis auf und wir kriegen auch ein gutes Programm für die Verwaltung der Patientendaten. Sie wissen schon, Datenschutz und so.«

»So eine Umstellung habe ich damals bei uns im Werbebüro begleitet. Das ist allerdings schon einige Jahre her.«

»Ich weiß, dass ich da etwas rückständig bin. Doch jetzt mit der neuen Praxis und da wir zu zweit sind, ist es schon sehr dringend.«

»Ich weiß zwar nicht, ob ich die Richtige bin und ob meine Zeit dafür reicht, aber ich kann es mir ja mal anschauen.«

Sie vereinbarte für die nächste Woche einen Termin mit Dr. Wegner. Als letztes hörte sie einem erleichterten Seufzer.

Oh je, was hatte Helga ihr da nur eingebrockt? Und sie würde doch bald den neuen Job bei Manske haben – vielleicht.

»Hallo Helga, hier ist Milla Bahrens. Ich hatte eben einen Anruf von deinem Doktor und weiß nicht, was ich davon halten soll.«

»Das ist ein ganz Netter, und er braucht unbedingt deine Hilfe. Da Rose so von deinen Diensten geschwärmt hat, dachte ich ...«

»Aber das ist doch eine ganz andere Hausnummer als eine Wohnung. Außerdem ... *ein ganz Netter* – verkuppeln willst du mich jetzt aber nicht, so wie deine neue Freundin Rose, oder?«

»Nein, so etwas würde ich mir nie herausnehmen. Du hast ja auch schon einen Verehrer.«

»Hab ich nicht und brauch ich auch nicht, aber egal. Das ist nicht euer Thema.« Jetzt wurde sie langsam wütend auf Rose, obwohl sie noch vorgehabt hatte, später bei ihr vorbeizuschauen.

»Besorgt mir bitte in Zukunft keine neuen Jobs und auch keine Männer!«

Helga entschuldigte sich und hatte zum Abschied noch ein Bonbon: »Du kannst Emi sagen, dass die Deckchen morgen fertig werden und ich sie nächste Woche im Café vorbeibringe.«

Auf Millas Weg zu Emi bekam Rose noch eine Standpauke zu hören, dass sie sich nicht mehr einmischen sollte. Kaum war sie aus Roses Wohnung, tat ihr das schon wieder leid.

»Die beiden haben es doch nur gut gemeint«, sagte Emi später auch zu ihr.

»So richtig böse bin ich ihnen ja auch nicht.«

»Außerdem hast du den Job bei Manske noch gar nicht im Sack.« Womit sie natürlich recht hatte.

Vor dem Laden kam gerade ein Mann mit einem uralten, knatternden Motorrad zum Stehen.

»Carlo«, erkannte Emi den Fahrer und riss die Ladentür auf. Bei der Montur konnte Milla von dem Typen leider nicht viel erkennen.

»Hast du Lust? Unter Kumpels kann man ja mal 'ne Runde drehen.« Er hielt ihr einen Helm und ganz fürsorglich auch einen Nierengurt hin.

»Meinst du?« Sie seufzte etwas unsicher und legte sich langsam den Nierengurt um.

Milla hätte am liebsten gesagt: »Du musst nicht!« Sie blieb aber in der Ladentür stehen und ließ die beiden machen. Er würde schon auf sie aufpassen. Zumindest machte es den Eindruck, als er ihr half, den Kinnriemen des Helms festzumachen.

»Wow, die Sachen sehen ja aus wie neu.« Emi war begeistert. Obwohl die Beleuchtung im Lagerraum sehr dürftig war, konnte man erkennen, dass die Bäckereieinrichtung in einem sehr guten Zustand war.

»Ja, auf den Fotos kam das nicht richtig herüber«, rechtfertigte sich Carlo.

Noch begeisterter war Emi, als sie hörte, dass Bernd beim Preis noch etwas nachverhandelt hatte. Sie fiel beiden Männern um den Hals. »Sorry, das musste jetzt sein!«

»Nicht so schlimm, Kumpel«, grinste Carlo sie an.

Bernd war etwas irritiert. »Ach was, Ute hat mir ein bisschen Druck gemacht, und dann musste ich mit dem Typen noch reden. Ich geb dir gleich die Nummer. Mach am besten am Montag einen vernünftigen Kaufvertrag mit ihm, damit er es sich nicht wieder anders überlegt«, gab er ihr den Tipp.

»Und du?« Emi wollte natürlich wissen, was sie dieser Gefallen noch zusätzlich kosten würde.

»Lass mal stecken, das macht Ute mit Carlo. Sie hat da noch eine Idee.« Dabei grinste er Carlo an.

»Klar, ich regle das mit Ute«, ließ der sich nicht aus der Ruhe bringen. »Ich treffe sie ja gleich in der Kolonie. Hab vorhin mit ihr telefoniert.«

Bernd schloss das Lager ab und verabschiedete sich von den beiden.

»Und jetzt? Magst du noch mitkommen?«, wollte Carlo wissen. »Ich hab mit Ute was zu besprechen, und dann kannst du sie gleich kennenlernen.«

»Oh hier gibt's ja auch Tiere, bene, wunderbar«, war Emi begeistert beim Anblick der Hühner und des Kaninchengeheges. Kurz dachte sie wieder an diesen Geruch neulich im Laden.

»Hallo, ich bin Ute. Ja, ein bisschen Viehzeug haben wir auch.« Sie begrüßte Emi herzlich per Handschlag. »Vielleicht haben wir bald noch ein paar mehr.«

Aber das hörte Emi nicht mehr. Sie schnappte sich schon ein Kaninchen, um es zu knuddeln.

»Die ist ja niedlich.« Ute gab Carlo einen freundschaftlichen Knuff.

Sie waren außerhalb von Emis Hörweite. Carlo kratzte sich an der Nase, was Ute schmunzeln ließ. »Sie ist ein guter Kumpel. Aber was viel wichtiger ist: die Schweine!«

»Ich hab mir ein paar Gedanken gemacht. Dass ihr bedroht werdet und die Dicken vergiftet werden sollen, das geht wirklich überhaupt nicht! Beim Mittwochstreff werde ich das Thema ansprechen und dann noch mal rumgehen.«

»Meinst du wirklich, die sind alle einverstanden?«

»Wahrscheinlich nicht alle. Ich kann mir denken, wer nicht. Aber die krieg ich schon überzeugt. Außerdem hat wohl inzwischen jeder von deinem Auftritt erfahren …«

Carlo blickte peinlich berührt zu Emi hinüber. »Musst du damit wieder anfangen?«

»Alles hat seinen Preis. Und du bist gut. Ach was, wir sind einfach gut. Aber mal im Ernst, es hat doch richtig Spaß gemacht! Warum sollten wir das nicht ab und zu wiederholen?«

»Darüber reden wir noch. Im Moment sind die Schweine einfach wichtiger. Und ich muss die Kleine jetzt zurück in ihrem Laden bringen.«

»Welche Kleine?« Emi fiel fast der Hase vom Schoß, und ihr Blick sagte alles.

»Sorry, Kumpel, war nicht so gemeint. Aber wir müssen jetzt.«

»Ihr seid wirklich tolle Kumpel.« Ute verabschiedete sich von den beiden mit einem breiten Grinsen.

Wortlos setzten sich Emi und Carlo mit ihrem knatternden Gefährt in Bewegung. Sich nicht bei Carlo festzuhalten, wollte der kleinen Person aber nicht so recht gelingen. Trotzdem, schnell waren sie wieder beim Laden angekommen.

»Okay, ich danke dir. Den Rest kann ich auch selber erledigen. Vertrag und Transport krieg ich schon organisiert. Du kannst mir ja die Nummer geben ...« *Das mit der Kleinen würde er schon noch sehen!*

Warum versuchte sie, ihn jetzt aus der Aktion rauszudrängen, überlegte Carlo verwirrt. »Ich mach das aber gerne für dich.«

»No, nein, musst du nicht. Hast doch auch deine Sachen zu erledigen. Und dein Bernd hat auch gesagt...«

»Blödsinn! Ach komm, ich hab das jetzt angefangen, dann bringen wir das auch zusammen über die Bühne. Ich sag dir die Tage Bescheid.« Er ließ ihr keine Möglichkeit, zu antworten. Helm auf, Motorrad an, und schon holperte er auf die Straße. Er drehte sich noch mal um, winkte mit der Rechten und sein Lachen galt ihrer krausen Stirn.

»Lässt der Kerl mich einfach so stehen! Non mi piace per niente, das gefällt mir gar nicht!«

»Und? Habt ihr was erreicht?« Milla, schon beim Aufräumen, wollte wissen, was passiert war.

Allerdings ließ Emi sie wortlos an der Tür stehen und ging gleich in Richtung Küche. Unterwegs schnappte sie sich eine Schnecke aus der Kuchentheke. »Bah, che schifo, wie ekelig! Die sind wieder voller Zuckerguss!« Am Morgen war ihr das überhaupt nicht aufgefallen. Glücklicherweise war keiner im Laden, der ihren Kommentar gehört hatte. Sie ließ sich auf einen Stuhl fallen. »Nein, also ja, es läuft alles super und das mit der Küche klappt wohl. Ich war nur ein bisschen genervt, weil Carlo plötzlich den Macho raushängen lässt.«

»Männer eben.« Milla schnupperte. Sie nahm einen leichten Geruch wahr, der sie an etwas erinnerte, aber hier nicht hin gehörte. *Wahrscheinlich nur eine Sinnestäuschung.*

48

Komisch, wer klingelt vorne an der Tür? Es kamen doch immer alle von hinten rein.

Robert war über seinem Skizzenblock eingeschlafen. Er hatte nichts Vernünftiges mehr zustande gebracht, weil er im wachen Zustand alle fünf Minuten das Bedürfnis hatte, nach draußen zu schauen. Er musste sicher sein, dass es den Tieren gut ging und dass nicht wieder irgendetwas passierte, obwohl Scooter Wache schob.

Jetzt schreckte er hoch, weil vorne an der Tür Sturm geläutet wurde. Als das Klingeln aufhörte, kamen Fäuste zum Einsatz.

Robert stürmte zur Tür. »Hey, aufhören! Was soll das?«

»Na endlich, das wird aber auch Zeit! Wir sind wegen der Schweine hier.«

Robert schrak zurück. Draußen standen drei Männer in Jeans und schwarzen T-Shirts mit Totenköpfen darauf. Der ganz vorne holte gerade tief Luft, wahrscheinlich um sich besser Gehör zu verschaffen.

»Seid ihr die Kerle, die unsere Tiere vergiften wollten?« Robert hatte sich demonstrativ einen Schritt nach vorn gewagt.

Darauf nicht vorbereitet, wich der vermeintliche Anführer zurück und taumelte nur zu leicht auf dem Treppenabsatz. Auch die roten Augen der drei verrieten Robert, dass sie nicht ganz nüchtern waren, vermutlich schon länger nicht mehr. Hatte nicht Carola so etwas angedeutet?

»Mensch Alter, wir haben das nicht so gemeint. Dass du gleich zu den Bullen rennst, das ist echt nicht okay!«

»Hallo? Ihr habt doch nicht nur diese blöden Flyer verteilt. Ihr wart das doch auch mit den Äpfeln!«

»War 'ne blöde Idee, stimmt. Haben wir den Bullen auch gesagt. Aber die haben trotzdem verlangt, dass wir uns entschuldigen.«

»Das nennst du *entschuldigen*? Und was ist mit den beiden Flitzpiepen hinter dir?«

Die beiden großen Jungs im Hintergrund wichen gleich noch ein Stück zurück. Wie ertappt schauten sie wortlos zu Boden. Auch dem Vorsprecher schienen sie peinlich zu sein. »Die beiden sind schon in Ordnung«, versuchte er Robert zu beschwichtigen.

»Und was spricht dafür, dass die beiden in Ordnung sind? Oder ihr alle drei? Scheiße bauen und dann die Zähne nicht auseinanderkriegen! Du bist dann wohl dieser Gregor?«

Sein Gegenüber schrak noch einmal deutlich zusammen. »Wieso ... wieso ich? Äh, ja, stimmt schon, ich bin Gregor, aber woher wissen Sie das? Die Bullen haben doch gesagt... Und überhaupt, bei Kalle im Eck waren doch alle dafür. Die haben doch auch die Zettel...«

Das alles klang nicht nach Einsicht. Robert musste ihm einfach ins Wort fallen. »Natürlich weiß ich, wer du bist. Ist auch egal. Die Polizei ist mir auch egal. Die Idioten in der Kneipe haben doch nur ein paar Dumme gesucht und gefunden. Das ihr das nicht selber geschrieben habt, hab ich mir schon gedacht. Aber was soll jetzt weiter passieren?«

»Wollen Sie, dass wir die stinkenden Viecher jetzt kraulen und uns bei denen entschuldigen?«

Ein netter Gedanke brachte Robert zum Grinsen. »Das ist ja wohl ein bisschen wenig, für so was könnt ihr in den Streichelzoo gehen. Ich dachte da eher an Ausmisten.«

»Echt jetzt? Also nee, alles, aber das wohl nicht!«

Auch die beiden anderen starrten Robert erschrocken an. Der schien angestrengt zu überlegen. Er wollte die drei etwas zappeln lassen. »Wir überlegen uns was, damit ihr das wieder gut machen könnt. Kommt Montagnachmittag vorbei. 16 Uhr, pünktlich!«

Er wartete keine Antwort ab, sondern ließ sie einfach stehen.

Die Tür fiel etwas unsanft ins Schloss.

»Wie alt sind die eigentlich?«, wollte Carlo später wissen, nachdem er ihm die Story erzählt hatte. »Hört sich nach ein paar halbstarke Typen mitten in der Pubertät an.«

»Ich denke, die sind in unserem Alter. Bei diesem Gregor kannst du aber noch fünf Jahre drauflegen. Verwahrloste Frührentner und die wohnen doch in diesen Chaotenblocks. Hat Carola zumindest erzählt.«

»Apropos Carola. Hast du was von unserer Wäsche gehört?«

»Das hätte ich fast vergessen. Die steht in der Badewanne und sieht wirklich super aus.«

»Es geht doch nichts über gute Nachbarschaft.«

»Naja, wenn ich an Jimbo und Morris denke ... ich weiß ja nicht!«

»Wenn wir von Ute ein Okay bekommen, ziehen wir die Sache durch, damit die beiden wirklich in Sicherheit sind. Und für die drei Typen hab ich auch schon eine nette Idee.« Als Carlo ins Detail ging, hatten beide etwas zum Lachen.

»Nicht schlecht!«, fand Robert.

Den Mist hatten sie gestern Abend zusammen in die Kolonie gebracht. Schnell hin und wieder zurück, denn nach ihrer Einkaufstour waren beide erledigt. Heute sollte Bauer Meinecke in der Kolonie eine Fuhre aufladen, denn inzwischen hatte sich ein großer Haufen angesammelt. Die Kleingärten waren derzeit gesättigt, und der Landwirt war ein Bekannter von Ute.

»Macht es dir was aus, heute allein was zu unternehmen? Ich wollte mit den Regalen für Rose anfangen«, sagte Robert beim gemütlichen Sonntagsfrühstück zu Carlo.

»Ich könnte mich aufs Moped setzen.«

»Und Scooter? Wo du heute eh schon da bist ...«

»Da müssen wir uns was einfallen lassen. Ich hab schon Lust, ein bisschen durch die Gegend zu düsen.«

»Ich hab da eine Idee im Hinterkopf, wenn ich mit dem ganzen Regalkram durch bin. Heute Abend zeig ich dir meine Pläne für das Kubus-Projekt.«

»Okay, dann halt ich dir heut den Rücken frei. Scooter und ich fahren mit dem Rad raus in die Kolonie.«

Als der Hund seinen Namen hörte, brachte er sich schwanzwedelnd vor Carlo in Position.

»Wir beide schauen, wie heute der große Misthaufen aufgeladen wird, was? Bestimmt ist Ute auch da, dann können noch mal über Jimbo und Morris quatschen.«

»Schade, da wär ich auch gern dabei.«

»Ja *Kumpel*.« Ganz zufällig kam ihm sein neuer weiblicher Kumpel in den Sinn. »Man oder Mann kann eben nicht alles haben!«

Der Sinn dieser Bemerkung kam bei Robert nicht so ganz an. Carlo schien eindeutig mehr zum Lachen zu haben.

»Ihr werdet das schon machen.« Mit diesen Worten gab Robert seinem Freund die Hundeleine und schob ihn zur Tür hinaus. »Ach, und gib doch den Schweinen noch schnell was, dann kann ich gleich loslegen.«

Carlo wurde etwas wehmütig, als er zärtlich an Jimbos linkem Ohr herum knuffelte. »Na, ihr beiden, bald habt ihr wahrscheinlich ein neues Zuhause.« Der schmatzende Morris schien ihn mit seinen kleinen Schweinsäuglein anzulächeln. »Schade, dass die uns nicht einfach in Ruhe lassen können.« Als er sein Fahrrad in Richtung Hoftor schob, drehte er sich noch einmal zu den Tieren um.

Für Scooter war das Laufen neben dem Rad ein Vergnügen und bis zu den Schrebergärten waren es ja nicht mal drei Kilometer. Der Bauer war mit Frontlader-Trecker und einem alten, kleineren Anhänger vor Ort und hatte schon die Hälfte des Misthaufens aufgeladen. Das war für Scooter etwas ganz Neues. Bellend versuchte er, das lärmende Ungeheuer zu beeindrucken.

Carlo sah, dass Ute und Bernd auf dem Weg vor ihrer Laube standen. »Scooter, lass den Mist! Wir gehn zu Ute«, forderte er den Hund auf.

Bernd wurde von Scooter ignoriert, während er Ute schwanzwedelnd ansprang.

»Du willst wohl auf Nummer sicher gehen, dass euer Mist in gute Hände kommt?«

»Robert hat uns weggeschickt, weil er arbeiten will. Und weil es bei euch so gemütlich ist, dachten wir ...«

»... ihr kommt uns einfach mal besuchen. Aber es ist gut, dass du kommst. Wir haben uns nämlich inzwischen noch ein paar Gedanken gemacht wegen den beiden Grunzern.«

Der Landwirt war jetzt mit dem Aufladen fertig. Der Trecker verstummte.

»Hast du super gemacht, Peter«, wurde der von Ute grinsend gelobt, als er zu der kleinen Gruppe stieß. Die Männer und auch der Hund wurden einander ganz formell vorgestellt. »er ist übrigens die Lösung für euer Problem.«

»Wie das?«

»Peter ist doch Landwirt. Und hier in der Kolonie mit den Schweinen ... das könnte uns einige Probleme bringen. Ich kann unsere Kameraden da verstehen. Wenn wir hier regelmäßig alle möglichen Kontrollen haben und so ... Und Schweinepest ist hier draußen vielleicht auch ein Thema, meinte Peter.« Ute gab noch einige Details preis, die sich bei den Gesprächen mit den Laubenbesitzern ergeben hatten.

Carlo stimmte das nicht gerade zuversichtlich. Er schaute zwischendurch zu Peter Meinecke hinüber, der wortlos zuhörte.

»Und jetzt kommt Peter Spiel«, kam Utes große Ankündigung. »Er hält sowieso ein paar Schweine für sich auf dem Hof.«

»Ja, für den Eigenbedarf, und für den Hofladen machen wir

auch Wurst«, gab der Landwirt preis.

»Sag mal, Ute, bist du noch ganz gesund? Sollen Jimbo und Morris jetzt in die Wurst?« Carlos laute Worte und sein Armgefuchtel sagten alles darüber, was er von der Idee hielt.

»Reg dich ab! Ute ist doch noch gar nicht fertig« Da mischte sich sogar der sonst so stille Bernd ein.

Ute legte Carlo beschwichtigend den Arm auf die Schulter. »Peter hat auch Gastboxen für ein paar Pferde und Ponys. Er hat einige getrennte Ställe, und für Jimbo und Morris wäre auch Platz. Sie hätten natürlich auch Auslauf. Peter würde ihnen extra etwas fertigmachen.«

Nach Utes ausführlicher Beschreibung hatte Carlo ein konkretes Bild von der Zukunft der beiden Schweine. »Und was soll das Ganze kosten?«, fiel ihm dann noch dieser wichtige Punkt ein.

»Darüber reden wir gleich. Bernd hat nämlich schon den Grill angemacht, und ich glaube, es ist Zeit für ein Sonntagsbier.«

Ute ging in die Hütte und stellte einen Sechserträger auf den Gartentisch mit dem vorbereiteten Grillgeschirr. Die Kronkorken ploppten.

Carlo prostete den anderen zu und sah Peter erwartungsvoll an.

»Das ist das Beste daran«, ergriff wieder Ute das Wort. »Ach übrigens, was ist denn jetzt mit der Kleinen, mit der du vorgestern hier warst? Sogar Bernd fand sie nett.« Dem guten Bernd schien das peinlich zu sein. Er konzentrierte sich noch intensiver auf das Grillen.

»Wie kommst du denn da drauf? Was hat Emi jetzt hiermit zu tun? Du weißt doch, dass sie nur ein Kumpel ist. Ich tu ihr einen Gefallen mit dieser Küchengeschichte. Aber jetzt rück endlich raus mit der Sprache. Was ist das Beste?«

»Es geht um Mist in Tüten!«

Alle lachten laut. Carlo fühlte sich ausgelacht. »Willst du mich verarschen? Ach Mensch, was soll das? Kann man nicht mal auf eine ernst gemeinte Frage eine vernünftige Antwort bekommen?« Dann ging ihm aber ein Licht auf, und er lachte mit. »Ihr wollt das Zeug verkaufen?«

»Eigentlich machen das schon ein paar von unseren Leuten. Die mischen Blumenerde mit Schweinemist, den sie vorher abgelagert haben, aber das machen sie nur für ein paar Bekannte und meistens für lau. Als ich das gehört hab, kam mir die Idee mit dem Mist in Tüten«, erklärte Ute ihm die Geschäftsidee.

»Mist in Tüten ist die Lösung all unserer Probleme.« Mit diesen Worten fiel Carlo am späten Nachmittag bei Robert mit der Tür ins Haus.

»Du bist betrunken und redest Blödsinn! Scooter, warum hast du nicht auf ihn aufgepasst?«

»Nur zwei Bier, ich bin völlig nüchtern.« Und dann erzählte Carlo die ganze Geschichte von Bauer Meinecke und der Idee mit der Schweinemistvermarktung.

»Auf einem richtigen Bauernhof! Das wäre natürlich ideal. Hauptsache, er verwechselt die beiden nicht mit seinen Schlachtschweinen«, gab Robert zu bedenken.

»Der wohnt doch gleich um die Ecke, und wir besuchen sie natürlich regelmäßig.«

»Ja, aber mit dem Schweinemist, also um den Gestank wegzubekommen ... das ist ganz schön aufwendig. Ich hatte mich doch am Anfang schon mal deswegen schlaugemacht. Lüften, Umlagern und dann die richtige Temperatur und Feuchtigkeit. Das kostet richtig Zeit und Arbeit.«

»Ich glaube, als Landwirt kennt er sich damit aus und Ute und ihre Leute sind ja auch noch da.« Dann fiel Carlo ein, dass sie bald noch mehr Zeit haben würden.

»Carola und jetzt dieser Bauer! Wir könnten dann sogar mit

Scooter richtig Urlaub machen, ohne ein schlechtes Gewissen zu haben.«

»Aber schade ist es schon ein bisschen.« Carlo blätterte nebenbei im IHK-Magazin. »Hast du das hier schon gesehen? Jetzt macht diese blöde Big Coffee-Kette bei uns auch einen Laden auf, genau gegenüber von Emi!«

Robert schien schon im Urlaub zu sein. Ganz verträumt hörte er überhaupt nicht mehr zu, wie Carlo feststellen musste.

Katastrophe! Sollte er Emi anrufen? Nein, er würde sich erst einmal allein schlaumachen. Womöglich wusste Horst mehr.

49

»Womöglich ist das wirklich die Chance für dich«, meinte Emi, als Milla von ihrer Idee mit den Ordnungssystemen erzählt hatte. »Du kannst ja mal mit den Sachen von *MOBIG* anfangen, und wenn es dann etwas professioneller wird, schaust du dich nach anderen Teilen um.«

Gestern hatten beide lange ausgeschlafen und sich dann auf einen Sonntagskaffee getroffen – richtiger Kaffee, stark und schwarz. Es gab viel zu überlegen. Emis Laden, Millas Job oder Nichtjob, die Männer.

Heute fiel Milla ein, dass sie nicht mehr dauernd an Rainer dachte. Aber jetzt allein bei *MOBIG*, der riesige Laden und Hamburg, das war nicht so ihr Ding. Sie hatte wieder Emis Golf genommen, und an einem normalen Wochentag, besonders am Montag, war wesentlich weniger los in dem großen Möbelhaus.

> *Wer immer tut, was er schon kann,*
> *bleibt immer das, was er schon ist.*
>   *Henry Ford*

Mit diesem Zitat des Autobauers hatte ihr Scooter Robinson den Sonntagmorgen versüßt. Und dann die Frau, die einfach den Job als Arzthelferin geschmissen und in einem winzigen Eckladen eine Schneiderei aufgemacht hatte. Die hat das auch nicht gelernt, und eigentlich war es für sie nicht mehr als ein Hobby. Milla müsste ja nicht mal einen Job schmeißen, denn noch hatte sie keinen.

Geschirr und sonstige Küchenausstattung war heute kein Thema. Sie streifte etwas planlos durch die Gänge und dachte darüber nach, was sie noch bei Rose und auch bei Herrn Menke gebrauchen konnte. Den Termin bei diesem Doktor würde sie einfach auf sich zukommen lassen, da ging es ja auch noch um etwas anderes. Für Zeitungen und Papierkram landeten erst mal drei Packungen mit einfachen Stehsammlern aus dezent bedruckter Pappe im Wagen. Ein großer Korb aus geflochtenem Weiden-Imitat gefiel ihr richtig gut. Super zum Wäschesortieren, und der Preis stimmte auch.

Mülltrennung war auch so ein Thema bei den älteren Leuten. Ebenfalls drei Packungen mit je zwei Abfalltrennbehältern nahm sie mit. *Kläuschen* war ein netter Name für die Teile. Da sie weiß waren, würde sie die Deckel später schön auffällig beschriften. Das könnte sie dann auch direkt mit Rose und Herrn Menke durchsprechen.

Eigentlich war es noch etwas früh, aber beim Blick ins Bistro bekam sie Appetit. Ein kleines, zweites Frühstück würde schon nicht den Kostenrahmen sprengen. Wenn man hungrig war, kamen bestimmt auch nicht die tollen Ideen.

Milla ließ es sich schmecken und schaute verträumt durch die große Fensterfläche nach draußen. Sicher, sie hatte wohl bald wieder einen festen Job, aber irgendwie machte das hier mehr Spaß. Niemand redete ihr rein, und bis jetzt hatte sie noch alle glücklich bekommen mit ihren Ideen.

Reichlich gestärkt kam Milla im Laden nur langsam voran, setzte sich hier und da mal hin. Wie lange hatte schon nichts mehr angeschafft für ihre Wohnung? Die Situation würde wohl auch noch etwas anhalten.

Bei den Regalen blieb sie stehen. Diese Körbe hatten sie sich neulich angeschaut. Sinnvolle und dekorative Möglichkeiten, um den Platz optimal zu nutzen. Hoffentlich würden Roses neue Regale auch zu den Körben passen. Aber eigentlich hatte er doch beim letzten Mal extra danach geschaut. *Dieser Robert!* Er würde sich wohl denken können, dass es für die Ordnung günstig war. Sie nahm einen der Körbe mit.

In Gedanken versunken kam Milla in einer gemütlichen Wohnzimmergruppe zum Sitzen. Perfekt für die Geschichte mit diesem Picture Point.

Ganz leise versank sie in einer Idee – Augen zu und Kopfkino an.

Sie saß nicht allein da, und auch die anderen waren sichtlich begeistert von den tollen Aufnahmen, die alle paar Minuten wechselten. Sie schaute sich genauer um. Es waren mehrere komplette Wohnzimmer aufgebaut worden; mit allem Drum und Dran, Schränke, Tische, Regale, Deko und sogar Fensterimitationen gab es. Als würde man zu Hause in seinem gemütlichen Wohnzimmer sitzen, und an der Wand hing das schönste Bild, das man finden konnte. Es waren nicht nur einfache Fotos, sondern richtig gute Arbeiten. Erst jetzt bemerkte Milla die Eingabestation, die als einfaches Stehpult in einer Ecke des Wohnzimmers stand. Dahinter und damit außerhalb der Installation, hatte sich eine kleine Schlange gebildet.

Sie erinnerte sich an die Beschreibung in der Zeitung. Über seinen USB-Stick gab man ein eigenes Bild ins System ein, und das erschien dann kurze Zeit später im Wohnzimmer. Man hatte sogar noch Zeit, es sich gemütlich zu machen. Dann war der Nächste dran. Oder man saß einfach nur so im Wohnzimmer und wartete, was die anderen zu bieten hatten. Ein bisschen wie Kino ohne Ton und durchaus spannend. Beim nächsten Mal würde sie auch ein paar ihrer Bilder dabei haben. Etwas Mut gehörte aber schon dazu, fiel ihr auf, als eine junge Frau für ihr eher fragwürdiges Werk von allen Seiten komische Blicke erntete. Sie war dann auch schnell verschwunden. Egal, ihre waren deutlich besser! Überhaupt macht es richtig Spaß hier, sie würde Emi bald mal mitnehmen müssen.

Dass sich das alles gerade nur in ihrem Kopf abspielte – nicht schlimm!

Natürlich hatte sie jetzt ganz schön Zeit vertrödelt. Beim Überschlagen war auch noch etwas von den 50 Euro über. Ihre Wahl fiel auf ein paar kleine Boxen, die im Zweierpack angeboten wurden. *Bobo*-Boxen waren Pappschachteln, die eigentlich für CDs gedacht waren. Schlicht in Weiß, mit einem Deckel, glänzende Stoßkanten aus Blech und ebenso eine Einschubvorrichtung für die Beschriftung. Sie nahm erst mal ein Paket zum Ausprobieren. Nach dem Bezahlen sah es immer noch gut aus in ihrer Börse, und so kaufte sie zwei Kartons mit Schoko-Cookies. Rose würde sich bestimmt freuen, und Herrn Menke würde sie auch überraschen.

Bestens gelaunt war die Heimfahrt ein Kinderspiel.

»Gut, dass du da bist!« Nachdem Milla den Wagen abgestellt hatte, bereitete ihr Emi vor dem Café einen geradezu stürmischen Empfang. »Die beiden haben mich einfach überfallen. Das ist übrigens Carlo.« Sie deutete auf den Bärtigen und einen anderen kräftigen Mann. Die beiden waren gerade dabei, schwere Teile in den Laden zu schaffen.

»Hallo, ich bin Bernd«, stellte sich der andere Milla vor.

»Ja, und das ist meine Freundin, die mir oft im Laden hilft«, kam Emi der verblüfften Milla zur Hilfe.

»Und was wird das jetzt?«, wollte die wissen.

»Ich hab doch mit Carlo gestern die gebrauchte Ladeneinrichtung angeschaut. Jetzt meinte er, er hätte selber noch mal richtig nachverhandelt, aber dafür musste der Kram sofort aus dem Lager. Zweitausend Euro ist auch echt ein super Preis. Und dann haben die beiden das eben schnell mit Bernds Transporter in Angriff genommen.«

»Immerhin hab ich mir einen halben Tag freigenommen«, meldete sich Carlo jetzt zu Wort.

Komisch, den Typen kenn ich irgendwoher, dachte Milla kurz.

»Ja, du bist halt ein super Kumpel«, kam prompt eine geistreiche Bestätigung von Emi.

»Naja, ich werde jetzt zu Hause meine Einkäufe sichten und vielleicht noch bei Rose vorbei schauen«, informierte sie Emi kurz. Hier fühlte sich Milla grade überflüssig. Naja, zumindest der Preis hörte sich wirklich gut an.

»Magst du nachher noch mal reinkommen, wenn es hier wieder ruhiger ist?« Möglicherweise war Emi etwas bange, mit dem Ganzen allein gelassen zu werden.

»Das mache ich auf jeden Fall. Läute einfach durch, wenn die beiden verschwunden sind.« Und dann war sie erst einmal weg.

Auch die Gäste im Laden beobachteten interessiert, was alles nach hinten getragen wurde. Natürlich kamen auch Fragen dazu, ob Emi denn umbauen würden und wofür die ganzen Sachen wären. Am meisten beruhigte die Kunden die Tatsache, dass sie trotz Umbauvorhaben nicht schließen würde. Das könnte sie sich schon rein finanziell nicht erlauben.

»Habt ihr Lust auf einen Kaffee?«

»Eigentlich bin ich etwas in Eile«, sagte Bernd.

»Sei doch keine Spaßbremse, wo sie jetzt endlich mal fragt«, grinste Carlo.

Emi fühlte sich nur geneckt und machte sich lachend daran, den beiden einen Latte Noci zuzubereiten. »Meine Spezialität!«

Sie stellte das erste Getränk vor Bernd auf den Tisch, der sich nun doch gesetzt hatte.

»Das kann sie wirklich gut. Probier mal«, ermunterte Carlo ihn.

»Hast du jetzt eigentlich was mit der Kleinen?«, versuchte Bernd im Flüsterton, Genaueres zu erfahren.

»Wir sind nur Kumpels, nicht wahr, Emi?«

Das war Bernd natürlich wieder peinlich. Seine Stimme blieb leise. »Ich dachte ja nur. So, wie du dich ins Zeug legst.«

»Reiner Freundschaftsdienst.« Selbstbewusst streckte Carlo seine Arme über die Lehne des Stuhls. »Ach Emi, hinten wird's zwar etwas eng, aber ich denke, bis zum Wochenende wird es wohl gehen. Samstagnachmittag komme ich mit einem Freund zum Aufbauen vorbei. Vielleicht kann ich ja Bernd auch noch weichklopfen ...«

Bernd schien etwas überrascht. »Also eigentlich wollte ich am Samstag ...«

»Darüber können wir ja später reden. Und Emi, morgen gegen Feierabend komm ich vorbei. Dann machen wir beide einen Plan, damit alles so wird, wie du es haben willst.«

»Äh ja, si, grazie.« Emi wusste auch nicht wirklich, was sie sagen sollte. Heute der Überfall, und jetzt sollte alles bis zum Wochenende so bleiben.

»Den Rest stellt Bernd bis zum Wochenende bei sich unter, die restlichen Schrankteile und auch die Arbeitsplatten.« Carlo erahnte wohl ihre Ängste und deutete auf den noch halb vollen Transporter. »Wir werden ja am Samstag sehen, was noch rein passt. Aber für heute sind wir dann fertig.«

»Danke, ihr beiden.« Sie reichte dem wenig redseligen Bernd die Hand.

»Gern geschehen.« Bernd setzte sich schon Richtung Fahrzeug in Bewegung, und Carlo nutzte die Chance, eine nachdenkliche oder vielleicht gedanklich etwas abwesende Emi kurz zu umarmen.

»Dann bis morgen, Kumpel.« Und schon war er durch die Ladentür verschwunden.

50

»Oh je Simon, das ist ein ganz wichtiger Brief! Da geht's um unsere Zukunft.« Das Schreiben der Werbeagentur *Seriodesign* war Milla gleich aufgefallen, als sie die Post aus dem Kasten nahm. Sie hatte erst die Werbung entsorgt und sich dann mit dem noch verschlossenen, gelben Briefumschlag aufs Sofa gesetzt. Sehnsüchtig fiel ihr Blick auf die Einkäufe, mit denen sie sich eigentlich einen netten Nachmittag machen wollte.

Ihre Hände fühlten sich trocken an, strichen über den Umschlag. Gänzlich unprofessionell riss sie ihn auf, zerfledderte den oberen Rand, ohne das Anschreiben selbst zu beschädigen.

Sehr geehrte Frau Bahrens,
leider müssen wir ihnen mitteilen …

… anderweitig besetzt konnte sie gerade noch aus dem Kontext erfassen, bevor das Schreiben auf der anderen Seite des Couchtisches landete. Milla war wütend, hatte keine Lust, sich das Ganze anzutun. Mit hängenden Schultern schwankte sie ins Schlafzimmer und warf sich aufs Bett. Sogar ein paar Tränen kamen ihr, dann ließ sie von dem zerknüllten Kissen ab und verkroch sich unter der Decke.

»Ach Simon, warum haben immer wir so ein Pech?«

Der Kater hatte sich seinen Weg durchs Deckengewusel gebahnt und rieb sich an ihrem Gesicht. Womöglich hatte er das Bedürfnis, sie zu trösten. Langsam entspannte sich Milla wieder und schlief nach einer Weile mit dem schnurrenden Pelztier im Arm ein.

Als sie aufwachte, wurde es draußen schon dunkel. Der Kater

verschwand in Richtung Küche, und Milla starrte nachdenklich an die weiße Decke des Zimmers. Sie hatte es ja noch nicht einmal bis zum Ende gelesen. Gut, es war eine eindeutige Absage, aber sie hatte doch ihr Bestes gegeben. Wollte sie den Job denn überhaupt haben? Wollte sie wirklich jeden Tag in die Agentur und für kleines Geld die allzeit freundliche und aufmerksame Empfangsdame geben? War das ihr Ding? Mit den Zweifeln kamen die Bilder vom Vormittag hoch. Sie hatte ja noch nicht die Einkäufe ausgepackt. Mr. Ford hatte recht! Die Chancen standen im Moment wirklich gut, dass sie das mit dem Aufräumservice hinbekam.

Um wieder richtig wach zu werden, sprang sie unter die Dusche und warf danach die Latzhose in die Waschmaschine. Es war genug Schmutzwäsche da, um die Maschine anzustellen. Aus dem Schrank griff sie sich das schwarze Kleid mit der weißen Schluppe. Entschlossen verließ sie die Wohnung und schwang sich durchs Treppenhaus bis vor Roses Tür. In der Hand hielt sie den heute gekauften Regalkorb.

Nach etwas heftigem Klingeln öffnete eine verschreckte Rose die Tür.

»Sorry, es sollte eigentlich kein Überfall sein.«

»Oh, siehst du hübsch aus«, bemerkte Rose erstaunt.

»Mein neues Image! Aus dem Agenturjob ist nichts geworden, und jetzt mache ich mich mit der Aufräumerei selbstständig. Du bist die Erste, die es erfährt.«

»Ich weiß gar nicht, was ich sagen soll. Ich wollte sowieso schon wegen der Bezahlung für deine Arbeit ... schon als Gustav darauf zu sprechen kam ...«

»Nein, nein, so war das nicht gemeint. Durch dich bin ich ja überhaupt erst darauf gekommen, dass ich da eventuell ein Talent habe. Und du bist meine Testperson und hattest das ganze Risiko.«

»Wieso Risiko?«, wollte Rose wissen.

»Naja, wenn man so etwas macht, kann das auch voll daneben gehen. Dass alles fertig ist und der Kunde ist unzufrieden oder sogar unglücklich?«

»Wie soll man denn mit dieser schönen neuen Ordnung unglücklich werden?«

»Wenn der Aufräumer zu mutig ist und kein Feingefühl hat zum Beispiel. Deshalb hab ich auch immer alles in kleinen Schritten gemacht. Damit du nicht etwas wegtust, wo dein Herz eigentlich noch dran hängt. Es kann natürlich immer noch passieren, dass du einzelne Sachen später vermisst. Im Privaten ist es auch schwieriger oder anders als bei Helgas Doktor, bei dem ich mich noch melden muss.«

»Ach ja, der Ohrenarzt von Helga.« Rose wusste natürlich Bescheid. »Na ja, aber über deinen Lohn reden wir noch irgendwann.«

»Nein und überhaupt, ich hab da noch was für dich.«

»Ein schöner Korb, sogar mit Inhalt!«

»Ja, wenn er dir gefällt, sollte er zu den neuen Regalen passen, und von den Keksen hatte ich dir ja schon erzählt.«

»Da werde ich aber lange was von haben«, spielte Rose auf die Packungsgröße an.

»Familienpackung! Ich werde dir helfen und vielleicht kommen ja auch die anderen mal bei dir vorbei.«

»Wenn alles schön ist, gibt's eine Einweihungsparty. Dass habe ich gestern schon mit Gustav und Marianne besprochen. Bestimmt hat dann auch der Tischler Zeit.«

»Den Tischler vergessen wir ganz schnell, und eure Kuppelei auch. Der Tischler hat übrigens eine Freundin.«

»Den Eindruck machte er aber nicht, als ich ihm dein Märchen aufgetischt habe. Er wirkte richtig enttäuscht.«

»Mein Märchen? Ach egal, ich muss jetzt noch mal zu Emi, weil die im Moment Trouble wegen irgendwelcher Küchenmöbel hat.«

»Wollen wir denn noch weitermachen? Marianne wollte auch helfen, sie kommt am Mittwoch.«

»Dann klingelt doch am Mittwoch einfach bei mir, wenn sie da ist, oder ihr schaut bei Emi im Café vorbei.«

Die Damen werden langsam locker, dachte Milla beim Rausgehen amüsiert.

Ganz anders war Emi drauf. »Ich kann mich hier absolut nicht mehr bewegen. Und das soll bis Samstag so bleiben. Wie siehst du überhaupt aus?« Irritiert begutachtete sie das Outfit der Freundin.

Milla erzählte von dem unschönen Brief. »Aber jetzt komm erst mal runter. Ich bereite mich mental auf meine Selbstständigkeit vor, und du kümmere dich um deine Gäste.« Mit dem Kopf wies Milla in Richtung der Tische, die gut belegt waren.

»Genau, es ist richtig was los, und ich hab hinten keinen Platz.«

»Besser so, als umgekehrt.« Milla grinste die Freundin breit an.

»Nein, im Ernst, es läuft doch alles gut, und wenn es so weiter geht, ist nächste Woche alles wirklich perfekt.«

So hatte Emi das noch nicht betrachtet und wusste nichts zu erwidern.

»Ich schau jetzt mal, wo wir hinten später ein bisschen Platz schaffen können. Saubermachen sollten wir die Sachen dann auch gleich, wenn wir sie schon in der Hand haben.« Milla ging in den vollgestellten Raum, um sich einen Überblick zu verschaffen, und Emi versorgte die Gäste.

»Was suchst du?«, fragte sie, als sie Milla hinterm Tresen wühlen sah. Aber da fuchtelte diese schon mit dem Zollstock in der Hand. In der Schublade unter der Kasse war sie fündig geworden. »Ich fange jetzt einfach an mit dem Ausmessen. Wie viel Platz wir haben und was wir wo hinstellen könnten.«

»Aber Carlo wollte doch morgen …« Da fiel Emi wieder ein, dass er langsam alles an sich riss.

»Wir können ja schon mal anfangen, einen Plan zu machen,

dann können die Männer dich nicht so überrumpeln«, ging Millas Ansinnen für Emi genau in die richtige Richtung.

»Gut, es ist ja eh gleich Feierabend. Und wenn Carlo dann kommt, kann er sagen, was geht und was nicht geht.«

Als Emi gerade die Ladentür abgeschlossen hatte, klopfte es an der Scheibe.

»Sinje!«, riefen die beiden wie aus einem Munde.

»Hallo Mädels! Was haltet ihr von Samstag?«

»Ja, am Samstag bauen die Männer die Küche auf.«

»Ich meine unsere Kneipentour. Wir hatten doch neulich drüber gesprochen, damit ihr beide mal wieder unter die Leute kommt.«

»Das war doch ein Scherz.« Milla fing lauthals an zu lachen.

»Das war und ist Ernst! Wie siehst du überhaupt aus?« Millas elegantes Kleid irritierte auch Sinje, aber von ihrer Idee war sie überzeugt. »Bei Horst spielt eine irische Band und es gibt irisches Bier, und von da aus können wir später weiterziehen.«

Milla und Emi schauten sich ratlos an.

»Ist ja gut gemeint, aber ich habe im Moment viel zu viel um die Ohren und Milla auch.« Emi wies dabei auf die Freundin. »Sie macht sich jetzt übrigens selbstständig, weil das mit dem Job nichts geworden ist! Und mit dem Kleid bereitet sie sich schon mental darauf vor.«

»Aha. Cool«, befand Sinje. »Da haben wir ja einen richtigen Grund zum Feiern!«

»Da hat sie leider recht, si!«, schlug Emi in die gleiche Kerbe.

Milla war noch nicht überzeugt. Sie hatte die ganzen Hürden im Hinterkopf, die in nächster Zeit zu bewältigen waren. Noch nicht einmal eine richtige Rechnung könnte sie schreiben, wenn sie bei Doktor Wegner anfangen würde. Gut, mit den alten Herrschaften ging es ohne Papierkram oder umsonst.

Milla kratzte sich abwesend am Kopf. Nein, eine Gewerbeanmeldung musste her und einen Steuerberater brauchte sie auch.

Emi beobachte die nachdenkliche Freundin, während Sinje rumalberte. »Ich denke, wir schauen einfach, wie sich die Woche entwickelt«, wollte sie die Situation entspannen.

Milla war immer noch bei ihrem Thema. »Kannst du mir die Nummer von deinem Steuerberater geben?«

»Hallo Mädels, es geht hier grade um ein bisschen Spaß, und ihr macht so eine stressige Nummer daraus.« Sinje klatschte in Hände. »Also Samstag 19 Uhr bei Horst. Und wenn ihr nicht da seid, komm ich euch holen!«, drohte sie mit dem Zeigefinger und war dann gleich aus der Tür.

»Ich gebe dir erst mal die Nummer von Klauke, meinem Steuerberater. Mit dem bin ich ganz zufrieden.«

»Gut, da ruf ich morgen früh gleich an«, seufzte Milla erleichtert. »Meinst du, der hat auch ein paar Tipps für mich wegen der Selbstständigkeit und so?«

»Die kennen sich damit aus, und die Gewerbeanmeldung ist auch total simpel«, beruhigte Emi ihre Freundin und holte eine Flasche Sekt aus dem Kühlschrank. »Der Rest von Roses Geburtstag. Ich hoffe, er prickelt noch.«

Sie entdeckten noch einige Küchenteile, die abgewaschen werden mussten. Und es gab auch wieder ausreichend Platz, nachdem sie einige Möbelelemente in der Besenkammer verstaut hatten.

»Oh je, die Toiletten!« Beim Wirbeln in der Besenkammer fiel Emi ein wichtiger Punkt ein, den Herr Schröter letzte Woche bemängelt hatte. »Ich brauch eine zweite Toilette, und eine sollte dann behindertengerecht sein.«

Milla sah, dass ihre Freundin jetzt eine Umarmung brauchte.

»Ach Milla, das hab ich total vergessen oder wohl eher verdrängt. Ich weiß gar nicht, wie ich das finanziell wuppen soll.«

»Erst die Küche und für alles andere findet sich bestimmt auch eine Lösung«, versuchte Milla sie zu trösten. »Vielleicht Carlo?«

Der Name zauberte zumindest andeutungsweise ein Lächeln in Emis trauriges Gesicht. »Ja vielleicht.«

51

Das Meeting war unentspannt verlaufen. Sie würden sich morgen noch einmal zusammensetzen. Bis dahin musste Carlo alle Probleme, die die Kollegen auf den Tisch gebracht hatten, geklärt haben.

»Herr Petersen, Sie sind doch sonst besser vorbereitet.« Diese dezente Rüge seines Vorgesetzten hatte gesessen.

»Emi, ich schaffe es heute nicht.« Resigniert sagte er seine Verabredung im Café ab. »Tut mir leid, aber mein Job geht mir im Moment ein bisschen auf die Nerven.«

»Nicht so schlimm«, versuchte sie ihn und möglicherweise auch sich selbst zu beruhigen, denn ihr brannte das Toilettenthema auf der Seele.

»Dann also bis morgen, Kumpel!«

Vielleicht hätte sie jetzt lieber etwas anderes gehört. »Ja, bis morgen.«

Das meiste konnte er zu Hause am Computer aufarbeiten. Und wenn noch etwas auszuprobieren war, dann eben morgen früh.

»Wo ist denn Robert?«, wollte Carlo von Scooter wissen, der begeistert an ihm hochsprang.

Die Tür von Roberts Werkstatt war zu. Sie hatte sich vor einiger Zeit darauf geeinigt, dass er dann nicht gestört werden wollte. Heute hörte man es rappeln, und Robert schien zwischenzeitlich kritische Selbstgespräche zu führen.

»Da haben wir wohl Pech. Naja, machen wir das Beste draus.«

Ein kleiner Spaziergang würde ihnen beiden gut tun. »Komm Scooter, du sollst ja nicht leben wie ein Hund!« Eigentlich hätte er sich heute gern etwas von der Seele geredet bei seinem Freund. Mit so üblen Tagen konnte er schlecht umgehen, und Emi hörte sich auch nicht gut an. Er wollte ja auch noch bei Horst anrufen wegen Emis neuer Nachbarschaft, bevor sie es von woanders mitbekam und sich dann noch mehr Sorgen machte. Okay, gleich nach dem Spaziergang.

»Ich hab ja gesagt, dass du sie magst und es nicht wahrhaben willst«, kam Horst wieder mit seiner Verkuppelungsmasche.

»Es geht um Emis Café. Ich mach mir Sorgen, dass die Kleine damit nicht klarkommt, wenn man ihr dieses Franchise-Ding vor die Nase setzt.«

»Ja, aber was sollen wir dagegen machen?«

»Ich habe mich gefragt, ob ich sie vorwarnen sollte?«

»Gelesen hat sie es bestimmt nicht. Dafür hat sie auch nicht die Zeit. Und nein, ich würde es ihr auch nicht auf die Nase binden bei den ganzen Problemen, mit denen sie sich momentan rumschlägt.«

»Das dachte ich auch«, war Carlo froh über die Bestätigung seiner Bedenken.

»Ich glaube nicht, dass sie Herrn Schröter, den Menschen vom Gewerbeaufsicht, alleine zufriedenstellen kann.«

»Wieso das nicht?«

»Da ist so viel im Argen. Ich glaube, Emi hat noch gar keinen richtigen Überblick. Ich weiß ja, wie das bei mir am Anfang war. Wenn mir da nicht ein paar Kumpels unter die Arme gegriffen hätten, der eine sogar mit Geld, dann hätte ich den Laden vergessen können.«

»Aber Emi hat doch uns.«

»Carlo, ich helfe euch gerne, wenn Not am Mann ist, aber ich hab wirklich wenig die Zeit. Überhaupt, womöglich solltest du ganz einfach raus aus deiner Kumpelnummer und ein klein wenig mehr investieren.«

»Das will Emi genauso wenig wie ich!«

»Sicher?«

»Jedenfalls danke, Horst. Du hast mir ein bisschen weiter geholfen.«

»Tschau, Carlo, und denkt an Samstag«, verabschiedete Horst sich.

Das Konzert. Aber ob sie da Zeit haben würden?

Scooter war unterm Tisch eingeschlafen. Carlo strich mir einem besockten Fuß über das weiche Fell und schaute zur Werkstatttür hinüber. Von Robert würde er heute nicht mehr viel zu sehen bekommen, und dann warteten ja noch ein paar Kollegen auf die Lösung ihrer blöden Probleme.

Am Vormittag war das zweite Regal für Frau Mittendorf fertig geworden. Auch wenn diese Milla so merkwürdig war, die alte Dame sollte nicht darunter leiden. Nach der dritten Lasur war Robert zufrieden mit seiner Arbeit.

»So, Scooter, jetzt drehen wir noch eine Runde, dann geht die Tür für eine Weile zu.«

Scooter kannte das schon, wenn Robert alleine in der Werkstatt verschwand. Er legte sich dann in seinen Sessel und passte auf das Haus auf.

Robert hatte sich neulich erst zum Ausprobieren verschiedene Magnetgrößen und -stärken besorgt. Er hatte schon simple Prototypen für seine Regalwürfel angefertigt, die der Entwicklungsarbeit zum Opfer fallen würden. Das letzte Mal hatte er in der Berufsschule mit Magneten herumexperimentiert. Die Holzschachtel mit dem Magnetverschluss hatte er immer noch auf der Kommode in seinem Schlafzimmer stehen. Moni hatte er nicht damit begeistern können. Die Regale waren allerdings eine andere Hausnummer. Mit der Materialstärke des Holzes und der Einlassung und Stärke der Magnete konnte er die Intensität der Verbindungen beeinflussen. Er hatte schon unterschiedlich tiefe Löcher ins Holz gefräst. Darin wollte er jetzt die Magnete befestigen; kleben war wohl am besten. Es gab auch immer welche, die bei einer jeweiligen Zusammenstellung der Würfel nicht gebraucht wurden. Hier sollten Blindstopfen verhindern, dass jede kleine Büroklammer hängen blieb. Es lief nur leider nicht alles so, wie Robert es sich anhand seiner Pläne vorgestellt hatte.

Als die Werkstatttür etwas sehr laut und schwungvoll aufging, schreckte der arme Scooter zusammen.

»Sorry Kumpel, ich bin etwas magnetisiert.« Erstaunt bemerkt er Carlo, der mit seinem Notebook am Küchentisch saß. »Oh, du bist auch schon da.«

»So, wie du da drin fluchst, bekommst du sicher von hier draußen nicht viel mit!«

»War's so schlimm? Ich wusste ja nicht, dass du schon zu Hause bist. Die Magnete wollen einfach nicht so, wie ich will.«

»Hier, nimm dir erst mal einen Kaffee.« Carlo räumte seine Unterlagen beiseite und machte dem Freund Platz am Tisch.

»Du hast auch Arbeit mitgebracht?«, stellte Robert fest.

»Nicht so schlimm, ich bin gerade fertig. Nur noch morgen früh ein kleiner Volumentest ... naja, hoffentlich reicht klein aus.«

»Hast du dann eben einen Moment für mein Desaster? Ich stecke irgendwie fest.«

»Erst die Schweine! Überhaupt, solange die beiden noch da sind ... Und mit ein bisschen frischer Luft kriegst du deinen Kopf auch wieder frei.«

Die Idee fand Robert perfekt. Er nahm noch ein paar Scheiben Brot mit nach draußen.

»Was meinst du, wann der Bauer die beiden abholt?« Roberts

Blick war leicht verträumt, als Jimbo seinen Rücken unter seiner schrubbenden Handfläche genüsslich rekelte.

»Wohl bald. Ich find's auch traurig, aber da draußen haben sie es bestimmt besser. Wir passen natürlich auf!«

»Mein Vormittag war übrigens gar nicht so schlecht«, sagte Robert und war plötzlich wieder guter Dinge. »Die Regale für Frau Mittendorf sind genial geworden. Zeig ich dir auch gleich! Aber dann kam mir noch eine Idee für unsere Schwachmaten!«

Carlo schaute ihn verständnislos an.

»Die Schweinequäler! In der Schrebergartenkolonie gibt's doch einige alte Leutchen, denen die Gartenarbeit langsam zu viel wird. Bei denen könnte doch Gregor mit seinen Jungs umgraben, Unkraut jäten und was sonst noch so anfällt.«

»Die frische Luft würde den Idioten bestimmt gut tun«, war auch Carlo begeistert. »Da haben wir auch gleich etwas für Ute und ich hab mal einen gut bei ihr.«

»Hast du Angst, dass du sonst noch einmal den Clown machen musst?«

»Das mit der Vorführung war gar nicht so übel«, musste Carlo zugeben, »aber ich möchte damit jetzt nicht ständig überfallen werden.«

»Kann ich verstehen. Willst du jetzt die Regale sehen?« Robert war schon gespannt auf Carlos Meinung.

Feierlich, mit einer Verbeugung, öffnete er die Tür zur Werkstatt.

»Wow, da hast du dich ja selbst übertroffen! Sorry, sonst machst du natürlich auch super Arbeit, aber das hier ist ja schon Kunst.«

»Meinst du?« Für Robert schien sein Freund zu übertreiben.«

»Ich bin zwar kein Profigutachter, aber das sieht schon richtig gut aus.«

Mit unterschiedlichen Holzfurnieren hatte Robert überraschende Akzente gesetzt, und die andeutungsweise eingefrästen Blüten waren nur aus bestimmten Blickwinkeln zu erkennen.

»Ich hab so etwas noch nicht gesehen«, setzte Carlo noch einen drauf.

»Ja, und das hier ist mein Problem.«

Robert schnappte sich einen der Regalwürfel vom Schreibtisch, oder versuchte es zumindest. Irgendwie hing noch ein anderer daran, und der polterten jetzt auf dem Boden.«

Carlo fing lauthals an zu lachen. »Damit könntest du jetzt auftreten. Wollen wir Ute gleich anrufen?«

»Ich find das nicht so lustig.« Roberts Gesichtsausdruck bestätigte seine Worte. »So geht das schon die ganze Zeit. Da kann man doch nur fluchen! Okay, die Magnete sind wirklich gut, aber die backen immer da zusammen, wo sie es nicht sollen.« Versuchsweise trennte er zwei Würfel voneinander. Es machte den Eindruck, als würden sie wieder aufeinander zu kriechen, oder sie wurden vom Magneten eines anderen Würfels angezogen.

»Nettes Schauspiel, nicht?«, sagte Robert missmutig.

»Hast du noch Magnete, die du nicht verbaut hast?«, wollte Carlo beim Blick auf einen der eingelassenen Magnete wissen. »Und hast du noch Magnete, die weniger Power haben?«

»Ich glaube, du hast recht!« Robert wusste, worauf Carlos Frage abzielte. »Ich hab leider nur noch stärkere. Ich hätte nicht gedacht, dass sie so stark sein könnten und dass ich deshalb Probleme kriege.«

»Wenn du einfach weniger starke nimmst ...«

»Genau! Und dann die Anzahl erhöhen. Dass ich da nicht gleich drauf gekommen bin.«

»Betriebsblind. Ging mir heute Vormittag auch so.« Carlo dachte an seinen missglückten Vortrag.

»Wahrscheinlich brauchen wir wirklich mal Urlaub.«

»Ein bisschen müssen wir aber noch warten. Ich hab doch noch dieses Küchenprojekt.«

»Du hängst dich da ja ganz schön rein. Das ist doch immer noch die Kleine mit dem Café?«

»Horst meint auch …«

»Schon klar! Das machst du alles für diesen Kneipenbesitzer.«

»Nein, im Ernst! Könntest du am Samstag bei der Küche ein paar Teile anpassen?«

»Gleich morgens darf ich ein Fenster einbauen. Die Leute können nur am Wochenende. Aber jetzt muss ich erst mal die richtigen Magnete bestellen«, wollte er sich nicht länger von seinen Plänen abhalten lassen.

»Passt doch, morgens ist ja auch noch Betrieb im Café. Ich fang gegen Mittag mit Bernd an und du kommst dann dazu. Emi hat übrigens noch eine Freundin, wohl ganz nett, und du stehst doch auf Latzhosen.«

»Danke, ich bin bedient«, entschied Robert konsequent. Warum wurde er jetzt wieder an diese Milla erinnert?

52

»Hi Süße. Wie war dein Dienstag? Hast du mit Carlo perfekte Pläne gemacht?«

»Der hat sich gestern genauso wenig sehen lassen wie du, purtroppo, leider! Aber es war auch nicht so viel los und da hab ich mir selber einiges überlegt.«

»Sorry, aber du weißt ja, dass ich zu Klauke wollte«, sagte Milla. »Danke für den Tipp übrigens! Mit der Gewerbeanmeldung hat es auch geklappt. Und schau mal hier. Die hab ich gestern noch fertig gemacht.« Sie hielt Emi eine Visitenkarte viel zu dicht unter die Nase. »Meine ersten Visitenkarten!«

»Ah, man merkt, dass du ein Profi bist! Ordnungsliebe 2.0, Planung und Organisation für alle Lebensbereiche. Etwas lang, aber das trifft es. Nimm aber lieber 4.0. Dann bist du up to date!«

»Guter Tipp. Das werde ich gleich ändern. Ich hab ja nur ein paar ausgedruckt. Und bei dir? Dein Carlo war gestern nicht mehr da?«

»Er hatte wohl Ärger im Job und wollte sich heute melden. Naja, dank dir kann ich mich ja wieder bewegen. Außerdem ist es wichtig, dass sie am Samstag alles auf die Reihe bekommen!«

»Wann wollen die denn anfangen? Ich könnte ja auch ...«

»Musst du nicht! Über die Zeit haben wir, glaube ich, noch gar nicht gesprochen. Da muss ich dran denken.«

»Und was meinst du zu Sinjes Vorschlag?«

»Wenn die Männer fleißig arbeiten, könnten wir Mädels uns am Abend ruhig amüsieren. Frau möchte auch nicht immer nur guter Kumpel sein«, brachte sie sich selbst zum Lachen.

»Gut, ich werde mir dann mal meinen ersten professionellen Auftrag vornehmen. Dann waren Helgas Eigenmächtigkeiten doch zu was gut.«

»Du solltest dich wirklich bei ihr bedanken!«

»Das werde ich. Womöglich war ich ein bisschen schroff zu ihr. Ich rufe sie an! Der Doktor hat mir auch schon eine Mail geschickt. Ich muss mich vorher noch ein bisschen schlaumachen über diese neue Praxis-Software, nicht dass ich mich blamiere, wenn ich da auftauche und keinen blassen Schimmer habe.«

»Das kriegst du ja wohl hin!«

»Hoffe ich, aber jedes Programm hat so seine Specials.« Sie nahm Emi noch mal in den Arm, bekam einen Latte Noci to go in die Hand gedrückt und die Tür aufgehalten.

»Na Emi, läuft der Laden?«

Emi war wie immer etwas erschrocken, wenn Carlo in der Leitung war. »Es könnte besser sein. Hast du heute Zeit? Ich hab mit meiner Freundin schon ein paar Pläne gemacht und das, was hier steht, ausgemessen.«

Carlo kam darauf zu sprechen, dass sie ja noch Teile mitgenommen hatten. »Ich mache ein paar Fotos und messe die Sachen aus«, versprach er, bevor er am späten Nachmittag ins Café kommen würde.

Sie musste unbedingt an die Toiletten denken.

Da nicht so viel los war, machte sich Emi daran, die Bücherregale durchzusortieren. Sie hatte drei volle Kartons unter der Theke stehen. Welche Bücher sie in die städtische Bücherei geben würde, war jetzt die Frage.

Im ersten Karton entdeckte sie ein Backbuch und las sich darin fest, bis eine neue Kundin den Laden betrat.

»Wann dürfen Sie denn endlich wieder selber backen?«, kam gleich die neugierige Frage mit einem Blick auf das Buch.

»Am Wochenende haben wir einiges vor«, erzählte Emi von ihren momentanen Bemühungen.

»Dann werde ich doch gleich am Montag mal reinschauen.«

»Aber backen darf ich noch nicht. Erst müssen die elektrischen Anschlüsse gemacht werden, und dann muss der Beamte noch mal vorbeikommen zur Abnahme«, musste sie die Kundin vertrösten.

Das Buch hielt sie noch in der Hand, als Rose eine Viertelstunde später mit ihrer Freundin Marianne in der Tür stand.

»Da hat aber jemand große Lust, wieder selber zu backen«, stellte sie lächelnd fest.

»Lust schon, aber ich darf nicht«, erklärte Emi den beiden auch die Situation und hatte dann einen Einfall. »Genau, am Samstagnachmittag sind doch die Handwerker da, wenn der Laden zu ist, und die kriegen ein paar richtig leckere Schnecken. Dann wird die

Küche bestimmt noch schöner.«

»Und du bleibst wenigstens in Übung, bis es endlich wieder losgeht«, ermunterte Rose sie ebenfalls.

»Ja, natürlich.« Marianne legte einen Arm um die Schultern ihrer Freundin. »Aber jetzt erzähl doch Emi auch von deiner Idee. Das ist Rose nämlich vorhin beim Kaffeeaufgießen eingefallen.«

»Ja also, Emi, was hältst du davon, wenn wir hier im Café einen Stammtisch machen?« Jetzt war es raus, und Rose strahlte übers ganze Gesicht.

»Hallo, die Damen«, kam es aus Richtung der Ladentür. »Hab ich doch richtig gesehen.«

»Oh, hallo Gustav!« Marianne war hocherfreut, Gustav Menke wieder zu treffen. Die Gesichter der beiden Freundinnen wirkten leicht erhitzt.

»Hallo Gustav«, meldete sich auch Rose zu Wort.

»Wir wollen gern einen Stammtisch hier bei Emi machen. Hätten Sie nicht auch Lust?«

»Und ob ich Lust habe! Ich könnte auch noch ein oder zwei Kumpels mitbringen«, teilte er die Begeisterung der Damen.

Und da waren die Kumpels wieder! »Darf ich auch noch etwas zu sagen, meine Herrschaften?«, meldete sich Emi zu Wort.

»Aber natürlich«, kam es von den Senioren wie aus einem Munde.

»Ihr wisst ja alle, dass ich im Moment nicht backen darf. Ich kann auch für den Stammtisch keine Ausnahme machen.«

Rose hatte an alles gedacht. »Wir wollen auf keinen Fall eine Extrawurst. Sonst sind deine anderen Gäste nachher unzufrieden. Aber wir wollen dich unterstützen. Bei meinem Geburtstag war es so schön. Aber wenn wir beim Stammtisch jeder einen von deinen Spezialkaffees bekommen, sind wir auch schon glücklich.«

»Na Rose, du wächst ja heute richtig über dich hinaus«, wunderte sich Gustav über die Redseligkeit der sonst eher

211

zurückhaltenden Rose. Auch die anderen schauten bewundernd auf die alte Dame, die heute deutlich größer wirkte.

»Ja also, wenn das so ist ... Wann soll's denn losgehen?«, wollte Emi wissen.

»Heute, dachten wir«, versuchte sich Marianne. »Und danach immer mittwochs.« In ihr Lachen fielen die anderen schnell mit ein.

Dann überlegten sie, welcher der schönste Platz für ihren Stammtisch sein würde. Emi kümmerte sich erst einmal um die anderen Gäste, die langsam ungeduldig wurden. Rose, Marianne und Gustav hatten sicher noch etwas Zeit.

Aus ihrer Handtasche holte Rose ein Blatt Papier und faltete es auseinander. »Unser Spruch des Tages.« Sie hielt das Kalenderblatt in die Höhe.

Solange man neugierig ist, kann einem das Alter nichts anhaben.
  Burt Lancaster

»Na, meine Damen, wann haben wir denn das letzte Mal einen guten Western gesehen?«, wollte Gustav scherzhaft wissen. Die Antwort war ein breites Grinsen der angesprochenen Frauen.

»Damit könntet ihr Milla begeistern«, sagte Emi. »Die kommt mir dauernd mit solchen Sprüchen. Sie hat auch immer gute Geschichten dazu. Seit sie hier in einem Bücherkarton dieses kleine Buch gefunden hat, erzählt sie ständig davon. Sie ist inzwischen ein echter Fan von diesem Scooter Robinson.«

»Scooter? So heißt unser Hund im Hof auch«, meldet sich Herr Menke kurz zu Wort. Der Kommentar ging leider im Stimmengewirr unter.

Emi musste nebenbei noch aufräumen, damit sie später Zeit für Carlo hatte. Hoffentlich kam er nicht zu früh.

Sie hätte sich nicht beeilen müssen, denn als er endlich sein Rad draußen abstellte, war der Laden schon leer.

»Du scheinst ja wohl im Moment wenig Zeit zu haben«, mutmaßte sie.

»Ja, ich hab im Moment wirklich etwas Stress. Egal, hier sind die Fotos.« Er schaltete sein Smartphone ein, switchte mit Emi durch die Bilder und zog dann einen Zettel aus der Hosentasche. »Die Maße hab ich auch. Es sind noch drei Hängeschränke, ein Schrank für Besen und Putzmittel und das Handwaschbecken, das du unbedingt brauchst.«

»Eigentlich kann ich das nicht annehmen, dass du neben deinem Job noch den ganzen Kram für mich machst.«

»Jetzt mach dir bloß keinen Kopf. Für einen guten Kumpel würd ich sowas immer machen.«

»Ja klar. Nein, das ist viel zu ernst und zu wichtig. Du machst die ganze Arbeit, und ich hab nicht genug Geld, um dich zu bezahlen.«

»Jetzt hör mir einfach zu, Emi. Ich hab gestern noch mit Horst telefoniert. Wir helfen dir jetzt, so gut wir können, denn allein hast du keine Chance. Da musst du einfach über deinen Schatten springen.« Er ging tatsächlich auf sie zu und nahm sie in den Arm. »Sorry, das war jetzt nicht beabsichtigt«, sagte er dann von sich selbst überrascht und ließ sie schnell wieder los.

»Bene, gut, schon klar.« Emi fuchtelte etwas hilflos mit den Armen, als wollte sie irgendwelche Geister vertreiben. »Also dann, allora, ich hab da auch noch ein größeres Problem. Die Toiletten ...«

»Ich hab mich schon gewundert, weil du das noch gar nicht angesprochen hast. Herren, Damen und behindertengerecht und am besten mit Wickeltisch.« Beim Gedanken an kleine Kinder musste er lachen und zwinkerte ihr zu. »Nein, im Ernst, hat sich denn schon jemand die Leitungen und die Abflüsse angeschaut? Du musst ja auch bedenken, dass du in der Küche wahrscheinlich irgendwann mehr Trubel haben wirst. Wenn es dann draußen losgeht, wie du erzählt hast... mehr Gäste, mehr Angebot, mehr Umsatz, vielleicht sogar Personal.«

So weit war Emi im Moment noch nicht. »Ich will doch erst mal nur, dass der Schröter Ruhe gibt.«

»Verstehe ich ja, aber wenn du schon Geld ausgibst, dann denk auch ein bisschen weiter.«

Emi fühlte sich plötzlich irritiert. »Und überhaupt, wieso kennst du dich so gut aus? Was ist sonst dein Job?«

»Ich arbeite in der Produktentwicklung, öder Laborjob.« Dass er eigentlich vom Fach war, behielt er für sich. »Ich bin einfach nur ein praktisch denkender Mensch.«

»Hast du auch eine Ahnung, wie viel die Toiletten kosten? Ich bin nämlich pleite! Naja, nicht wirklich pleite, aber ich hab halt wenig Geld, die zweitausend Euro und dann nicht mehr viel. Ich hab allerdings auch keine Schulden und ansonsten noch den Laden im jetzigen Zustand.« Sie wollte nicht als totale Chaotin dastehen.

Carlo musste leider noch etwas ansprechen. »Und die Anschlüsse für die Küche?«

»Ich weiß auch nicht. Ich werde wohl einen Termin bei meinem Bankberater machen müssen.«

»Wir sollten erst mal abwarten, wie viel du brauchst. Bernd hat eigentlich für alles einen günstigen Profi an der Hand.«

Dann warfen sie gemeinsam einen Blick auf Emis Pläne. Für das Handwaschbecken wurde ein Platz gefunden, aber es blieben auch Teile übrig. »Die stell ich für den Anfang in unser Lager«, sagte Carlo.

»Wofür machst du das eigentlich?« Sie schaute ihn mit ihren braunen Augen fragend an.

»Weils mir Spaß macht, weil Horst ein guter Kumpel ist und

vielleicht auch ein bisschen wegen dir?« Er lächelte. Die Antwort schien ihn aber selbst nicht zufriedenzustellen. »Nein, alles gut, Emi. Mach dir nicht so viele Gedanken. Ich hoffe, es gibt bald wieder leckere Schnecken.«

Da musste sie breit grinsen und dachte an ihre Pläne für kommenden Samstag. »Ich werde mich bemühen.«

»Gut, dann rücke ich mit Bernd am Samstag an. Mein Tischlerkumpel kommt etwas später. Können wir mittags gegen eins anfangen, wenn wir uns bemühen, nicht zu viel Krach zu machen?«

»Wird schon gehen. Um vierzehn Uhr mache ich ja eh zu.«

»Na das passt ja. Also bis Samstag. Ich rufe dann jetzt Bernd an.« Damit verschwand er.

Emi stand nachdenklich hinter der Theke, während Carlo verträumt die Straße runter radelte. *Was würde da noch alles passieren?*

53

Als es an der Haustür klingelte, schauten sich Robert und Carlo am Frühstückstisch fragend an.

»Erwartest du jemanden?«, wollte Carlo auf dem Weg zur Tür wissen.

»Das muss Peter sein, dieser Bauer. Der hat gestern noch angerufen. Hab ich vergessen, dir zu sagen.«

»Wie kannst du so etwas Wichtiges vergessen?« Carlo war selbst verwundert, dass er plötzlich einen Kloß im Hals hatte, als er die Tür öffnete. Es war eine nette Begrüßung, und auch Scooter erkannte den Landwirt wieder.

»Na, Jungs, das sieht ja richtig nach Trennungsschmerz aus. Aber so weit weg sind wir ja nicht.«

Robert öffnete das Hoftor, damit Peter seinen kleinen Viehanhänger ans Schweinegatter fahren konnte, und dann ging alles ganz schnell.

»Oh je, Jimbo und Morris scheinen ja richtig reiselustig zu sein«, stellte Carlo verwundert fest, als die beiden gleich die kleine Rampe auf den Anhänger hochstaksten.

»Sie riechen ihre Kollegen und sind neugierig, und ich hab noch ein paar Äpfel ...«

»Nein, lieber nicht!«, fiel ihm Robert erschrocken ins Wort.

Peter kannte die Geschichte und konnte ihn beruhigen. Als der Anhänger ein paar Minuten später vom Hof rollte, musste Robert sogar eine einsame Träne wegdrücken.

»Wir besuchen sie am Sonntag«, versuchte Carlo, den Freund und sich selbst zu trösten. »Ich muss jetzt leider auch.« Beim Blick auf die Uhr stellte er fest, dass er nicht genug Zeit hatte, fertig zu frühstücken. Wahrscheinlich war es am besten, heute Nachmittag gleich alles sauber zu machen und das Gatter abzubauen, dachte Carlo unterwegs beim Gedanken an seinen Freund.

Robert saß noch eine Weile auf der Bank am Gatter. Immerhin hatte er noch Scooter zum Streicheln.

»Oh je, was habt ihr mit den beiden gemacht?« Unbemerkt war Opa Menke über den Hof gekommen. Robert schrak zusammen.

»Wir mussten doch was machen. Aber sie werden nicht geschlachtet, keine Angst. Wir haben einen Platz auf einem richtigen Bauernhof gefunden, nicht weit weg von hier«, berichtete er dem staunenden Nachbarn.

»Ich könnte doch schon mal etwas sauber machen«, bot der sich bei einer genauen Inspektion der ehemaligen Schweinebehausung an. Er schien sich überraschend schnell mit der veränderten Situation anzufreunden.

»Nein, nein, das mach ich nachher mit Carlo.«

Nachdenklich kratzte er sich am Kopf. »Ich hätte da eine Idee. So ganz ohne Tiere hier im Hof ...«

»Scooter ist ja auch noch da!«

»Ja, Scooter, aber der ist kein wirklicher Hofhund. Können wir nicht ein paar Laufenten hier im Hof halten?«, rückte Opa Menke mit der Sprache raus.

»Laufenten? Wie kommst du denn auf die Idee, Opa Menke?«

»Laufenten sind total cool.« Auch Carola war runtergekommen und wollte wissen, was im Hof los war. »Oh, die Schweine sind weg«, bemerkte sie jetzt erschrocken.

Robert erzählte die ganze Geschichte nochmal, und dann gab es tatsächlich eine längere Diskussion über langhalsige, schnatternde Watscheltiere.

»Okay, ich muss jetzt arbeiten. Ihr könnt ja heute Abend mit Carlo sprechen.«

»Und du hast nichts dagegen?«, wollte Carola ihn gleich festnageln. »Ich könnte zwischendurch auch die Wäsche umsonst ...«

»Du brauchst überhaupt nichts umsonst machen, und das mit den Enten soll Carlo entscheiden.« Mit diesen Worten verschwand Robert im Haus. Laufenten – verrückt!

Er hatte sich vorgenommen, heute die Regale bei Frau Mittendorf abzuliefern. Von den angebotenen Schränken wollte er bei der Gelegenheit ein paar Fotos machen. Warum hatte er beim letzten Besuch nicht schon daran gedacht? Er würde erst mal bei ihr klingeln und sie nicht gleich mit den Möbelstücken überfallen.

Rose war sichtlich überrascht, als sie ihm die Tür öffnete. »Hallo Robert, Sie sind aber früh auf den Beinen.«

Er schaute auf die Uhr. »So früh ist es doch nicht mehr. Aber Ihre Regale sind fertig!«

Die Ankündigung zauberte ein Strahlen auf ihr Gesicht.

»So schnell?« Ihr fiel natürlich sofort ein, dass sie noch keinen Platz dafür gemacht hatte.

»Naja, ich lebe davon und ich habe auch noch andere Aufträge. Am besten kommen Sie kurz mit runter und schauen, ob sie Ihnen gefallen. Dann muss ich sie nicht umsonst hochschleppen.«

»Nein, nein, ich habe doch die Bilder gesehen. Und wenn sie so geworden sind, finde ich sie wunderschön. Auf jeden Fall!«

Was sollte Robert dagegen einzuwenden haben? Er befestigte das erste Regal sicherheitshalber an der Sackkarre, und dann ging's durchs Treppenhaus bis an Roses Haustür.

»Die sind wirklich für mich?«

»Sonst hätte ich das hier nicht hochgeschafft. Ich stelle es erst mal hier im Flur ab, und während ich das andere hole, können Sie überlegen, wo wir etwas Platz schaffen wollen.«

Rose war trotz der Verblüffung etwas empört. »Wir waren aber doch schon beim *Du*!«

»Entschuldigung! Dann schau mal, wo wir die Regale lassen.«

Auch das zweite Regal stand ruckzuck vor Roses Tür.

»Oh je, das sieht ja genauso wunderschön aus! Wie ein Ei dem anderen oder so. Aber ich habe keine Ahnung, wo wir sie hinstellen.«

Sie sahen sich etwas hilflos in dem großen Wohnzimmer um.

»Ich mach jetzt ein paar Fotos von den Schränken, die ich verkaufen soll«, verschaffte Robert ihnen beiden ein bisschen Bedenkzeit.

»Und wann holst du sie ab?«

»Dafür brauche ich einen Kumpel, der mit anpackt, und ich will auch erst mal ein paar Händler direkt ansprechen. In meiner Werkstatt ist nicht so viel Platz.« Er besah sich eine kleine Kommode, die Rose loswerden wollte, genauer. »Die hier bekomme ich vielleicht mit«, stellte er fest. »Ich baue die Türen aus, nehme den Aufsatz runter und die Schubladen raus. Das könnte gehen.«

Gemeinsam räumten sie das Möbelstück aus und legten alles

auf den großen Esstisch. Gespannt beobachtete Rose die Demontage ihrer alten Kommode. »Die haben wir von meiner Schwiegermutter bekommen«, erzählte sie Robert, als sie ihn beim Runterschaffen des Kernstücks im Treppenhaus etwas unterstützen musste.

»Alleine hätte ich es jetzt nicht geschafft«, lobte er die strahlende alte Dame. Der entstandene Platz reichte zwar nicht ganz, aber als Rose einen der Stühle zur Seite nahm, klappte es doch noch.

Ganz verliebt strich Rose über das wunderbare Holz der Regale. »Danke, Robert. Jetzt, wo sie hier stehen, sehen sie noch schöner aus.«

»Ja, mir gefallen sie auch«, gestand er nicht ohne Stolz. »Aber ich muss jetzt wieder in die Werkstatt, und im Auto wartet mein Hund.«

»Ach du liebe Zeit! Der Arme. Dann wird es ja höchste Zeit, und wegen der Bezahlung ...«

»Das machen wir, wenn ich die anderen Schränke abhole. Das können wir dann verrechnen, wenn ich die Preise habe. Für die Regale habe ich übrigens einen Preis von sechshundertsechzig Euro kalkuliert, für beide zusammen, wenn das okay ist. Es ist ja auch alles Handarbeit und echtes Holz.«

Rose war mehr als zufrieden und hätte nicht im Traum ans Feilschen gedacht.

Bei Robert sah es etwas anders aus. Der Blick auf ein bestimmtes Namensschild unten im Flur, verdarb ihm beim Rausgehen die gute Laune.

54

»Schön, dass du endlich da bist, komm mal kurz rein«, wurde Milla auf dem Weg nach oben am Nachmittag von Rose im Treppenhaus abgefangen. »Robert hat heute die Regale vorbei gebracht«, erfuhr sie, als Rose sie ins Wohnzimmer zog.

So ein Tag, und dann noch dieser Robert!

»Wow, die sehen ja genial aus«, entfuhr es Milla dann jedoch ungewollt. »Und die hat der Tischler gemacht?«

»Ja, die hat Robert gemacht.« Rose sagte es so, als wäre sie stolz auf den Handwerker.

»Naja, das hat er richtig gut gemacht. Und was sollen die jetzt kosten?«

»Sechshundertsechzig Euro«, berichtete sie wahrheitsgemäß. »Er hat schon die kleine Kommode, die ich nicht mehr haben wollte, abgebaut und mitgenommen. Wegen der anderen Schränke will er demnächst wiederkommen. Er hat Fotos davon gemacht. Und es wird alles verrechnet, wenn er die Preise für die alten Sachen hat.«

Milla schien die Situation auf sich wirken zu lassen. Sie konnte nicht mal etwas sagen gegen seine Vorgehensweise. Alles sehr kundenfreundlich und ein ordentlicher Preis, hatte sie das Gefühl. Aber wenigstens war sie nicht dabei gewesen!

»Wo warst du denn heute überhaupt?«, bemerkte Rose erst jetzt ihr geschäftsmäßiges Outfit. Bei Manske war der dunkle Anzug auch schon gut angekommen.

»Ich war bei diesem Doktor Wegner. Der Auftrag, den Helga mir vermittelt hat.«

»Und, ist es gut gelaufen?«, wollte Rose wissen.

Milla erzählte Rose etwas von einer echten Herausforderung und dass es wohl ein größerer Auftrag wäre. Dann entschuldigte sie sich, angeblich, weil der Kater auf sie wartete. Sie stapfte hoch in ihre Wohnung.

Milla hatte noch nicht alles richtig verarbeitet, was in dieser Praxis passierte. »Das ist überhaupt kein richtiges Team«, klagte sie auch Emi kurze Zeit später am Telefon. »Und dann war dieser Robert heute bei Rose und hat ihr die Regale vorbei gebracht.«

»Wieso kommst du nicht kurz vorbei?«, kam sogleich die Einladung ihrer Freundin.

»Ich füttere erst Simon noch und zieh mich um.« Sie zog sich dann aber zuerst um, denn die dunkle Hose war ein Magnet für Katzenhaare. Zum Glück war ihre Latzhose schon trocken.

Unterwegs hatte sie noch Katzenfutter gekauft. Als sie jetzt das Wechselgeld, das sie lose in die Handtasche getan hatte, herausnahm, erschien ein breites Lächeln auf ihrem Gesicht. »Schau mal, Scooter«, weihte sie den Kater in ihre wunderbare Entdeckung ein. In der Hand hielt sie genau einen von den Geldscheinen, die sie selber beschriftet hatte.

Denn du bist mutiger, als du denkst!

»Das ist ja genial!« In der engen Küche drehte sie sich ausgelassen im Kreis. Sie stolperte fast über ihre eigenen Füße. Jetzt hatte sie es noch eiliger, ins Café zu kommen. Natürlich riss gerade heute der Verschluss der Katzenfutterdose ab. Sie hatte keine Lust auf den Dosenöffner und schnappte sich die nächste Dose. Der Kater sollte auf jeden Fall zu seinem Recht kommen.

»Wie siehst du denn aus?«, rief Emi als Milla ein paar Minuten später in ihrer Latzhose und mit völlig zerzausten Haaren ins Café stürmte.

»Total verrückt! Ich hab vorhin noch Futter für Simon gekauft. Und der Schein war beim Wechselgeld!« Sie hielt Emi den gekennzeichneten 20-Euro-Schein unter die Nase.

»Ja und? Hast du eigentlich damit weiter gemacht, etwas auf die Geldscheine zu schreiben?«, wollte Emi ängstlich wissen.

»Nein, nur ein paar Mal.« Beunruhigen wollte sie die Freundin nun wirklich nicht. Sie freute sich einfach nur, dass der Schein zu ihr zurückgekehrt war.

»Dann wird ja wohl nichts passieren.« Zufrieden machte sich Emi daran, für Milla einen Latte Noci zuzubereiten. »Damit du weiter schön brav bleibst, speriamo, hoffentlich. Und bei deinem Doktor war es also großer Mist?«

»Vier Sprechstundenhilfen, die sich dauernd in der Wolle haben! Und dann sind da noch der Wegner und sein Kollege Köster. Die scheinen das überhaupt nicht zu bemerken.« Resigniert ließ sie die Schultern hängen.

»Du kannst doch da wohl kaum das komplette Personal umkrempeln.«

»Ich kann das alles ja nicht im Alleingang machen. Wenn ich das System auf Reihe bringen will, bin ich auf die Mitarbeit der Damen angewiesen.« Ihr Grinsen passte gar nicht zu dieser verfahrenen Situation. »Kannst du mir nicht den Zwanziger wechseln, damit er wieder in Umlauf kommt und jemanden aufbauen kann?«, wollte sie plötzlich wissen.

»Dann sind dir diese chaotischen Praxis-Damen wohl nicht so wichtig.« Emi schaute Milla leicht irritiert an und schnappte ihr den Geldschein aus der Hand.

»Und die lässt du so, wie sie sind!« Die beiden schönen, glatten 10-Euro-Scheine, die Emi ihr zurückgab, ließen Millas Grinsen noch verschmitzter werden. »Ja, ja. Ich will jetzt die Sachen für Herrn Menke zusammenpacken«, verabschiedete sie sich bestgelaunt. »Bei dem geh ich morgen vorbei. Ich glaube, ich sollte ihn gleich noch mal anrufen.« Die blöde Praxis konnte warten bis Montag. Dann hatte sie auch diesen Besprechungstermin mit Doktor Wegner.

55

»Natürlich freue ich mich, wenn Sie morgen Nachmittag ein bisschen Ordnung bei mir machen. Obwohl, eine ganz schöne Blamage für so einen alten Kerl«, kamen Herrn Menke am Telefon plötzlich Bedenken.

»Jeder hat doch gelegentlich ein bisschen Unordnung und zu viel rumliegen. Problematisch wird's erst, wenn es einem nicht mehr auffällt.« In ihrem neuen Job würde Milla eine Menge psychologisches Geschick benötigen. Ob die Arbeitsagentur eine Zusatzausbildung für so etwas sponsert? Sie musste kurz lachen.

Herr Menke schien richtig glücklich und freute sich auf morgen.

»Ich bin um fünfzehn Uhr bei Ihnen, und dann gehen wir das ganz entspannt an.«

Nach dem Gespräch zog Milla die beiden Geldscheine aus der Hose und griff sich ihren neuen, ausradierbaren Kugelschreiber. Um ihren Spruch auf einen der Geldscheine zu schreiben, brauchte sie eine gefühlte Ewigkeit. Die Beschichtung auf der Banknote leistete heftigen Widerstand.

Denn du bist mutiger, als du denkst!

Bei den ersten Scheinen war sie sich noch nicht sicher, ob das *du* groß oder klein für sie richtig war. Sie hatte sich dann für kleine Version entschieden, weil sie die Leute ja nicht persönlich kannte, die sie da ansprach.

Für den zweiten Schein griff sie in ihr altes Federmäppchen aus der Schulzeit. Ihre Wahl fiel auf einen pinkfarbenen Buntstift. Das ging viel besser.

Heute in der Praxis war sie mit dieser Verschwiegenheitserklärung in Berührung gekommen – wegen Datenschutz und so. Das war ja eigentlich auch gut so. Aber dabei war ihr eingefallen, dass sie unbedingt für ihren Laden auch so etwas haben musste wie eine Kundenkartei. Also würde sie heute ein bisschen Zeit am PC verbringen. Professionalität war wichtig.

Sie überlegte sich ein paar Fragen und wollte diese in einem richtigen Fragebogen als Tabelle zusammenstellen. Das sollte die Basis für ihre Kartei werden. Sollte sie vielleicht mit Emi darüber sprechen? Nein, die hatte im Moment genug Probleme.

Sie verwendete den Entwurf der Visitenkarte als Briefkopf, nachdem aus 2.0 ein 4.0 geworden war. Dann kamen Themen wie Datum der Auftragserteilung, Auftragsgegenstand, Zeitfenster für die Auftragserfüllung und diverse Dinge, die für den einzelnen Kunden wichtig waren. Dieses Formular hätte sie heute Morgen gut gebrauchen können. So war sie sich richtig nackt vorgekommen, als sie Doktor Wegner und seinen Damen aus dem Stegreif ein paar Fragen gestellt hatte.

Damit könnte sie dann auch jeweils den Auftragswert ermitteln und für das Angebot eine Kalkulation erstellen. Ja, und dann würde sie auch endlich mal was verdienen!

Die Stunden vergingen wie im Fluge, während Milla in ihr neues Business eintauchte. Sie fühlte sich langsam wohl und griff sich zwischendurch, bei einer Tasse Kräutertee, ihren kleinen Ratgeber.

Wie süß ist das erste Kennenlernen. Du lebst so lange nur,
als du entdeckst.
   Christian Morgenstern

Ja, sie lernte gerade ihren neuen Job kennen. Sie entdeckte ein weiteres Mal ihre eigene Geschichte in dem ausgewählten Zitat und brauchte nicht mehr die Geschichten anderer Menschen, die sie nicht kannte. Von dieser Einsicht sollte sie Emi erzählen.

Oh je, es war schon viel zu spät!

»Simon, es ist Zeit fürs Bett!« Merkwürdig, wieso ? Herzhaft gähnend schaute sie noch einmal nach Simons Wassernapf und griff sich die ungeöffnete Post von der Flurkommode. Heute hatte sie zwar keine Lust mehr, aber was war das für ein netter Umschlag mit rosa Herzen? Werbung oder womöglich eine Einladung? Ungeduldig riss sie den Brief auf.

»Gutschein, 50 €, Salon Kleinert. Nicht schlecht, Katerle.« Auf der Rückseite befand sich ein lieber Gruß von Rose. »Diese Frau ist einfach unglaublich!« Aber auch die konnte sie jetzt leider nicht mehr anrufen.

Friseur … eine neue Frisur, brauchte sie die womöglich?

Sie wuschelte ihre Haare durch und schlief wenig später mit einer gewissen Vorfreude ein.

56

In der Küche tat sich noch immer nichts, als Carlo aus der Dusche kam. Vorsichtig öffnete er die angelehnte Tür. Leider sah Scooter das als Einladung, zu Robert ins Bett zu springen.

»Lass das, Scooter! Mensch Carlo, der Hund im Bett … das geht doch nicht!«

»Sorry. Los Scooter, raus da!«

Widerwillig kam der Hund der Aufforderung nach und verkrümelte sich in Richtung Küche.

»Ach Mann! Ich bin erst um drei ins Bett«, grummelte Robert.

»Ja, blöd von mir, aber ich dachte, wir könnten reden. Also gut, dann schlaf weiter.« Leise zog Carlo die Tür zu und folgte dem Hund in die Küche. Robert war eindeutig noch nicht aufnahmebereit.

»Jetzt gibt's Futter für uns beide und dann die Schweine … ach Blödsinn.« Ganz automatisch hatte er daran gedacht. »Ja Scooter, daran müssen wir uns erst mal gewöhnen.«

Der Hund verschlang gierig sein Futter.

Carlo nahm sich einen Becher Kaffee, als der durchgelaufen war. Sein Käsebrot aß er im Stehen und anschließend musste er mit Scooter Gassi gehen.

Gestern Abend war Robert nicht mehr aufgetaucht. Er war ziemlich laut am Werkeln gewesen, diesmal ohne das dauernde Fluchen. Wahrscheinlich war er weitergekommen. Dann könnten sie vielleicht am Nachmittag reden. Bei Emi wurde es langsam problematisch, und sonderbarerweise fühlte es sich an, als wäre er mit im Boot.

»Morgen Carlo«, wurde er von Opa Menke empfangen, als er das Fahrrad aus dem Schuppen holte, um zur Arbeit zu fahren. »Was sagst du denn zu den Enten?«

»Was für Enten?«

»Hat Robert denn nicht mit dir gesprochen? Wegen der Enten? Also wir wollten in eurer Schweinebehausung ein paar Laufenten halten. Carola ist auch total begeistert«, begann er, Carlo die für ihn gerade etwas haarsträubende Geschichte zu erzählen.

»Laufenten? Tut mir leid, Opa Menke, aber ich werde heute Nachmittag mit Robert darüber reden, der schläft nämlich noch«, versprach er. Für eine solche merkwürdige Diskussion fehlte ihm die Muße. Fluchtartig fuhr er aus dem Hof und wusste es zu schätzen, dass das sonst hermetisch verriegelte Tor jetzt sperrangelweit offen stand. Die Gedanken um Emi waren auch viel wichtiger. Sie beschäftigten ihn sogar noch, als er später bei *Winfood* durch die Flure streifte.

»Hallo Carlo. Wie geht's?« Es war Claudia.

»Gut, danke. Dir scheint es ja gut zu gehen.« Carlo registrierte erstaunt die optische Veränderung, die seine Ex-Freundin in so kurzer Zeit durchlebt hatte. Jeans, Biker-Boots und eine ärmellose, karierte Bluse. Ungewöhnlich für eine Frau, die sonst solchen Wert auf ihr Business-Outfit legte. Selbst ihr Make-up war mehr als dezent, kaum wahrnehmbar.

»Eigentlich muss ich mich bei Robert bedanken. Er hat mir ein bisschen die Augen geöffnet. Grüß ihn lieb von mir.«

Carlo schaute Claudia nur verwundert an. Sonst hatte sie seinen Freund, der ja *nur* Handwerker war, immer weitestgehend ignoriert.«

»Ja, er hat mir was von Einsamkeit erzählt bei unserem Treffen neulich«, verblüffte sie Carlo noch mehr. »Zu blöd, aber ich hätte nie zugegeben, dass ich mich oft einsam gefühlt habe, wenn du keine Lust oder keine Zeit hattest. Ich zieh jetzt übrigens zu Karla, einer Freundin von Jenny, in die WG. Kannst du dir das vorstellen?«

»Du und eine WG? Nee, das kann ich mir wirklich nicht vorstellen.« Nachdenklich kratzte er sich am Kopf. Wenn er sie so anschaute, erschien ihm allerdings doch so einiges möglich.

»Ich hab Karla von euren Schweinen erzählt und wollte dich eigentlich fragen, ob wir uns die mal zusammen anschauen können.«

Carlos Augen weiteten sich deutlich. »Du und die Schweine? Du kannst sie doch überhaupt nicht leiden, weil sie so stinken. Was ist denn jetzt los?«

»Tut mir leid, dass ich euch damit genervt habe. Ich war vielleicht auch ein bisschen eifersüchtig auf sie. Und der Geruch ... das war so, als wenn ein Mann nach dem Parfüm seiner Geliebten riecht.«

»Seltsame Art der Betrachtung, aber ich muss deine frisch erwachte Schweineliebe leider enttäuschen. Die Jungs sind weg.«

»Warum weg? Wegen mir? Geschlachtet?« Ihre Augen spiegelten ihre schlimmen Befürchtungen wieder.

»Quatsch. Wir hatten Ärger, jemand hat sogar versucht sie zu vergiften. Und jetzt haben wir einen Platz auf einem Bauernhof für sie gefunden.«

Man konnte ehrliche Erleichterung in Claudias Gesicht erkennen. »Gott sei Dank. Und wie weit ist das? Kann man sie da besuchen?«

»Sie wurden gestern erst abgeholt. Ich denke, dass ich sie mit Robert am Sonntag besuchen werde. Wenn er Zeit hat, denn er hat im Moment ein großes Projekt.«

»Wenn ihr da am Sonntag hin wollt, kann ich mit Karla mitkommen?« Sie ließ nicht locker. Diese Karla schien eine Gehirnwäsche bei ihr vorgenommen zu haben, dachte Carlo.

»Von mir aus. Ich melde mich einfach, wenn ich weiß, ob und wann wir hinfahren.«

»Aber nicht vergessen.« Nach diesen Worten eilte sie davon.

Er blieb nachdenklich eine Weile stehen. Kennenlernen wollte er diese Karla auf jeden Fall. Merkwürdig, sie war nicht ein bisschen sauer auf ihn, schien es sogar leichter zu nehmen als er. Auch im Labor war er heute mit den Gedanken ganz woanders. Gut, dass nicht viel los war. In der Mittagspause rief er noch mal bei Horst an.

»Ich hab ein bisschen wegen des Ladens gegenüber recherchiert. So einen guten Ruf haben die nicht«, sagt der.

»Das kommt doch immer auf den Betreiber an und welche Leute der einstellt.«

»Klar, aber Emi als Besitzerin kann doch ihre Ideen ganz anders rüberbringen, als so eine Kette. Allein das Gebäck. Die bekommen von irgendeiner Zentrale gefrostete Ware, die sie dann aufbacken.«

»Das hört sich doch eigentlich eher positiv an.« Carlo freute sich. »Dann kann Emi mit ihrer individuellen Qualität punkten.«

»Was natürlich viel Arbeit ist.«

Horst hatte recht. Wenn Emi im Moment auch noch backen müsste, würde sie das mit den ganzen Auflagen überhaupt nicht hinbekommen. Die würden ihr einfach den Laden zumachen.

»Wir müssen uns was einfallen lassen!« Horst sah Carlo nachdenklich an. »Weiß sie eigentlich, was du dir für einen Kopf machst?«

»Das weiß sie wohl, aber ich kann sie ja auch nicht einfach hängen lassen.«

»Und die Küche kommt am Wochenende rein? Also wenn ihr am Samstagabend noch halbwegs gute Laune habt, gibt es Freibier für euch, es spielt nämlich eine coole Band: Irish Night! Vielleicht hatte ich das aber schon erzählt.«

»Freibier! Das ist ja ein echter Motivationsschub. Aber im Ernst, ich hoffe, Bernd und Robert sind dabei. Dann könnten wir auch planmäßig am Samstagabend fertig sein. Aber ob wir dann noch Lust haben, keine Ahnung.«

Carlo wusste es zu schätzen, dass Horst immer ein Ohr für ihn hatte. Am Nachmittag würde er allerdings mit Robert über die Aktion sprechen.

57

Heute war nicht ihr Tag. Nicht mal Milla hatte sich gestern mehr gemeldet. Die hatte jetzt mit sich selbst zu tun, aber irgendwie fehlte Emi ein bisschen Austausch und Aufmunterung. Heute war auch wieder viel zu viel Zuckerguss auf den Schnecken, und dann war plötzlich die Keksdose leer. Also improvisieren – der Kiosk in der Nebenstraße war die einzige Möglichkeit gewesen. Ab nächste Woche musste sich einiges ändern.

»Hallo Frau Kröger. Ich dachte, ich schau mal nach Ihnen.«

Emi war dabei, aus der Familienpackung die zerbrochenen Kekse auszusortieren. Jetzt hatte sie noch mehr Bruch. In der ersten Schrecksekunde hatte sie eine Handvoll ganz und gar heiler Kekse auf den Boden fallen lassen. Mit Herrn Schröter hatte sie heute überhaupt nicht gerechnet.

»Entschuldigung.« Er wich ängstlich von der Theke zurück und Emi verschwand ganz dahinter. Als sie wieder auftauchte, stand er mit offenem Mund und deutlich erhitztem Gesicht vor ihr. »Ich wollte Sie wirklich nicht erschrecken!«

»Herr Schröter, oh je! Scusi, Entschuldigung, was machen Sie heute hier? Ich bin doch noch gar nicht...«

»Nein, nein. Ich bin doch nur gekommen ... also, ob Sie womöglich noch Hilfe oder eher meinen Rat brauchen.« Er verhaspelte sich, sprach sehr schnell.

Wer hatte hier vor wem Angst? »Machen Sie mir doch bitte einen Kaffee, einfach schwarz, bitte«, sagte er dann ein wenig entspannter. »Den bezahle ich natürlich. Aber ich setze mich erst mal an den Tisch hier.«

Emis Denkmaschine begann zu rattern. Möglicherweise war das wirklich nicht schlecht, dass er heute hier war. »Sie wollen nichts kontrollieren?«, fragte sie sicherheitshalber.

»Wir Beamten sind mitunter durchaus hilfsbereit«, stellte er seine Position klar. »Ich weiß ja, dass ich Ihnen eine Menge Druck gemacht habe, aber es ging nicht anders.«

Mit einem zaghaften Lächeln reichte sie ihm einen großen Becher mit schwarzem Kaffee. »Vielleicht können Sie ja gleich noch einen Blick auf die Möbel werfen. Die sollen am Samstag eingebaut werden.«

»Klingt gut. Die schauen wir uns nachher mal an«, schien er sehr zufrieden. »Ich trinke jetzt in Ruhe meinen Kaffee und dann melde ich mich.«

Sie beobachte ihn weiter vorsichtig, wie er begann die Morgenzeitung zu lesen. »Meine Frühstückspause«, stellte er die Situation klar, als er ihren misstrauischen Blick bemerkte.

Nachdem Emi die anderen Gäste versorgt hatte, holte sie von

hinten den Ordner mit der Post von Herrn Schröter und den ganzen Sachen, die sie schon schriftlich ausgearbeitet hatte. Den Entwurf für die neue Küche, den Carlo abgesegnet hatte, legte sie auch dazu.

Er ließ sich dann noch Zeit, bis er sich die Unterlagen anschaute. »Gut, dass Sie an das Handwaschbecken gedacht haben. Ja, die Einrichtung gefällt mir gut, eine richtig professionelle Gastro-Ausstattung.«

Jetzt war Emi sogar ein bisschen stolz. »Ich habe recht gute Kontakte«, äußerte sie selbstbewusst und dachte an Carlos tolle Hilfe.

»Und die Toiletten? Haben Sie da schon die Angebote vorliegen?«

»Ich wollte erst die Küche, damit ich wieder backen ...«, setzte sie an, ihre Strategie zu rechtfertigen.

»Ich hatte Ihnen doch gesagt, mit der einen Toilette geht das nicht und dass die WCs erste Priorität haben.« Er war in seinem Element und bemerkte nicht, wie sie immer kleiner wurde. »Sie wissen doch, Männlein und Weiblein auf einem Örtchen, das geht nicht in so einem Café.«

»Ich habe schon mit einem Fachmann gesprochen«, versuchte sie sich rauszureden. »Gleich nächste Woche will er einen Plan machen.«

»Frau Kröger, ich muss Ihnen jetzt eine Frist setzen! Leider habe ich bei meinem ersten Besuch noch gedacht, es geht so. Drei Wochen, genau einundzwanzig Tage, und dann will ich hier eine perfekte Toilettenanlage sehen. Die Vorgaben habe ich Ihnen ja gemailt!« Er war etwas lauter geworden. Toiletten waren wohl seine besondere Leidenschaft.

»Okay, ich hab's verstanden. Ich muss jetzt weiter machen.« Hilflos blickte sie in Richtung der besetzten Plätze.

»Dann sehen wir uns in drei Wochen. Sie haben wirklich Glück, dass ich heute vorbeigekommen bin. Wenn die von gegenüber mitbekommen hätten, wie das hier mit ihren Toiletten läuft ... Da hätte ich eine schriftliche Abmahnung von meinem Vorgesetzten bekommen. Merken Sie sich eines: Konkurrenz schläft nicht! Und dann sollten Sie ja auch noch an meine Kollegen vom Gesundheitsamt denken.« Nach diesen Bemerkungen verabschiedete er sich und entschwand endlich auf die Straße.

Von den Gästen kamen ein paar ängstliche oder eher neugierige Fragen. Emi gab zaghaft Auskunft und war irritiert, nicht bei der Sache. Schröter hatte sie für heute aus der Bahn geworfen.

Bei Millas Handy landete sie nur auf die Mailbox. Alle waren beschäftigt, und sie hatte diesen Laden allein am Hals. Hoffentlich rief ihre Freundin wenigstens gleich zurück.

58

Ein ganz entspanntes Räkeln, so gestaltete sich heute Millas Aufwachen. Gestern war sie noch etwas im Internet unterwegs gewesen. Salon Kleinert, ganz nett, und für 50 Euro gab es auf jeden Fall einen guten Haarschnitt und ein paar Extras. Vielleicht sollte sie heute Vormittag gleich gehen? Aber nein, erst mal zu Rose. Duschen, ein paar wohlige Streicheleinheiten für Simon und ein schwarzer Kaffee für Milla. Eigentlich hatte sie Hunger, aber sie war auch in Aufbruchsstimmung.

»Hallo Rose. Entschuldige, eigentlich wollte ich gestern schon kommen, aber ich hab den Brief erst so spät gefunden.« Sie nahm die alte Dame herzlich in die Arme. »Eine ganz tolle Überraschung! Ich danke dir«

»Komm doch kurz rein.« Rose zog Milla ins Wohnzimmer. »Ich bin noch beim Frühstück und dachte mir, dass du kommst.«

Milla erwartete ein Teller mit lecker belegten Brötchen und ein weiterer mit Gebäckstücken.

»Woher weißt du, dass ich noch nichts hatte?« Herzhaft biss sie in ein Brötchen mit Käse und Salat.

»Ich bin gern auf alles vorbereitet.« Rose lächelte verschmitzt.

Bevor Milla noch einmal abbiss, überlegte sie kurz. »Oder war das jetzt nicht für mich?«

»Natürlich, ich kenne dich doch jetzt schon ein bisschen. Und bei deinem neuen Job, da kommst du doch zu nichts mehr.«

»Ja, aber das mit den 50 Euro geht eigentlich gar nicht!« Sie hob abwehrend die Hand.

»Das geht wohl. Marianne und ich haben eine ganze Zeit überlegt, bis uns was Nettes eingefallen ist. Und wir wären beide beleidigt, wenn ...« Sogar einen beleidigten Blick bekam Rose hin.

»Eigentlich hab ich auch gar keine Zeit, wie du ja schon bemerkt hast.«

»Gönn dir mal was. Am besten gleich heute. Muss ja keine ganz neue Frisur sein, aber ein bisschen verwöhnen lassen kannst du dich. Kopfmassage, ein Gläschen Sekt ... die bieten auch tolle Gesichtsbehandlungen an. Marianne macht so was gelegentlich.«

»Aber ich wollte doch gar keine Bezahlung. Das war wirklich ein Freundschaftsdienst.«

»Ich fühl mich jetzt richtig wohl, eine einzige Freude auch dass mir der Robert die Regale gemacht hat. Und sogar dein Korb passt perfekt rein.«

»Dann solltest du vielleicht Robert ...«

»Du hast das alles organisiert und dir so viel Zeit genommen, und jetzt wollte ich dir eine Freude machen. Basta! Der Tischler kommt auch zu seinem Recht.«

Da wusste Milla nicht mehr viel zu erwidern. »Gut angenommen. Ich freu mich auch wirklich und ich muss erst nächste Woche wieder zu Doktor Wegner. Heute Nachmittag bin ich bei Herrn Menke und gerade hätte ich etwas Zeit.«

Milla fand es niedlich, wie die älteren Damen schon auf die Erwähnung des netten Herrn reagierten. Erwartungsgemäß röteten sich auch diesmal Roses Wangen.

»Dann wird es jetzt Zeit, dass du dich auf den Weg machst. Marianne und ich haben extra nachgefragt wegen des Termins, und ich wusste ja nicht, wann du Zeit hast. Aber sie haben gesagt, sie bemühen sich, auch wegen deines neuen Jobs und so.« Rose war aufgestanden und schien Milla loswerden zu wollen. »Damit du heute Nachmittag pünktlich bei Gustav bist. Und grüß ihn schön.«

Daher wehte also der Wind.

Milla stand auf der Straße und überlegte, noch kurz bei Emi vorbeizugehen, entschied sich aber anders.

Im Salon Kleinert reichte sie ihren Gutschein über den Tresen. Vorne warteten mehrere Kundinnen mit Magazinen in der Hand auf ihre Bedienung. Trotzdem wurde Milla gleich nach hinten geführt und mit ihrem Wunschkaffee und einigen Frisurenmagazinen versorgt.

Eigentlich wollte sie sagen: »Nur ein bisschen die Spitzen«, aber wo sie hier jetzt ihr Bild im Spiegel betrachte und die ganzen Frisurenideen vor der Nase hatte, wurde sie etwas mutiger. »Was könnte man denn machen? Ein bisschen Zeitersparnis wäre super – ein bisschen kürzer vielleicht?«

»Ihre Haare sind schön dick. Da dünnen wir ein bisschen aus und etwas kürzer, dann geht es mit dem Föhnen auch schneller.«

Damit war Milla erst einmal zufrieden. Beim Thema Farbe war sie skeptisch. Die Friseurin gab jedoch nicht so schnell auf und holte eine paar Muster-Farbsträhnen und erklärte noch ein paar ausgefallene Frisurenbeispiele. Es würde also auch eine leichte Farbveränderung geben, ein dezenter Rotton.

Nachdem alles geklärt war, konnte Milla sich im Stuhl zurücklehnen. Erst eine Haarwäsche, eine ausgedehnte Kopfmassage und die angenehme Wärme des Wasserstrahls. Dann fiel ihr ein, warum sie bisher so selten mit Haarfarben rumexperimentiert hatte. Dieser Geruch war einfach grausam für empfindliche Nasen. Tapfer stand sie die Prozedur mit einem Glas Sekt durch und konnte sich beim Ausspülen an einer weiteren Kopfmassage erfreuen. Die nette Dame ließ noch eine angenehm duftende Haarkur einwirken, und nach dem Ausspülen ging es an den Haarschnitt.

Gespannt schaute Milla im Spiegel zu, wie ihr Haar immer weniger wurde.

»Wird das jetzt noch mehr rot?« Milla befiel eine leichte Panik wegen der Haarfarbe, die durch das Trocknen während des Schneidens immer deutlicher zu sehen war. »Das ist viel zu rot.«

»Nein, das wird ganz toll!«, verteidigte die Friseurin ihre Arbeit. »Ich bin gleich mit dem Schnitt fertig. Die richtige Farbe sieht man erst, wenn die Haare ganz trocken sind.«

Milla interessierte sich gar nicht mehr für den Schnitt. Sie wollte endlich das Ergebnis sehen. Und sie hatte es geahnt! »Die Haare werden immer roter oder röter oder was auch immer.« Sie war jetzt laut geworden.

Von den Nachbarplätzen kamen zwei Kolleginnen der Friseurin dazu, die langsam etwas nervös wurde.

»Das steht Ihnen wirklich gut!« – »So ein tolles Rot!« – »Na, zu rot ist das doch wirklich nicht!« – »Ein paar Mal waschen, dann ist die Farbe fast wieder raus!« Aufgeregt wurde auf sie eingeredet, aber Milla wollte einfach nur noch raus. Sie bekam noch einen Gutschein über 20 Euro. »Zum Nachschneiden oder was immer Sie wollen.«

Ob sie dieses blöde Trostpflaster überhaupt wollte? Egal, auf der Straße steckte sie ihn in die Handtasche. Frustriert schlich sie in Richtung Emis Café, darum bemüht, nicht in irgendwelchen Schaufenstern ihr Spiegelbild zu erblicken.

»Bitte sag jetzt nichts«, forderte sie ihre sprachlose Freundin beim Öffnen der Ladentür auf. »Rose hat mir einen Gutschein geschenkt, und da hab ich mich im Salon bequatschen lassen.« Ihr Blick auf Emi nahm Millas Empörung etwas an Stärke. »Hast du geweint?«, wollte sie ganz leise wissen. »Deine Augen sind rot.«

»Merda, sch… – Mist!« Emi huschte nach hinten, um einen Blick in den Spiegel zu werfen. »Dass man das auch noch sieht. Was sollen die Kunden denken.« Sich selbst vergaß sie natürlich wieder.

»Und ich reg mich über meine blöden Haare auf. Was ist los?«

»Der Schröter ist mir auf die Pelle gerückt und hat mir eine Frist gesetzt. In drei Wochen müssen die Toiletten fertig sein, sonst macht er mir den Laden dicht.«

»Aber der hat doch sicher gesehen, dass es hier vorangeht.«

»Die Toiletten! Die Toiletten haben absolute Priorität, das hab ich in meinem Chaos einfach ignoriert. Ottimista, ich war zu optimistisch!«

»Und jetzt?« Milla griff sich verlegen in die neue Frisur.

»Ich hab ja schon mit Carlo gesprochen, bevor der Schröter hier aufgetaucht ist. Und morgen ist er ja eh da. Aber jetzt zeig mir deinen Kopf. Sei molto carina, du bist sehr hübsch! Mutig, mutig!«

»So mutig bin ich nicht. Ich find's total scheiße und weiß nicht, was ich jetzt machen soll.« Milla hätte am liebsten auch geheult.

»So ein Blödsinn! Schau doch mal richtig in den Spiegel.« Emi zerrte Milla außer Sichtweite der neugierigen Gäste ins Hinterzimmer. »Du siehst überhaupt nicht scheiße aus! Anders, diversa, klar, aber das passt doch zu deinem neuen Job. Ein neuer Anfang, eine neue Frisur.« Sie drehte die frustrierte Milla lachend im Kreis. Emis Laune hatte sich schnell gebessert.

»Ja, und du hast ja Carlo.«

Diesen Einwurf verstand Emi gerade nicht ganz. »Ach Milla, wir haben vor allem uns! Carlo hilft mir, mehr auch nicht. Sei nicht traurig, denn deine neuen Haare sehen wirklich nett aus.«

»Na gut, ich versuche, es locker zu sehen. Ich muss jetzt auch zu Herrn Menke. Eigentlich wollte ich dir noch meinen neuen Kundenfragebogen zeigen, aber zu spät.«

»Okay, dann heute Abend«, schlug Emi vor. »Wie wär's mit Pizza? Ich muss unbedingt wieder backen.«

Alles eine Sache der Gewöhnung! Auf dem Weg zu Herrn Menke schaute Milla ganz bewusst in Fenster- und Schaufensterscheiben.

»Oh, eine neue Frisur!«, wurde sie auch von ihrem neuen Kunden staunend empfangen. »Steht Ihnen aber gut, Milla, die reine Sommerfrische. Aber wäre es nicht überhaupt netter, wenn wir uns duzen? Ich bin doch eindeutig der Ältere und darf es vorschlagen. Gustav.«

Milla nahm sich ein bisschen Bedenkzeit, eigentlich wollte sie zu ihren Kunden eine professionelle Distanz wahren. »Vielleicht wäre das nicht so gut, aber da Sie ja … oder da du ja ein Bekannter von Rose bist, einverstanden. Milla.« Sie reichte ihm die Hand.

»Und jetzt, etwas zu trinken?«

»Ja, ein Wasser wäre nett. Ich wollte mich erst mal umschauen, wenn es dir recht ist. Und dann ein paar Fragen.«

»Ganz wie du möchtest«, begegnete er ihr vertrauensvoll.

Milla machte sich einige Notizen zur allgemeinen Wohnsituation. Zuletzt wurden herumliegende Gegenstände und vorhandene Aufbewahrungsmöglichkeiten aufgelistet. Für den Fragebogen nahmen sie auf der Terrasse Platz.

»Merkwürdiger Geruch«, stellte Milla fest und schaute sich im darunter liegenden Hof um. »Er erinnert mich an etwas, aber ich kann es nicht einordnen.« Irritiert kramte sie in ihrem Gedächtnis.

»Ach, das wird noch von den Schweinen sein. Wir haben das überhaupt nicht mehr gerochen, und jetzt sind sie ja weg.«

»Schweine? Wir sind hier doch in der Stadt.« So etwas hatte sie noch nicht gehört. »Du meinst diese Minischweine?«, fiel ihr die Lösung ein. »Und die stinken so?«

»Nein Milla, ganz normal große und ausgewachsene Hausschweine. Meine Nachbarn hatten sie hier im Hof.« Er deutete auf eine eingefriedete Matschfläche. »Aber es gab immer mal Ärger, und jetzt sind sie draußen auf einem richtigen Bauernhof.«

»Dass es so etwas gibt! Aber wir beide haben ja ein ganz anderes Thema«, war sie wieder bei ihren Fragen.

»Wirklich sehr professionell«, lobte Gustav ihr Kundengespräch. Er wollte, wie Rose, einiges loswerden und interessierte sich für moderne Aufbewahrungssysteme, die ihm das Ordnung halten leichter machen würden.

Jetzt hatte Milla genug Informationen für ihr erstes richtiges Angebot.

»Ich melde mich dann nächste Woche«, versprach sie am Ende. Den würde sie glücklich machen.

59

»Mensch Robert, kommst du endlich aus deiner Kemenate raus! Ich brauch Hilfe! Emi versinkt so langsam in ihren Problemen, und ich weiß nicht, was ich machen kann und soll.« Carlo hatte sich extra ein bisschen früher von der Arbeit weggeschlichen. Er hatte sowieso heute nicht viel geschafft, weil er die ganze Zeit mit seinen Gedanken woanders war.

»Ich hab auch was für dich, was richtig Tolles!«

Robert zog Carlo in die Werkstatt.

»Wow, nicht schlecht!« Auf dem großen Tisch lagen ein paar Prototypen der potenziellen Wunderwürfel aus billigem, rauem Fichtenholz. Robert demonstrierte, wie einfach sich die Teile jetzt zusammenstecken ließen.

»Hast du jetzt die richtigen Magnete genommen?«, wollte Carlo natürlich wissen.

»Ich hab neulich gleich ein paar schwächere per Express bestellt, und jetzt funktioniert es.«

»Dann hatte ich den richtigen Riecher!«, sagte Carlo stolz.

Robert lenkte Carlos Aufmerksamkeit auf den Schreibtisch am Fenster.

»Was ist das? Die sehen ja echt genial aus.«

»Helle und dunkle Eiche. So in der Art wollte ich sie verkaufen.« Robert hatte bereits zwei Würfel aus dem edlen Holz angefertigt. Die neue Verbindungstechnik schien zu funktionieren.

Carlo strich bewundernd über das perfekt polierte Holz der beiden Würfel.

»Wenn ich die Ersten an den Mann gebracht habe, schauen wir uns nach einem Gespann um.«

»Gespann?«

»Fürs Moped, ein Gegenstück.« Beide fingen an zu lachen. »Für Scooter und mich«, ergänzte Robert.

Carlo hatte kurz ein Bild davon vor Augen, war aber schnell wieder beim Thema. »Morgen ist erst mal unser Einsatz bei Emi. Bernd hab ich heute nicht erreicht, aber er ist ja sonst auch zuverlässig.« Carlo erzählte weiter von den ganzen Gedanken, die er sich über Emis Misere machte.

»Hast du schon mal dran gedacht, mit einzusteigen?«, kam Robert dann mit einer sehr verwegenen Idee. »Du willst sowieso nichts von ihr. Sie ist nur ein Kumpel für dich. Das sind doch super Voraussetzungen für eine geschäftliche Beziehung.«

Sie waren inzwischen, jeder mit einem Bier in der Hand, an den Küchentisch gewandert. Carlo hatte gerade keine Antwort auf Roberts Vorschlag. Nachdenklich lehnte er sich auf seinem Stuhl zurück.

Robert war noch nicht fertig. »Du bist doch sowieso unzufrieden bei *Winfood*, und möglicherweise kannst du ja beides kombinieren. Dann musst du nicht auf Sicherheit verzichten.«

»Natürlich ... das sind so Gedanken, die ich zwischendurch auch schon hatte. Aber das von dir? Krass, ich hab mich nicht wirklich getraut es auszusprechen.«

»Du bist nun mal nicht immer der Mutigere. Prost!«

Carlo schaute ihn verblüfft an. Aber würde Emi sich und ihm überhaupt eine Chance geben? Den Laden gemeinsam schmeißen?

60

Auch zu Hause war Emi nur zum Heulen zumute. Einzig der Hefeteig brachte sie ein bisschen auf andere Gedanken.

»Magst du den Belag vorbereiten?«, verteilte sie dann auch gleich die Aufgaben. Gemeinsam konnten sie dann bald die perfekt belegten Pizzen im Ofen beobachten. Die Gehzeit wurde heute einfach etwas verkürzt. Das würde hoffentlich nicht allzu viel ausmachen. Emi hatte keine Geduld mehr, nur Hunger.

Milla trug noch ihr Basecap, das sie auf der Straße vor allzu neugierigen Blicken bewahrt hatte.

»Nimm das blöde Ding ab!«, forderte Emi sie auf. »Zumindest der Haarschnitt ist genial.«

»Das hab ich irgendwie auch schon gemerkt. Vom Wind frisiert. Damit werde ich nicht mehr viel Arbeit haben.« Mit einem überzeugten Lachen schüttelte sie ihren kurzen Schopf.

»Und die Farbe wird schnell blasser, oder du färbst sie in ein paar Tagen noch mal etwas anders nach.«

»Ach, das ist nicht so wichtig«, wehrte Milla Emis Fürsorge ab. »Wir kümmern uns jetzt erst mal um deine Probleme.«

»Morgen Nachmittag kommen ja die Männer. Vielleicht könntest du auch dabei sein. Ich muss zumindest bereit sein, mit anzufassen, wo es geht.«

»Findest du das nicht auch richtig nett von deinem Carlo, all das zu organisieren?« Milla bekam langsam eine ganz andere Meinung von dem Mann, der in den letzten Tagen um ihre Freundin herumwuselte.

»Si, ja, so sollte man das wohl sehen, ganz pragmatisch. Wenn ich da an deinen Rainer denke ...«

»Hör bloß mit Rainer auf. Der hat doch nur versucht, mich in seiner Abhängigkeit zu halten. Und jetzt hat es nicht mehr geklappt. Ich hab einfach nicht mehr reingepasst in sein Schema.« Selbstzufrieden goss Milla noch etwas Rotwein nach. Zum Glück war die Pizza endlich fertig. Sie hatten beide heute noch nicht viel gegessen.

Um Emi ein bisschen zu unterhalten, erzählte Milla von ihrem Besuch bei Gustav. »Und zum Mittag gab's Bratkartoffeln. Das konnte man in der ganzen Wohnung riechen. Wir haben uns dann auf den Balkon gesetzt, und da roch es nach Schweinestall.«

»Schweinestall, ja klar, mitten in der Stadt. Che scemenza, was für ein Unsinn.«

»Die haben da bis vor Kurzem richtig große Schweine gehalten im Innenhof, hat Herr Menke mir erzählt. Ich soll ihn jetzt übrigens Gustav nennen.«

»In dieser Schrebergartenkolonie hatten sie auch irgendwas mit Schweinen, il maiale. Ich hab das nur so nebenbei mitbekommen, als ich die Kaninchen gestreichelt habe.« Dabei fiel ihr ein, dass sie Milla noch gar nichts vom Motorradausflug erzählt hatte. Das holte sie jetzt nach.

»Also deshalb dieser Geruch, als du wiederkamst. Aber meinst du nicht doch, dieser Carlo wär was für dich, bis auf den Bart natürlich?

»An den Bart hab ich mich gewöhnt«, musste Emi sich eingestehen. »Aber nein, der ist mir einfach zu dominant. Ich muss aufpassen, dass er mir nicht das Zepter aus der Hand nimmt.«

»Sicher, die Gefahr besteht natürlich, aber ohne ihn geht's doch irgendwie auch nicht.«

Emi wollte nichts mehr erwidern, nahm den Gedanken sogar mit ins Bett. Als die Weinflasche leer war, hatten sie beschlossen, für heute Schluss zu machen.

Milla nahm zu Hause noch einmal ihren Scooter Robinson zur Hand. Morgen im Laden, mit den ganzen Kerlen, da brauchte sie ein bisschen psychologische Unterstützung.

Drei Dinge helfen, die Mühseligkeiten des Lebens zu tragen:
Die Hoffnung, der Schlaf und das Lachen.
Immanuel Kant

Eigentlich passte das auch für sie, aber Emi, ja, Emi konnte es gerade wirklich gut gebrauchen – *Living Words*. Aus der Kommode im Flur holte sie eine kleine gelbe Karte. Mit ihrer schönsten Schrift schrieb sie die Worte von Kant für Emi auf. Mal sehen, was morgen alles passieren würde.

61

Wenn er schon mit dem Hund rausging, konnte er ja gleich Brötchen mitbringen. Robert sollte heute ausschlafen, damit er nachher fit und gut gelaunt war.

»Ach, Opa Menke«, fiel ihm sofort sein Versäumnis ein, Robert nicht auf die komischen Enten angesprochen zu haben. Der alte Herr hatte ihn gerade wieder im Hof abgepasst.

»Wir frühstücken gleich. Dann spreche ich mit ihm«, versprach Carlo noch einmal. »Und ich melde mich morgen bei dir, spätestens Montag.«

Warum hatte er das nur vergessen? Opa Menke war immer hilfsbereit, ein angenehmer Nachbar. Sie brauchten den Stall ja nicht mehr. Warum also nicht ein paar Laufenten? Er würde nachher im Internet schauen, was das für Viecher waren.

»Hallo«, kam ihm Carola mit einer Brötchentüte entgegen. »Geht das jetzt in Ordnung mit den Laufenten!«

Carlo konnte nicht glauben, was er da hörte. »Was will denn jetzt alle Welt plötzlich mit Laufenten? Ich weiß nicht mal, wie die aussehen. Also auf die Schnelle, nein! Ich spreche mit Robert, dann soll der entscheiden«, kam ihm die kluge Idee.

»Das hat Robert auch gesagt, dass du das entscheiden sollst!«

»Ja gut, heute hab ich keine Zeit für eure Enten. Wir melden uns morgen oder übermorgen.«

Er war mit Scooter noch nicht wirklich von der Stelle gekommen. Einfach nur ein paar Brötchen holen und dann seinen ersten Kaffee trinken? Warum klappte das heute nicht? Und vorher sollten es noch ein paar Bäume für Scooter sein.

Zum Glück war Robert schon aufgestanden und der Kaffee durchgelaufen, als Carlo etwas genervt die Brötchentüte im Korb ausleerte. »Verdammt, was ist das mit diesen komischen Laufenten?«, wollte er auch gleich von seinem Freund wissen.

»Ach, die Enten, die hab ich total vergessen. Jetzt, wo die Schweine weg sind, würden Opa Menke und Carola im Hof gerne ein paar Laufenten halten. Carola wollte sogar die Wäsche umsonst machen.«

»Blödsinn. Die hat doch schon kein Geld.«

»Das habe ich auch gesagt.«

»Aber du hast den beiden erzählt, dass ich das entscheiden soll. Ich weiß überhaupt nicht, was das für Enten sind. Wir wollen doch keinen neuen Ärger.«

»Ich hatte gestern keinen Nerv und wollte die beiden loswerden«, musste Robert zugeben. »Aber auch da könnten wir ja Ute fragen.«

»Gute Idee.«

Nach der Entendiskussion waren sie auch bald mit dem Frühstück durch. Bis zu ihrer großen Aktion am Nachmittag war noch ein paar Stunden Zeit.

»Du bist nachher dabei – so vierzehn Uhr?«, wollte sich Carlo noch mal versichern.

»Das hab ich so geplant. Ich mach mich gleich auf den Weg wegen dem Fenster und bin gegen Mittag wieder da.«

»Prima, ich werde schon etwas früher im Café sein. Du weißt ja, wo es ist.«

»Nö. Das hast du mir noch nicht erzählt«, stellte Robert fest.

»Du weißt doch, dieses Büchercafé unten am Park.«

»Ach ja, das Büchercafé! Da war ich sogar die Tage. Dass das überhaupt was für dich ist. Na ja, bei der Besitzerin ... Ach richtig, ich dachte da schon, dass sie es sein könnte.« Er grinste.

»Das erste Mal war ich mit Claudia da«, musste Carlo unbedingt den Hintergrund klarstellen. »Aber jetzt eine andere Sache. Ich wollte für unseren Einsatz was backen.«

»Emi weiß wahrscheinlich nichts von deinem Zweitberuf«, mutmaßte Robert. Carlo erzählte selten von seiner Bäckervergangenheit. »Du willst sie von deinen besonderen Qualitäten überzeugen?«

»Es kann doch wohl nicht verkehrt sein, wenn da mal ein Profi backt.«

»Bestimmt nicht. Aber dann waren die Schnecken wohl von ihr«, fiel Robert dazu ein. »Und die waren richtig gut. Vor allem, wenn sie die selbst gebacken hat, denn dann backt sie auch gern.«

»Das scheint mir auch so, aber ich könnte ihr helfen, Arbeitsteilung und so. Ein bisschen Konkurrenz belebt das Geschäft. Das ist auch besser als die Konkurrenz auf der anderen Straßenseite«, kam Carlo die Sache mit der Franchise-Kette in den Sinn.

»Ja, das könnte Ärger geben. Weiß sie das überhaupt schon?«

»Ich glaube nicht, also nicht von mir. Ich hab mich noch nicht getraut. Sie war ziemlich erledigt in den letzten Tagen.«

»Dann erzähl es ihr heute und back ihr einen schönen Kuchen. Wenn sie dann dein Angebot nicht annimmt, weiß ich auch nicht.«

»Und ich weiß noch nicht, was ich ihr überhaupt anzubieten habe. Aber erst mal der Kuchen.« In Gedanken versunken ließ er Robert am Tisch sitzen und machte sich mit Hund und Hundeleine und dem großen Einkaufskorb auf den Weg. Heute war Markttag, eine gute Gelegenheit, ein paar frische Sachen einzukaufen. Die Idee war ihm ja gestern Abend schon gekommen und er hatte sein großes Backbuch mit ins Bett genommen. Die Zutaten hatte er im Hinterkopf, und so schlängelte er sich mit Scooter durch die Menschenansammlungen des gut besuchten Wochenmarktes. Auch der Hund hatte seinen Spaß, denn es waren Artgenossen in unterschiedlichen Größen mit ihren Herrchen und Frauchen unterwegs. Die Gerüche von frischer Wurst, Käse, der Suppenküche und der Bratwurstbude waren natürlich auch nicht zu verachten. Auf dem Nachhauseweg überlegte Carlo, was noch fehlen könnte. Aber notfalls konnte er Carola fragen.

Wieso hatte er überhaupt so lange nicht gebacken? Es war wirklich schon ewig her. Apfelstrudel und ein paar Törtchen mit einer lockeren Puddingcreme und den ersten hiesigen Erdbeeren hatte er sich überlegt.

Gegen Mittag kam Robert dazu. »Du hast deinen Plan also umgesetzt«, stellte er gierig schnüffelnd fest. »Ich hab allerdings noch eine andere Neuigkeit. Die ist so schräg, dass du sie nicht glauben wirst.« Nachdem er mit der Einführung durch war, fing er lauthals an zu lachen.

Carlo stand da und wusste natürlich nicht, worum es ging. »Na los, sag schon!«

»Du wirst es echt nicht glauben.« Robert beruhigte sich langsam wieder. »Claudia war hier mit Karla, bevor ich los bin. Die Karla, von der du mir ja das Wichtigste gar nicht erzählt hast. Karla ist Claudias Freundin, also so richtig. Die beiden sind ein Paar!«

»Ein Paar? Ist es das, was ich gerade vor Augen habe?« Vor Lachen hielten sich gleich beide ihre kleinen Bäuche. Carlo liefen einzelne Tränen über die Wangen. Glauben konnte er es trotzdem nicht.

»Genau, sie scheint die Seite gewechselt zu haben. Sie wollte zu dir und wegen den Schweinen nachfragen. Alles sehr mysteriös.«

»Das fand ich schon, als sie auf Arbeit plötzlich so großes Interesse an den beiden hatte.« Carlo schüttelte nachdenklich den Kopf.

»Und ich hab ihr die Augen geöffnet, dass du nichts für sie bist. Krass, ich bin jetzt schuld, dass sie sich in eine Frau verliebt hat.«

»Wie hat sich denn das geäußert, dass die beiden ein Paar sind?«, wollte Carlo Details wissen, worüber er fast den Backofen vergessen hätte. »Sorry, der Strudel muss raus, aber erzähl weiter«, forderte er den Freund auf.

»Na ja, dieses Händchenhalten. Ich wusste gar nicht, wo ich hingucken sollte. Und dann haben sie noch geknutscht, als sie aus dem Tor raus sind.

»Schade, dass ich das nicht mitbekommen habe.«

»Oh, das kannst du morgen alles live erleben. Ich hab mit ihnen abgesprochen, dass wir gegen Mittag zusammen zu den Schweinen fahren. Und ehrlich, ich vermiss Jimbo und Morris ganz schön.«

»Geht mir genauso. Ich hab letzte Nacht sogar von den beiden geträumt«, verstand Carlo seinen Freund nur zu gut.

Es ging langsam auf ein Uhr zu und Carlo verpackte den Kuchen und löffelte frisch geschlagene Sahne in eine Tupperdose.

»Ich würde den Bus nehmen, wegen des Kuchens. Willst du gleich mit? Könntest dir aber auch noch Zeit lassen, so ein oder anderthalb Stunden. Dann kommst du mit dem Rad hinterher. Ich hab mir bis dahin mit Bernd schon mal einen Überblick verschafft. Ach je, Bernd, den muss ich noch anrufen. Ach was, ich versuch es gleich bei Ute.«

»Ich will zumindest noch Ordnung machen, denn morgen komm ich ja auch nicht dazu. Die beiden Frauen haben mich zu lange aufgehalten.« Beim Gedanken daran musste er noch mal glucksen. Als Carlo verschwunden war, schenkte er sich noch einen Kaffee aus der Warmhaltekanne ein.

Im Moment passierte wirklich viel.

62

»Komisch. Milla? Ich glaube, ich hab beim letzten Mal deinen Namen überhaupt nicht mitbekommen. Und die Haare, die waren da aber anders.« Verschmitzt lächelnd deutete er auf ihre neue Frisur. Langsam verstand er den Zusammenhang.

Als Carlo im Café ankam, war es noch geöffnet. Anstelle von Emi stand Milla hinterm Tresen. Emi hatte mit ihrer Zeitplanung beim Backen danebengelegen und stand jetzt noch in ihrer Küche am Herd. Sie hatten sich darauf geeinigt, dass Milla die Handwerker in Empfang nahm. Jetzt war einer da. »Ich hab neulich auch gar keine Zeit gehabt, aber irgendwie kamst du mir da schon bekannt vor. Jetzt weiß ich's wieder.« Im Bewusstsein chaotischer Erinnerungen nahm Millas Gesicht eine rötliche Färbung an, machte ihrem neuen Haarschopf fast Konkurrenz. »Hat dein Kumpel etwa einen Hund, der Scooter heißt?« Sie hatte gerade ihre Begegnung in der Fußgängerzone vor Augen. Und diese Frau, die ihm um den Hals fällt!

Carlo nickte. »Genau, Scooter gehört meinem Freund Robert und mir«, bestätigte er ihre Vermutung. »Und du bist diese Frau, die ebenfalls in der Fußgängerzone war und die er dann bei *MOBIG* wieder getroffen hat.

»Ja, aber was machst du überhaupt hier? Wie kommst du an meine Freundin Emi?« Milla schien den Faden verloren zu haben, denn eigentlich kannte sie ja die ganze Carlo-Story. »Sorry, ich muss jetzt abkassieren.« Nicht wirklich bei der Sache wandte sie sich den letzten Gästen zu. Ein kleines Trinkgeld am Samstagnachmittag war nicht übel, aber langsam sollte Emi auftauchen. Freundlich verabschiedete sie die Kunden.

Und wieder dieser leichte Stallgeruch. Milla hatte plötzlich ein großes Schwein vor Augen.

»Ich werde Emi Bescheid sagen. Sie wollte noch etwas vorbereiten.« Und schon war Milla durch die Ladentür verschwunden.

»Gut, dass wir darüber gesprochen haben«, sagte Carlo in den Raum, in dem er sich jetzt allein befand. Da sollte er Robert am besten vorwarnen.

»Warum machst du jetzt plötzlich Stress?«, wollte der wissen, als Carlo in anrief.

»Überraschung! Jetzt hab ich eine Überraschung für dich. Du wirst es nicht glauben, aber gerade stand deine Milla vor mir.«

»Blödsinn! Ich habe keine Milla!«

»Doch. Die Milla mit den netten Rundungen«, zog er Robert auf. »Die Milla, die dich bei *MOBIG* aus dem Konzept gebracht hat. Die lila Latzhose, die sie übrigens heute auch trägt.«

Robert hasste es, vorgeführt zu werden. »Du meinst also die Milla, die einen Freund hat, der Besucher nur im Handtuch empfängt.« Das war genau das Bild, das er vor Augen hatte. Alles andere war verblasst.

»Womöglich ist ja alles überhaupt nicht so, wie du denkst. Sie ist auf jeden Fall Emis Freundin. Und du bist jetzt vorbereitet.«

»Wieso vorbereitet? Glaubst du im Ernst, ich tauch da ganz entspannt auf, mach ein bisschen Small Talk und bau nebenbei die Küche auf? Ich hab den Kram nicht mal gesehen. Wer weiß, was ihr da angeschleppt habt.«

»Du kannst uns doch jetzt nicht hängen lassen. Bernd fährt auch gerade vor. Ein Glück, den hatte ich fast vergessen.«

Vor dem Laden war Bernd dabei, seinen Transporter in die enge Parklücke hinter Roberts Firmenbus zu quetschen. Carlo sah, dass er dabei fluchte. Noch jemand, den er gleich wieder aufbauen musste.

»Lass dir noch ein bisschen Zeit. Eine Stunde wäre gut. Bis dahin hab ich die Mädels wegorganisiert«, versprach er Robert und legte auf.

»Jetzt kriegen wir die Tür hinten nicht auf, um den Rest auszuladen«, beschwerte sich Bernd draußen.

»Egal, ich hab ja schon den Plan und wir können anfangen. Den Transporter können wir später direkt vor den Laden fahren.«

Bernd schaute sich im Laden um. »Sieht nett aus hier! Aber wo ist denn Emi? Ich könnte einen Kaffee gebrauchen.«

Carlo ging um den Tresen und sah sich den Kaffeeautomaten an. »Bernd, hast du neulich auf Emis Freundin geachtet?«

»Hat mich nicht besonders interessiert. Den Namen weiß ich jedenfalls nicht mehr.«

»Genau, ich wusste ihn auch nicht. Milla! Und das ist leider *die* Milla, genau die, die unseren Robert im Moment dauernd über den Weg und wohl auch über die Leber gelaufen ist.« Carlo erzählte die ganze Geschichte, zumindest so viel, wie er davon wusste. Nebenbei versuchte er sich an dem Automaten. Ein paar Mal zischte und puffte es. Der erste Kaffee landete nicht komplett im Becher, aber es wurde besser und am Ende gab es sogar perfekten Milchschaum.

»Wow, wozu braucht man eigentlich noch Frauen?« Bernds Laune hatte sich deutlich gebessert.

»Das sagt der Richtige. Lass das mal Ute hören.« Sie wussten beide, dass Bernd ohne seine Ute ein hilfloser Tropf wäre. Eine Beziehung, die schon seit der Schulzeit andauerte. Bernd war damals zwei Jahrgänge über ihr gewesen und hatte sie auch nach dem Abschluss nicht aus den Augen gelassen.

»Ja, aber das mit Robert und dieser Frau ist schon eine komische Geschichte«, lenkte Bernd schnell ein.

»Ich bin gespannt, was Emi dazu sagt.«

63

»Was machst du hier? Du wolltest doch im Laden sein.« Emi hatte der atemlosen Milla die Tür geöffnet.

»Dein Carlo ist der Kumpel von Robert. Wusstest du das?«

»Quatsch, cosa dici, was sagst du da?

Milla erzählte von ihrer neuen Erkenntnis, auch dass sie Carlo beim letzten Mal fast wiedererkannt hatte, allerdings nur fast.

Mit krauser Stirn durchdachte Emi die Situation. »Solche Zufälle gibt es doch nicht«, entschied sie mit wenig Überzeugung. »Und der ist jetzt im Café oder was?«

»Carlo ist im Laden, Robert wollte wohl dazukommen. Aber klar, er ist ja auch Tischler.«

»Na super!« Zumindest diese Tatsache beruhigte Emi. »Bene, dann wird die Küche bestimmt ganz toll.« Versöhnlich schaute sie Milla an. »Ach Mensch, Süße, der Laden muss doch fertig werden.«

Das sah Milla als gute Freundin natürlich ein. »Tut mir leid, dass mich das so mitnimmt. Aber ins Café möchte ich heute nicht mehr.«

»Nessun problema, kein Problem, ich geh jetzt runter und helfe den Männern, wo ich kann. Und du solltest dir Simon schnappen und einfach aufs Sofa oder du lässt dir eine Badewanne ein.« Sie nahm Milla tröstend in den Arm und schob sie zur Tür hinaus. »Und ich melde mich später, wenn ich weiß, wie das Ganze läuft.«

Milla war froh, nicht dabei sein zu müssen. Für Emi war es natürlich toll, dass Carlo einen richtig guten Tischler angeschleppt hatte. Warum musste es aber ausgerechnet Robert sein? Mit ein bisschen schlechtem Gewissen ließ sie sich die empfohlene Badewanne ein. Sollte sie vielleicht ihr kleines Büchlein zu Rate ziehen? Aber nein, von diesem Scooter hatte sie eigentlich genug. Mit diesem blöden Namen hatte alles angefangen. Dadurch war ihr dieser Kerl nicht mehr aus dem Kopf gegangen. Das struppige Fell und die Frage nach Kater und Hund.

Denn du bist mutiger, als du denkst!

Gute Sprüche konnten auch andere. Dafür brauchte man keinen Typen, der mit einem Hundenamen durch die Gegend lief.

Sie wählte einen entspannenden Badezusatz. Ja, und ein Gläschen Sekt hatte sie sich auch verdient. Auf dass nun bald alles vorbei war und dieser Carlo wieder aus Emis Leben verschwand und seinen Robert mitnahm. Naja, eventuell könnte Emi auch ihren Carlo behalten.

Gab es für dafür überhaupt eine Lösung? Wie viel Mut brauchte sie denn noch in diesem Leben? Sicher, sie hatte jetzt ihren eigenen Laden, ganz schön mutig!

Milla hing ihren Träumereien nach, und durch den Sekt wäre sie fast eingeschlafen in der jetzt kalten Badewanne. Also schnell in den dicken Bademantel gewickelt und aufs Sofa.

Scooter Robinson flog quer durchs Zimmer in die Ecke. Nein, eigentlich ging solch eine Unordnung bei ihr gar nicht.

64

Der Plan, den er mit Emi durchgesprochen hatte, lag auf dem Tresen. Carlo verschaffte sich mit Bernd einen Überblick. Die neuen Möbel hatten sie ins Café geräumt, und Bernd hatte sogar schon angefangen, die alten rauszureißen. »Die sollten wir gleich auf die Straße stellen«, entschied er.

»Vielleicht nimmt sie jemand mit«, frotzelte Carlo, denn mit den alten Möbelstücken konnte man wirklich nicht mehr viel anfangen.

»Nein, die sind schon verplant. Für lau wirst du die in der Kolonie immer los.«

»Eine Hand wäscht die andere, stimmt's?«

»Nur dass du immer Utes Hand wäschst. Da fällt mir übrigens ein, dass ich dich noch was fragen soll. Seniorennachmittag. Du kannst es dir denken, oder?«

»Nicht schon wieder! Kann ich nicht mal was für dich tun? Es ist doch auch nicht in Ordnung, wenn Ute immer die Vergütung bekommt.«

»Das passt schon. Wenn Ute glücklich ist, bin ich es auch.« Und mit einem letzten Ruck waren die alten Möbel draußen.

Emi sah schon aus der Entfernung ihre alten Sachen auf der Straße. Es war alles so besprochen, aber jetzt wurde sie doch etwas wehmütig. »Meint ihr nicht, man könnte noch ein paar Teile wieder verwenden? Alles in den Müll, das finde ich nicht so toll«, fiel sie über die Männer her.

»Keine Sorge.« Carlo beruhigte sie. »Die haben schon einen neuen Platz in der Schrebergartenkolonie.«

»Das ist gut«, sagte sie mit einem erleichterten Seufzer.

Sie standen sich abwartend gegenüber.

»Und… der Robert ist dein Freund?« Um sich blickend stellte

Emi fest, dass kein unbekannter Mann in der Nähe war, nur Carlo und Bernd.«

»Ich hab deine Freundin neulich nicht erkannt und heute mit neuer Frisur auch fast nicht. Ich weiß nicht, was zwischen den beiden gelaufen ist, ein bisschen chaotisch. Jedenfalls ist es besser, wenn wir Kerle das hier allein machen. Ihr könnt es euch auf dem Sofa gemütlich machen oder was auch immer.«

»Nette Idee, aber ich kann euch doch nicht alleine arbeiten lassen.«

»Kannst du, wenn ich das sage. Robert ist ein super Tischler, aber ...«

»Das hat Milla auch gesagt – die Regale für Rose.«

»Ja, die sind genial geworden. Aber er braucht seine Ruhe bei der Arbeit.«

»Gut, aber dann ruf mich bitte an, prego, wenn ihr Feierabend macht. Ich würde dann zumindest durchputzen.«

»Eigentlich wollen wir heute fertig werden«, verblüffte er Emi, die anschließend bereitwillig verschwand.

Bernd hatte abwartend im Hintergrund gestanden. »Jetzt aber weiter. Wann kommt überhaupt Robert?«, versuchte er, die Arbeit voranzutreiben.

»Ich weiß nicht, ob das mit Robert noch so eine gute Idee ist«, hatte Carlo plötzlich Bedenken.

»Wieso?«

»Könntest du nicht eventuell ...«

»Nee jetzt! Normale Möbel – okay. Vielleicht. Aber diese Edelstahlgeschichten? Auf keinen Fall! Ruf den Kerl an, er soll sich zusammenreißen!«

Carlo wählte die Festnetznummer. »Er geht nicht ran!«

»Dann versuch's auf dem Handy.«

Ungläubig hielt er sein Mobiltelefon mit dem lauten Freizeichen in der Hand. »Auch nichts.«

»Du fährst jetzt hin und holst den Kerl! Das Werkzeug muss ja auch noch her«, sagte Bernd bestimmt. Für den Abriss hatte sein Uralt-Werkzeug herhalten müssen.

»Richtig, daran haben wir heute Morgen gar nicht gedacht.«

»Gut, ihr stellt den Bus nachher woanders hin, und ich fange schon mal damit an, die letzten Teile aus dem Auto zu holen und die Straße wieder freizuräumen. Aber beeilt euch.« Leicht genervt übernahm Bernd das Regiment und blieb allein zurück.

65

Dann hätte er Zeit, noch ein paar Zuschnitte für die Regale zu machen. Die Magnete würde er nächste Woche einsetzen, wenn die Lieferung ankam. Überhaupt sollte er langsam einen Plan für die Serienfertigung machen. Er wollte die Teile schließlich verkaufen. Wenn es nur sonst auch so perfekt laufen würde. Warum rief Carlo jetzt plötzlich diese Frau auf den Plan? Sicher, er müsste Carlo und Bernd jetzt etwas hängen lassen, aber die würden das schon hinbekommen.

»Was meinst du, Scooter, ein leckeres Wurstbrot?« Er motivierte den Hund zu etwas Begeisterung. Das Öffnen der Kühlschranktür tat das Übrige. »Und ein Bier hab ich mir auch verdient.« Betont langsam öffnete er die Flasche. Einen Platz fand er mit dem Rücken am Heizkörper auf dem Fußboden sitzend. Unter gegenseitigen Sympathiebekundungen wurde das Wurstbrot geteilt. Eigentlich sehr gemütlich, aber als die Flasche leer war, musste er eine neue holen. »Der Hund ist der einzig wahre Freund des Menschen.«

Schwanzwedelnd bestätigt Scooter seine Worte.

Unterbrochen wurde die traute Zweisamkeit durch Carlo, der plötzlich reingepoltert kam. »Mensch Robert, wieso sitzt du da auf dem Fußboden? Und das Bier?«

»Ich hab mir doch wohl ein Bier verdient! Es ist Wochenende.«

Carlo blickte sich in der Küche um. »Das ist nicht dein erstes«, stellte er fest. »Du verträgst doch gar nichts. Willst du uns also wirklich hängen lassen?«

Roberts Stimme wurde schon etwas schleppend. »Ich will euch nicht hängen lassen. Aber ich kann grad nicht anders.« Er wirkte etwas verloren, wie er da so auf dem Fußboden saß. Scooter hatte sich unbemerkt auf Carlos Seite geschlagen.

»Im Laden ist kein weibliches Wesen und es wird auch keins mehr kommen. Und ich werde die Namen Emi und Milla in deiner Gegenwart auch nicht mehr erwähnen. Raff dich auf! Wir wollen doch heute noch fertig werden.« In der Hosentasche meldete sich Carlos Handy. Es war Bernd.

»Ja, wir sind gleich da. Natürlich, die Schränke in der Besenkammer können auch schon nach vorne. Nein, Robert kann ich dir nicht geben. Wir sind gleich da«, würgte er das Gespräch ab.

Zum Glück war sein Freund inzwischen aufgestanden, sah allerdings müde aus. Er musste ihn wieder richtig wach bekommen!

»Okay, ein Kaffee. So viel Zeit muss sein.«

Gemeinsam trugen sie das Werkzeug zum Bus. Dann schenkte Carlo seinem Freund eine große Tasse Kaffee auf ein.

Der Hund blieb im Haus, und Robert bekam einen Schubser in Richtung Auto, als die Tasse nicht mehr ganz so voll war.

»Ute hat übrigens vorhin angerufen«, fiel Robert da ein. »Hat Bernd dir schon was erzählt?«

»Ja, ich hab aber gleich gesagt, dass ich lieber was für ihn mache. Ich möchte nicht schon wieder auf die Bühne.«

»Ach was, Ute hat doch nur wegen Gregor angerufen, wegen unserer Idee. Die haben da auf einer Parzelle wohl einen neuen Besitzer und alles ist ziemlich runter.«

»Ach so, und da soll Gregor mit seinen Jungs ein bisschen Einsatz machen«, war Carlo dann beim richtigen Thema. »Das hört sich doch gut an. Dann kommen wir wieder etwas ins Plus bei den guten Taten.«

»Aber du machst doch mit dem Café gerade Minus. Bernd und so.«

»Das geht im Moment nicht anders. Vielleicht sollten wir die beiden zum Essen einladen und den Bauern gleich dazu.«

»Nicht schlecht, das machen wir.« Robert war inzwischen wieder wacher. Sie fanden einen Parkplatz gegenüber dem Café, diesmal ohne den anderen Transporter zu zuparken. Bernd griff sich das Werkzeug, und dann erklärten sie Robert ihren Plan. Gut, dass er jetzt bei der Sache war.

»Die Teile sehen ja wirklich gut aus«, stellte Robert fest, als er die Möbel sah. »Und hier sollen dann die Schnecken gebacken werden?« Er machte sich ein Bild von der Gesamtsituation, verteilte Schutzbrillen und Gehörschutz und fing mit der Umsetzung der Pläne an. Für Carlo und Bernd zeichnete er die Löcher an, die sie vorbereiten sollten, und er selbst nahm sich die anderen Möbelteile vor.

»Was nicht passt, wird passend gemacht«, rief Bernd das Motto des Tages aus, und dann gab es viel Staub und Lärm. Robert schien die Frauen völlig vergessen zu haben. Carlo sah zwischendurch bange zur Uhr und zur Ladentür. Hoffentlich hielten sie sich an die Absprache.

»Kaffeepause. Carlo, schmeiß doch mal die Maschine an«, forderte Bernd nach einiger Zeit eine Unterbrechung.

»Er hat recht!«, fand auch Robert. »Und überhaupt, du hast doch gebacken. Oder hast du den Kuchen den Mädels mitgegeben?«

»Richtig, hab ich fast vergessen! Aber bei dem Kuchen hab ich durchaus auch an euch gedacht. Der ist nicht zum Einschleimen, wie du jetzt wahrscheinlich gedacht hast. Emi soll natürlich sehen, dass ich auch backen kann, aber mehr auch nicht.« Dann holte er den Apfelstrudel und die Törtchen endlich aus dem Auto.

Bernd bediente jetzt die Kaffeemaschine.

»Wirklich gut!«, lobte Robert den Strudel. »Nur dass ich bei Äpfeln jetzt wohl immer an das blöde Rattengift denken muss.«

»Danke, nettes Kompliment!«

»Also ich finde ihn total lecker. Und jetzt gib mir bitte noch eins von den Törtchen.« Das Gift-Thema konnte Bernds Appetit nichts anhaben. »Ute hat ja wohl für eure Tierquäler auch den passenden Job aufgetan. Da wollte sie euch anrufen.«

»Die hat vorhin schon angerufen. Ich werde mir am Montag den Gregor vornehmen und ihm Utes Nummer geben«, sagte Robert.

»Genau, dafür ist Ute die Richtige«, lobte Bernd die Qualitäten seiner Angetrauten nur zu gern.

»Auf, wir müssen weiter, Jungs!«, machte Carlo die Männer wieder mobil. »Wir sind gut im Rennen, aber wenn es nicht allzu spät werden soll, müssen wir jetzt reinhauen.«

Dann hörte man trotz der kreischenden Handkreissäge auf einmal Roberts Handy. Verwundert schaute er auf die angezeigte Nummer.

»Oh, Mama«, rief er laut, bevor er das Gespräch entgegennahm. »Hallo Rita, mit dir habe ich jetzt gar nicht gerechnet.« Um seine Mutter zu verstehen, war er vor die Tür gegangen. »Ja, wir haben gerade eine kleine Baustelle. Nein, nicht bei uns auf dem Hof.« Er erzählte kurz davon, und Rita Severin lauschte gespannt.

»Deine Freundin?«

Bei der Frage schreckte Robert zurück. »Nein, eine Freundin von Carlo«, stellte er seine nicht existierende Beziehung zu Emi richtig. »Was? Was denn für eine Überraschung?« *Sie will noch mal heiraten*, dachte Robert an das neue *Wir*-Thema. »Ach, ihr

wollt uns besuchen. Das ist doch super!«, seufzte er erleichtert.
»Morgen? Naja, morgen wollten wir eigentlich zu den Schweinen.« Da musste er natürlich noch kurz die Geschichte vom Auszug der Tiere erzählen. »Also gut, dann bis morgen Mittag.« Nachdem Rita angekündigt hatte, ein Sonntagsmal mitzubringen, freute er sich sogar schon ein bisschen auf den überfallartigen Besuch von ihr und Werner.

»Sonntagsbraten, das hört sich doch richtig gut an«, war auch Carlo begeistert.

Bernd verdrehte die Augen. »Männer, hört auf zu quatschen!«

Die nächsten zwei Stunden wurde tatsächlich nur noch das Nötigste geredet. Es lief alles nach Plan.

66

»Du brauchst sie nicht mal zu föhnen.«

Milla war mit nassen Haaren auf dem Sofa eingenickt. Noch ganz verschlafen riss sie die Haustür auf, als Emi Sturm klingelte.

»Ich hatte auch keinen Nerv zum Föhnen!«

»Aber guck in den Spiegel! Jetzt sind sie nämlich trocken.«

»Wow, stimmt genau, eine echte Bad-Bed-Frisur oder so ähnlich.« Irgendwo hatte sie diesen schrägen Begriff vor kurzem aufgeschnappt.

»Die Kerle haben mich weggeschickt. Der Robert war auch noch nicht da und Carlo meinte, er bräuchte Ruhe zum Arbeiten, also keine Ablenkung durch Frauen. Ich war dann kurz zu Hause und hab für uns und vielleicht auch die Männer ein paar Schnecken mitgebracht. Die restlichen hab ich kaltgestellt.« Sie öffnete die grüne Tupperdose, und Milla schnappte sich ein Gebäckstück.

»Endlich wieder richtige Schnecken. Ob du nächste Woche schon in der neuen Küche backen kannst?«

»Der Schröter sagt nein, erst müssen die Toiletten fertig sein. Naja, und ich muss auch noch wegen der Kennzeichnungsplicht weiterschauen. Aber erst die Toiletten!«

»Und was sagt Carlo dazu?«

»Ach Mensch, Milla, es ging doch gerade nur um dich und diesen Robert. Über was anderes konnte ich noch gar nicht mit ihm reden.«

»Also bin ich schuld, wenn es für die Kunden keine Schnecken gibt.« Mit zerknautschtem Gesicht biss sie noch einmal in die leckere Puddingschnecke.

»Du bist nicht schuld. Die machen jetzt erst die Küche, dann können wir immer noch über die Toiletten sprechen. Er wollte sich ja melden, wenn sie Feierabend machen, und dann geh ich noch mal ins Café.« Dass sie dabei gern noch einen Blick auf diesen Robert werfen wollte, verschwieg sie Milla. Wahrscheinlich war er dann eh längst weg.

»Ich hoffe wirklich, dass ich nicht allzu viel kaputt gemacht habe. Aber ich wollte ihn einfach nicht sehen.« So genau kannte sie den Grund für ihre Überempfindlichkeit auch nicht. Eifersucht? Hm, diese Einladung, Kaffee, Eis ... hatte sie sich ein bisschen in den Typen verguckt am Anfang? Liebe auf den ersten Blick gab's ja eigentlich nicht, aber sie hatte wohl mehr erwartet. Und dann seine Freundin – blöd gelaufen. Wahrscheinlich hatte da auch dieser blöde Überraschungsbesuch von Rainer mit reingespielt.

Emi war in die Küche gegangen, um Kaffee für die Schnecken zu machen. »Hast du eigentlich noch die Einladung von Sinje im Hinterkopf?«, rief sie durch die Wohnung.

Milla zog sich gerade ein Shirt über. »Meinst du wirklich?«

»Ich meine nicht, aber wir sollten ihr wenigstens Bescheid sagen.«

»Sicher? Hast du nicht doch ein bisschen Lust?« Milla zwinkerte ihrer Freundin zu und erhielt die richtige Reaktion.

»Dachte ich mir schon. Wir könnten wirklich ein bisschen Spaß gebrauchen.« Sie nahm Emi in den Arm, und dann bissen sie gemeinsam in eine große Schnecke. »Ich ruf sie an. Sind wir um sieben fertig? Und was ziehen wir an?«

»Also echt, Milla! Man könnte meinen, du hättest nichts anderes im Kopf als Party machen. Ich muss doch an die Jungs im Laden denken und ein Gespräch mit Carlo steht mir auch noch bevor.«

»Ich ruf Sinje trotzdem an, dann werfen wir einen Blick in meinen Kleiderschrank.«

Was so eine neue Frisur aus einer Frau machen kann! Emi schaute der Freundin hinterher, die schon wieder in ihren Haaren herumwuschelte und lachend Richtung Telefon verschwand.

»Alles klar, Sinje freut sich!«, verkündigte sie nach einem lebhaften Gespräch, von dem Emi nur wenig mitbekommen hatte. Die blickte gerade gedankenverloren aus dem Fenster, als Milla mit zwei Kleidern in die Küche kam. »Das oder das? Ich nehme noch eine Strickjacke mit.«

Emi lächelte sie an. Verblüfft stellte sie fest, wie sich die rosa Grundfarbe des Blümchenkleides mit Millas neuer Haarfarbe biss. Das erklärte sie ihr lachend.

Doch Milla reagierte anders als erwartet. »Genau das, was ich wollte! Dazu passen super meine Boots, die ich immer im Wald anziehe.«

»Ach, wir wollen heute den Männern nicht gefallen?«

»Nö, Männer sind gerade out und mir gefalle ich auch so.«

»Und was soll ich dann anziehen? Ich will ja nicht gegen deinen Anti-Look anstinken.«

»Das werden wir später sehen. Ich hol dich gegen halb sieben ab. Du musst ja unbedingt noch zu den Männern.« Das klang wie ein leichter Vorwurf von Vernachlässigung.

Ob Robert dann noch da war?

»Sie machen es ja für mich.« Das musste Emi ihrer Freundin

jetzt noch einmal klarmachen.

Sollte sie den Kuchen überhaupt mitnehmen, oder wäre das zu aufdringlich? Egal, die Kerle hatten eine Belohnung verdient und sie war gespannt, wie weit sie waren. Also nahm Emi einfach die große Tupperdose und spazierte etwas nervös in Richtung Büchercafé.

Ein unsicheres Klopfen – keiner zu sehen. Die waren wohl in der Küche. Erst erschien Carlos Kopf in ihrem Blickfeld, dann sein schiefes Grinsen.

»Ich habe doch gesagt, dass ich mich melde, wenn wir so weit sind.« Die Stimme klang genervt.

Gut, dass sie die Schnecken mitgenommen hatte. »Ich dachte, ihr könntet eine kleine Stärkung vertragen.« Erwartungsvoll hielt sie ihm die Dose entgegen. »Ich habe Schnecken gebacken.«

»Das wäre doch nicht nötig gewesen, denn ich habe auch gebacken.« Stolz zeigte er auf den Tresen, wo unter Alufolie ein halber Apfelstrudel und ein Teller mit ein paar Erdbeertörtchen standen.

»Vom Bäcker, oder?« Sie glaubte, sich verhört zu haben.

»Ja, vom Bäcker. Und ich bin der Bäcker!« Und dann klärte er das Phänomen auf.

»Fatto in casa, hausgemacht? Wieso hast du nie was erzählt?« Emi schaute ungläubig auf das Gebäck.

»Naja, so lange kennen wir uns ja noch nicht, und du hattest immer irgendwelche Probleme.«

Die beiden anderen standen jetzt in der Tür zur Küche. Sie hatten das Gespräch gespannt mit angehört und grinsten.

Emi schaute den Mann an, den sie bisher noch nicht kannte. »Dann bist du also Robert«, stellte sie fest. *Na geht doch,* dachte sie. *Alles ganz locker. Sieht nett aus, normal, Haare noch strubbeliger als bei Milla, aber nichts Besonderes.* »Dann kann ich mich ja gleich bei dir bedanken, bei euch allen natürlich!« Sie reichte zuerst Robert, dann Bernd und zuletzt auch Carlo die Hand. Seine hielt sie etwas länger. »Inzwischen stehe ich ja ganz schön in eurer Schuld. Vielleicht kannst du dir etwas überlegen, was ich als Gegenleistung für euch machen kann.«

»Darüber reden wir heute nicht«, sagte Carlo verlegen. »Wir müssen jetzt erst mal fertig werden.«

»Da habt ihr ja richtig gezaubert!« Erst jetzt sah Emi, wie viel die Männer schon geschafft hatten.

»Ja, wir sind richtig gut«, präsentierte Robert stolz ihre Arbeit. »Wegen der Anschlüsse sind noch ein paar Sachen provisorisch.«

»Ich schick Montagnachmittag jemanden vorbei, der macht dir das«, meldete sich Bernd zu Wort.

Emi schaute sich die Männer und deren Werk bewundernd an. Was hätte das ohne die drei gegeben? Und überhaupt, dieser Robert war wirklich ganz nett!

Robert schaute seinen Freund an, der nachdenklich im Hintergrund stand. »Du hast doch bestimmt noch etwas zu besprechen mit Emi«, gab er Carlo einen kleinen Schubs. »Bernd und ich machen weiter.« Dabei zwinkerte er Bernd kurz zu.

»Genau, ihr wolltet doch noch wegen der Toiletten ...«, setzte Bernd an, wurde jedoch von Emi überrollt.

»Genau, wegen der Toiletten wollten wir ja noch reden.«

»Hier wird's gleich noch mal laut. Am besten, ihr geht vor die Tür«, beförderte er die beiden elegant aus dem Laden.

»Ich versteh nur nicht, warum du mir nicht vorher gesagt hast, dass du Bäcker bist.« Hier draußen fühlte Emi sich gleich etwas lockerer.

»Dann hättest du wahrscheinlich gedacht, ich wäre so ein Besserwisser, von wegen Konkurrenzdenken und so.«

»Horst sagte neulich auch so was wie *Konkurrenz schläft nicht,* dabei gibt's ja gerade hier nicht so das Problem mit Konkurrenz.«

Carlo zeigte auf die mit Papier zugeklebte Schaufensterscheibe auf der anderen Straßenseite. »Die Konkurrenz schläft definitiv nicht, aber du leider schon ein bisschen.« Er sah sie abwartend an.

»Merda, Sch... Soll das jetzt heißen, dass ... Ist es das, was ich gerade denke?« Sie kniff die Lippen zusammen.

»Big Coffee, die machen da nächsten Monat eine Filiale auf.«

»Und seit wann weißt du das?«

»Ein paar Tage. Ich wollte es dir noch nicht sagen, weil du sowieso schon den Kopf so voll hattest.«

»Jetzt fällt bei mir auch der Groschen, was der Schröter mit *die von gegenüber* meinte. Der weiß das natürlich längst, deshalb diese Frist. Rompono tutto, die machen alles kaputt!«

»Ja, so langsam musst du es auf Reihe bekommen.«

»Du hast gut reden! Okay, du bist ... ihr seid mir wirklich eine große Hilfe, aber du musst hier nicht dein Geld verdienen. Ich hab nicht mal das Geld, um den Toilettenumbau zu bezahlen«, fiel ihr das größte aktuelle Problem ein.

»Was hältst du davon, wenn ich hier mitmache?«

»Come, was mitmachen? Du machst doch schon die ganze Zeit mit.«

»Naja, wir sind doch gute Kumpel. Aber im Ernst, Emi, wir sind doch eigentlich ein tolles Team. Gerade weil wir keine Beziehung oder so was laufen haben.« War es den beiden eigentlich bewusst, dass sie hier im gleichen Augenblick trocken schlucken mussten? »Ich würde gern mit einsteigen in den Laden.«

Sie schaute ihn ungläubig an. Immerhin war nun raus, dass er definitiv keine Beziehung mit ihr wollte, und jetzt?

»Du mit einsteigen? Und gegenüber die Konkurrenz? Ich verdiene noch weniger als sonst und soll ich dir auch noch die Hälfte oder so abgeben? Wie soll das gehen?«

»Quatsch, der Laden ist richtig gut, und gegen dein Herzblut kann so ein Franchise-Laden überhaupt nicht ankommen.«

»Das meinst du, aber im Moment geht mir gerade ein bisschen von meinem Herzblut verloren. Scusa, Verzeihung.« Sie spürte, wie ihre Stimme brach.

Carlo trat an ihre Seite und legte den Arm um die kleine Person. »Ich mag den Laden einfach, und wenn du auch noch draußen die Plätze hast und wir wieder richtig backen ...«

»Wir wollen backen? Du willst sogar backen?«

»Ich hab immer total gerne gebacken, das fehlt mir. Und dann können wir das Ganze zeitlich optimieren, damit du nicht immer so lange arbeiten musst und dann so früh raus.«

Sie hörte ihm zu und entspannte sich langsam. »Und du meinst das ernst?«

»Und ob ich das ernst meine. Geld hab ich auch noch ein bisschen«, überraschte er sie gleich noch einmal.

»No, das kann ich alles nicht annehmen. Wenn der Big Coffee aufmacht, ist das hier ein einziges Risiko.«

»Das ganze Leben ist ein Risiko. Ich behalt ja auch meinen Job, am besten Teilzeit oder so. Zum Glück ist *Winfood* ein modernes Unternehmen.«

»Das ist mir jetzt zu viel. Übrigens ist dein Freund Robert ein ganz netter Kerl«, wechselte sie das Thema.

»Hat deine Freundin etwas anderes behauptet?«

»Nein, nein, wieso sollte sie? Sie kennt ihn doch eigentlich überhaupt nicht.«

»Die Milla macht übrigens auch einen netten Eindruck, lustige Frisur.«

»Ein bisschen verunglückt, aber sie gewöhnt sich langsam dran.« Beim Lachen schauten sich beide intensiv an. Also nur ein Kumpel!

»Okay, ich muss jetzt rein, mit den beiden den Rest machen. Hast du noch einen Schlüssel? Dann nehme ich den hier mit. Ich komme auch Montagnachmittag vorbei, wenn der Installateur da ist. Ich lasse mir von Bernd seine Nummer geben.«

»Da bin ich ja fast überflüssig!«

»Du bist überhaupt nicht überflüssig!« Die Betonung kündigte an, dass noch etwas folgen sollte, aber er brach ab.

»Bene, alles gut, du kannst den Schlüssel mitnehmen, und es fühlt sich nicht so schlecht an, hier ein bisschen überflüssig zu sein.«

Sie schlenderte die Straße runter. *Eine Filmszene?*

67

»Geh am besten schon mal vor. Ich bin erst vom Laden zurück und brauch jetzt ein Bad.« Emi stand im Türrahmen, und Milla hatte das Gefühl, als versuchte die Freundin, sie abzuwimmeln.

Allein zu dieser irischen Nacht, dazu hatte Milla eigentlich keine Lust.

»Was ist mit dir?« Millas Blick war besorgt. »Im Café? Ist es nicht so gelaufen, wie es sollte? Hast du Probleme mit Carlo oder geht's dir nicht gut?« Bei keiner der Fragen sah Milla eine Reaktion, und da Emi eindeutig keine Lust auf Gesellschaft hatte, zog sie nach der Bekundung »Alles gut!« nachdenklich los.

Zum Glück winkte ihr Sinje schon am Eingang zu. »Was hast du gemacht? Du siehst klasse aus!« Ihr bewundernder Blick glitt an Milla herunter. Ein paar Mitglieder der männlichen Spezies schauten ebenfalls lächelnd zu ihr herüber. Ihre Gedanken waren allerdings noch bei ihrer Freundin.

»Und wo ist Emi?«, wollte dann auch Sinje wissen.

»Die war bis eben im Café und wollte sich noch in Ruhe fertigmachen.« Hoffentlich kam sie überhaupt noch!

»Ach so. Haben die denn alles auf die Reihe bekommen?«

»Sie war vorhin nicht allzu gesprächig. Das wird sie uns wohl nachher erzählen.«

Die Musiker waren eingetroffen, und der anschwellende Geräuschpegel machte die Unterhaltung langsam schwieriger.

Milla schaute in Richtung Bühne und wartete. So wie vorhin hatte sie Emi bisher noch gar nicht erlebt. Was war nur los?

Emi hatte derweil tatsächlich ein ausgiebiges Schaumbad genommen und war jetzt bester Laune. Die Konsequenzen von Carlos Angebot waren durchweg positiver Natur. Es war natürlich großer Mist, dass die gegenüber diesen Laden aufmachten, aber dagegen konnte sie nichts ausrichten. Wenn sie jetzt allerdings einen richtigen Bäcker an ihrer Seite hätte...

»Milla, was ist mit dir?« Emi sah zuerst den verträumten Blick ihrer Freundin, als sie sich durch die Menschentraube geschlängelt hatte.

Milla schrak zusammen, staunte über Emis breites Grinsen. »Ich frage mich, was mit dir ist oder was vorhin mit dir war?«

»Ich hab einen Geschäftspartner. Ach Mensch, ich war vorhin in Gedanken, weil Carlo mir ein Angebot gemacht hat.«

»Einen Antrag?« Ein wunderbarer Beitrag von Sinje.

»Idiotin! Un patto, eine Abmachung. Nein ganz im Ernst. Carlo möchte sich am Café beteiligen. Er ist übrigens ein richtiger Bäcker.«

»Wusstest du das nicht?« Im Hintergrund war Horst aufgetaucht, um die Frauen zu begrüßen. »Du hast echt Glück, dass Carlo so ein netter Kerl ist.«

»Läuft da jetzt doch was?«, zischte Milla in Emis Ohr.

»Ja, Carlo ist ein richtig guter Kumpel«, informierte sie auch die anderen Anwesenden über die Art ihrer Beziehung.

»Ach Milla, Robert ist übrigens ein supernetter Typ.« Das musste Emi jetzt einfach loswerden.

»Jaja, aber leider vergeben. Ich geh jetzt Richtung Bühne. Die Band ist nicht schlecht.« Sie hatte keine Lust auf eine Robert-Diskussion. Am besten wäre es, wenn sie gleich Kopfschmerzen bekäme.

Eine halbe Stunde später sagte sie Sinje kurz Bescheid und war dann verschwunden.

»Wo ist eigentlich Milla?«, wollte Emi wissen, als Horst nach einer langen Diskussion wieder an die Theke musste.

»Milla hatte Kopfschmerzen«, kam die Info von Sinje, »aber die hat sich heute sowieso nicht wohlgefühlt. Obwohl sie richtig klasse aussah.«

»Ja, ihre neuen Haare sind cool. Aber an dem anderen bin ich wohl schuld. Wir reden ja sonst immer über alles und vorhin war ich irgendwie neben der Spur.«

»Wer ist hier neben der Spur?«, tönte es neben Emis Ohr. Sie drehte sich erschrocken um.

»Dein Kumpel Carlo«, stellte Sinje grinsend fest.

Aber Emi und Carlo ließen sich nicht provozieren. Sinje hörte gebannt zu, als die beiden weiter in die Details ihrer neuen Geschäftsbeziehung einstiegen.

»Okay, der letzte Wein. Ich will morgen schon früh ins Café, noch ein bisschen Ordnung machen und mich an der schönen neuen Einrichtung freuen.«

»Das kannst du auch noch Montag. Wir haben alles ordentlich hinterlassen. Was hältst du davon, wenn du morgen mit zu den Schweinen kommst?«

Sie prustete überraschend los. Die Rotweinspritzer auf Carlos Hemd könnten zu einer bleibenden Erinnerung werden. »Sorry, aber ich hab gerade wieder mal Schweine vor Augen. Ich hab mich wohl verhört bei dem Lärm.«

»Nein, Robert und ich haben zwei Schweine draußen bei einem Bauern.«

Jetzt fiel ihr ein, dass Milla irgendetwas davon erzählt hatte. Und dann bei dieser Ute … Aber so etwas so Unrealistisches war wohl ganz hinten in ihr Gedächtnis gerutscht. Sie lachte immer noch. »Aber nein, morgen geht wirklich nicht. Ich muss mich ein bisschen um Milla kümmern.«

»Die hat doch ihren Macker.« Im Nachhinein hätte er es gern anders ausgedrückt.

»Wie kommst du auf *Macker*?«

»Der Typ mit dem Handtuch! Robert hat mir davon erzählt.«

»Ach Rainer.« Sie sagte es ganz beiläufig. Wenn da was nicht geklärt war, sollte Milla das selbst übernehmen. Sie wollte ihrer Freundin nicht vorgreifen.

»Robert fand das nämlich total scheiße!«

»Warum das, come?« Doch sie erinnerte sich, dass Milla von dieser Begegnung gesprochen hatte.

»Er dachte, sie hätten geflirtet! Die haben sich doch bei *MOBIG* noch einmal getroffen. Deine Freundin schien richtig erfreut von seiner Einladung, wie Robert mir erzählt hat. Er hat wohl ein bisschen gehofft …«

»Aber dein Freund ist doch vergeben. Warum hat er dann geflirtet? Das hat Milla auch geärgert.«

»Vergeben? Der hat schon ewig keine Freundin mehr gehabt.«

Emis Blick war ein großes Fragezeichen. »Aha«, war ihr nachdenklicher Kommentar dazu. Nein, dass Milla in Wirklichkeit auch Single war, sollte sie ihm nicht sagen. Milla war im Moment zu sensibel.

»Egal, Robert wird darüber hinwegkommen. Was ist nun mit morgen? Du solltest einfach mit rauskommen. Ich gebe dir die Adresse.« Er griff nach einem Bierdeckel. »Ich koch noch ein paar Kannen Kaffee, und dann nehmen wir die Kuchenreste mit. Die stehen im Laden im neuen Kühlschrank. Der läuft übrigens schon.«

Alles war heute so super gelaufen, da konnte sie ihm keinen Korb geben. Außerdem musste diese Sache mit Robert ein Ende haben, oder vielleicht einen Anfang? Sie sollte Milla zum Mitkommen überreden.

»Okay, ich hol den Kuchen und zu Hause hab ich auch noch Schnecken. Ich könnte um vierzehn Uhr, passt das? Aber ich weiß ja gar nicht, wo ...«, fiel ihr da ein.

»Toll, ich male es dir auf. Ach was, ich geb dir den Zettel von Ute. Hab ich mir schon angeschaut. Von der Kolonie ist es ja nicht weit.« Er fischte einen zerknüllten Zettel aus der Hosentasche und unternahm einen wenig erfolgreichen Versuch ihn zu glätten. »Ich freu mich übrigens!«

Sie schnappte ihm die Wegbeschreibung aus der Hand. »Das finde ich. Und ich freue mich auch.« Gut, dass wenigstens sie beide nur eine rein geschäftliche Beziehung haben würden.

Carlo setzte sich zu Horst an die Theke und Emi verschwand müde nach Hause.

68

Endlich Sonntag. Die Schweine besuchen und vorher gemütlich frühstücken.

»Wann wollten Rita und Werner eigentlich da sein?«

»Du hast doch mit deiner Mutter telefoniert. Ich erinnere mich vage an das Wort Sonntagsbraten, also werden sie wohl gegen Mittag aufschlagen.«

»Also lieber kein großes Frühstück.« Robert tätschelte seinen fast nicht vorhandenen Bauch.

»Dafür noch ein bisschen Zeit zum Quatschen. Emi kommt auch mit. Ich hab sie gestern Abend noch bei Horst getroffen.«

»Dann hab ich ja Glück gehabt, dass ich so erledigt war. Aber Emi? Ihre Freundin bleibt ja wohl hoffentlich zu Hause.«

»Ich hab nur Emi eingeladen, und gestern wäre nichts passiert, ihre Freundin war wohl auch schon weg. Rainer heißt dieser Typ mit dem Handtuch übrigens. Ich hab Emi erzählt, dass du wegen der Begegnung genervt warst.«

»Na toll! Im Café werde ich mich gewiss nicht mehr blicken lassen. Was geht es irgendwelche Weibchen an, wovon ich genervt bin? Und dann nimmst du sie noch mit zu den Schweinen?« Der Tag war gelaufen! Ohne ein weiteres Wort verkroch Robert sich in der Werkstatt.

Als Rita und Werner die Dosen und Töpfe mit dem Mittagsmal ins Haus trugen, besserte sich seine Laune schlagartig.

»Scooter, mach mal ein bisschen Platz«, forderte Carlo, denn der agile Mischling war plötzlich überall.

»Lass ihn doch«, war natürlich Roberts Mutter gleich zur Stelle. Ein nettes Bratenstück landete im Fressnapf, und alle lachten laut. Dann standen plötzlich die beiden Frauen in der Tür, die Robert und Carlo vergessen hatten.

»Hallo Claudia«, erkannte Roberts Mutter Carlos Ex-Freundin an der Seite einer anderen Frau.

»Das ist also Karla«, wurde die weibliche Person im geblümten Sommerkleid, die etwas kleiner und etwas jünger war als Claudia, von dieser vorgestellt. Alle sahen, dass die beiden Händchen hielten, und der Kuss, den Claudia ihrer Freundin auf die Lippen drückte, ließ keine Zweifel über die Qualität ihrer Beziehung.

Rita war diejenige, die die Situation rettete. Sie bat Carlo, mit ihr noch etwas aus dem Auto zu holen. Obwohl er von Robert schon wusste, was da lief, sah jeder, wie geschockt er war.

»Danke, aber das ist alles noch ganz neu. Robert hat sie eingeladen.« Er ließ sich die Umarmung von Rita gefallen.

Als sie ein paar Minuten später zusammen am Tisch saßen,

hatte sich die Anspannung gelöst. Zum Glück reichte der Braten mit Gemüseplatte und Salat für alle. Rita hatte wieder mal großzügig gekocht.

Claudia bemerkte natürlich Carlos Blicke und fühlte sich darunter nicht ganz wohl. »Sorry, dass wir hier einfach so reingeschneit sind. Vielleicht hätte ich vorher mit dir sprechen sollen, aber ich wusste ja auch nicht ...« Sie wirkte etwas hilflos, so vor allen anderen am Tisch. »Und ich wollte auch, dass du weißt, dass mir deine Freundschaft wichtig ist.«

Beim letzten Teil des Satzes brach das große Schmunzeln aus, dem sich auch Carlo nicht entziehen konnte.

»Schon gut, das war nur der erste Schock«, gestand Carlo der großen Runde.

»Werner ist schon so gespannt auf die Schweine«, leitete Rita schließlich den Aufbruch ein, nachdem das ganze Geschirr im Spülautomaten verschwunden war.

»Ich muss noch schnell Kaffee aufgießen. Packt doch schon mal ein paar Tassen und Teller zusammen«, fiel Carlo seine Verabredung mit Emi ein. Was würde sie wohl sagen, wenn sie mitbekam, dass seine Ex-Freundin das Ufer gewechselt hatte? Aber vielleicht würde sie überhaupt nicht kommen.

»Wo die Liebe hinfällt«, fiel später ihr belustigter Kommentar aus.

»Darf ich vorstellen: Jimbo und Morris!«, präsentierte Carlo ihr nicht ohne Besitzerstolz die beiden großen Schweine.

Auch Werner stand in der ersten Reihe und streichelte die hinreißenden Tiere. Robert hatte seine Mutter im Blick, die schmunzelnd ihren Freund beobachtete.

Emi dachte an Milla, mit der sie heute Morgen eine ausufernde Diskussion hatte. Eigentlich hätte sie mitkommen sollen, aber dann gab ein Wort das andere. Sie konnte sich nicht an einen anderen größeren Streit mit ihrer besten Freundin erinnern. Es fielen

Worte wie nicht verstehen wollen, peinlich, Rainer, keine Lust auf Männer … und dann hatte Emi nachgegeben und war alleine losgezogen.

Es wurde ein supernetter Nachmittag, ein Picknick vor dem Schweinestall und Emi hatte richtig Spaß. Carlo wurde langsam wirklich zu einem guten Kumpel. Es würde gewiss ein Abenteuer werden, mit ihm zu arbeiten.

Sollte sie Carlo womöglich die ganze Geschichte erzählen? Hatte sich Milla tatsächlich in diesen Robert verliebt? Und überhaupt – der Hund, ihre erste Begegnung. Emi erinnerte sich noch, wie Milla nach dem Termin bei Manske ins Café gekommen war, nachdem sie über Robert gestolpert war. Eigentlich ging es ihr doch gut, wenn sie nicht so stur wäre. Aber Carlo einweihen? Vielleicht sollte sie abwarten, Milla noch etwas Zeit lassen.

69

Nun würde endlich Geld reinkommen. Milla hatte den Sonntag genutzt, um den Preis für August durchzukalkulieren und sich ein paar Maßnahmen zu überlegen, die ihm das Leben leichter und ordentlicher machen sollten. Es lief alles gut. Aber warum fühlte sie sich jedes Mal so schlecht, wenn Emi mit diesem Robert anfing? Warum hatte sie die Freundin heute Morgen so angeblafft, als sie von ihrem Ausflug zu den Schweinen und dem niedlichen Scooter geschwärmt hatte?

Ein bisschen Abstand würde ihr guttun, einfach nur ans Business denken. Ohne Emi?

Sie war gerade dabei, ihr Butterbrot zu schmieren, als ihr Handy in der Hosentasche vibrierte.

»Hallo?«

»Hi Süße, ich wollte noch mal wegen … Also, es tut mir leid, blöd gelaufen.«

»Rainer, du hast wirklich Nerven, dich schon wieder zu melden!« Sie hielt sich nicht zurück mit ihrer Empörung, aber er verstand es, sie zu bezirzen. Nach einigem Hin und Her hatte sie sich eine Einladung zum Abendessen eingehandelt und das Gespräch war beendet. So ein Mist, warum konnte sie bloß nicht Nein sagen? Das konnte sie Emi nicht erzählen, aber bis zum nächsten Wochenende war ja noch Zeit. Und wenn sie mit Rainer ausging, bekam sie wenigstens nichts mehr von Robert zu hören.

Er wohnte natürlich bei August im Hinterhof, das hatte sie inzwischen schon mitbekommen. Aber sie würde es vermeiden, diesen kleinen Balkon zu betreten, dann schon lieber Bratkartoffelgeruch. Und sie würde sich beeilen, nicht zu viel Persönliches von sich geben, sachlich bleiben, und dann hatte Herr Menke ja noch Bekannte, die auch etwas von ihr wollten, neue Kunden.

Bevor sie sich auf den Weg machte, beschriftete sie noch einen Geldschein.

Denn du bist mutiger, als du denkst!

Ihre neuen Glücksbringer? Nicht schlecht, sie hatte ja auch noch etwas einzukaufen. Und die neue Beschriftungslücke in der Mitte des Scheins war super, so musste sie sich nicht mit dieser nicht unbeschreibbaren vertikalen Leiste abmühen. Dass August dann den Betrag des schriftlichen Angebots in bar beglich, obwohl sie noch einen weiteren Termin ausmachten, war eine nette Überraschung.

Jetzt fiel es ihr noch leichter, den markierten Geldschein unters Volk zu bringen. Sie musste zwar an ihre Buchhaltung denken, aber zu Feier des Tages kaufte sie eine große Dose Katzenfutter für Simon – Privatentnahme hieß das wohl, wenn sie sich recht erinnerte.

Es vergingen drei ganze Tage.

»Könnte ich morgen eventuell noch mal dein Auto haben?« Emi hatte sich nicht bei ihr gemeldet, aber leider brauchte Milla jetzt einige Sachen von *MOBIG*. Hier in der Stadt war alles viel teurer.

Sie war ins Café gestürmt und hatte es förmlich ausgespuckt. »Entschuldigung, tut mir leid!«

Emi lief vor Schreck der Milchschaum über, konnte dazu aber lächeln, vor allem vor Erleichterung. Hände an der Schürze abwischen und dann in die Arme der Freundin stürmen. Alles war wieder gut, fast alles.

»Come, wie bitte, du hast was gemacht?«

Ihr Date mit Rainer konnte Milla natürlich nicht für sich behalten. »Naja, so schlimm ist es ja nun auch nicht, nur ein Essen. Er war ganz nett am Telefon, hat sich mehrmals entschuldigt.«

»Milla, also wirklich! Warum hast du mich nicht gleich angerufen, il telefono? Wir waren uns doch einig, dass Rainer ein Idiot ist. Der soll gefälligst die Finger von dir lassen.« Dass die Freundin unter diesen Schimpftriaden immer kleiner wurde, übersah Emi in ihrer Wut.

»Und das mit dem Auto geht in Ordnung?« Warum sollte sie sich von Emi runtermachen lassen? Sie war erwachsen, konnte selber entscheiden. »Ich hab jetzt ein paar Aufträge in Planung, und diesmal wird der Kofferraum voll!« Außerdem war ihr Geschäft wichtiger.

Als Milla aus der Ladentür raus war, wurde Emi bewusst, dass ihre Freundin Emis Wut auf Rainer nicht kommentiert hatte. *Du hast recht, stimmt, Rainer ist wirklich ein Idiot* – das hatte sie nicht zu hören bekommen. Robert war wirklich viel, viel besser als dieser blöde Typ.

Sie würde mit Carlo reden, ihm alles erzählen. Sie konnte Milla nicht in ihr Unglück rennen lassen!

»Und warum hast du das nicht gleich gesagt?«, wollte Carlo

wissen. »Ist dir unsere Freundschaft das nicht wert?« Er schien etwas enttäuscht, zumal gerade alles so gut lief zwischen ihnen beiden.

»Ich hab Angst, dass Milla wieder verletzt wird, und jetzt ist alles noch schlimmer.« Konnte er ihr nicht einfach helfen, ohne dass sie betteln musste?

»Was meinst du, wie gereizt Robert im Moment ist, besonders, weil ich noch öfter als sonst von dir spreche.« Er grinste sie schelmisch an. »Sogar Scooter macht einen Bogen um ihn.«

»Am Sonntag, das fand er auch nicht so gut, dass ich bei euch draußen war. Er hat mich die ganze Zeit so angeguckt. Im Laden war er doch ganz locker.«

»Also lass uns was überlegen. Dann haben wir beide auch weniger Stress.«

Der Plan war schon in Emis Kopf. Sie mussten nur einen Weg finden, Robert genau da hinzubekommen, wo er hin sollte.

»Ich werde ihn schon überreden und dann mache ich morgen einfach frei. Ich wollte sowieso ins Personalbüro wegen dieser Teilzeitsache«, sagte er nachdenklich.

»Gut, dann bin ich auf das Ergebnis gespannt.«

Damit war der theoretische Teil abgeschlossen. Carlo machte sich auf den Weg nach Hause zu Robert. Als Erstes wollte er dem leidgeprüften Scooter etwas Auslauf verschaffen.

Emi hatte noch Kundschaft und konnte nicht früher schließen. Sicher hatte Milla in ihrem Frust heute noch nicht viel gegessen. Auf dem Weg würde sie nachher zwei Nudelboxen kaufen. Schmunzelnd nahm sie eine Flasche Sekt aus dem neuen Kühlschrank – auch für zu Hause.

70

Ein normaler Wochentag, und am Vormittag war zum Glück nicht viel los. Eigentlich war das heute mehr Pflichtübung, aber als sie jetzt das Auto abstellte, wurde sie prompt von der Standard-*MOBIG*-Vorfreude überfallen. Zum Glück hatten sie sich gestern wieder vertragen. Die Sektflasche war leer geworden und heute Morgen konnte sie den Autoschlüssel ohne Bauchgrummeln bei Emi abholen. Dass die ihr »Viel Spaß« wünschte, war ihr so wichtig, wie sie es vorher niemals gedacht hätte.

Reichte ein Einkaufskorb? Nein, heute brauchte sie den Einkaufswagen und einen Korb für den Kleinkram. Eine Plastiktasche mit einer leichten Karre war ihre erste Wahl. Für die alten Leute sollte es eine nette Möglichkeit sein, um ihre leeren Pet-Flaschen und dergleichen wegzubringen. Auch bei Gustav gab es da ein Problem.

Sie stapelte große und kleine Boxen auf dem Wagen und musste schließlich aufpassen, dass ihre Fracht nicht das Gleichgewicht verlor. Als Belohnung für ihren aktuellen Erfolg wollte sich Milla ein Kopfkissen gönnen. Konzentriert überlegte sie, wie sie am schnellsten in die Bettenabteilung kam.

»Das glaube ich jetzt nicht«, hörte Milla plötzlich eine Stimme, die ihr bekannt vorkam.

»Carlo! Verdammt! Natürlich ist der nicht mehr hier!« Robert erkannte gerade, dass er dem abgekarteten Spiel seines Freundes zum Opfer gefallen war.

Genau in dem Augenblick meldeten Millas und Roberts Handy jeweils den Eingang einer SMS.

»Was machst du denn hier?«, fragte Milla nicht weniger überrascht.

Robert schüttelte den Kopf. »Du verstehst es wohl nicht? Wir werden gerade vorgeführt von unseren besten Freunden. Wir sind hier bei *Versteckte Kamera*!«

Carlo nahm sein Handy und begann, die Nachricht zu lesen. »Hi Robert, sei nicht sauer! Sie ist übrigens einhundert Prozent Single und steht auf dich! Sei lieb zu ihr, denn sie ist deine Mitfahrgelegenheit nach Hause. Sorry, anders ging's nicht! Emi und Carlo.« Dann wurde ihm bewusst, worauf das hier genau hinauslief. »Der ist abgehauen, und unser Bus ist auch weg. Die Aktion mit der Lampe war nur ein Fake.«

Carlo hatte sich natürlich was einfallen lassen, um seinen Freund zum Mitkommen zu überreden. Und die Glaslampe in der Küche hatte dran glauben müssen. »So eine blöde Lampe kannst du doch wirklich alleine aussuchen«, hatte er so gar keine Lust auf diese Aktion gehabt. Carlo ließ aber nicht locker, von wegen Gemeinschaftssinn und seinem guten Geschmack. Alles Verarsche, obwohl er sich sonst eigentlich gewählter ausdrückte.

Robert war richtig zornig, wurde dann aber plötzlich ganz still. Die Frau, die ihm da gegenüberstand, war nicht schuld an dieser Misere, in der er sich gerade jetzt befand. Er war ja auch noch auf ihren Fahrdienst angewiesen. Verlegen sah er sie an. Warum reagierte sie nicht? Dann wurde ihm bewusst, dass er die SMS gerade laut vorgelesen hatte. Wie peinlich!

In Zeitlupe nahm sie ihr eigenes Handy in die Hand. »Von Emi«, sagte sie.

»Das war klar.«

Auch Milla las laut vor: »Sei mir nicht böse, aber Robert mag dich wirklich! Carlo sagt, du möchtest seinen Freund bitte mit nach Hause nehmen, denn er musste ganz plötzlich weg. Amüsiert euch schön!« Das Handy wanderte zurück in die Hosentasche.

»Peinlich, aber Gleichstand! Es treffen sich zwei harmlose Menschen und werden von ihren besten Freunden zu Vollidioten gemacht.« Nachdenklich wuschelte Milla in ihren Haaren rum. »Du magst mich wirklich?«

277

»Was ist eigentlich mit deinen Haaren passiert? Sieht lustig aus! Nein, es sieht richtig gut aus!« Er traute sich, ebenfalls in die Wuschelfrisur zu greifen. »Lust auf Kaffee?« Es brauchte zwar nicht viel, sie mitzuziehen, aber ihre Wagenladung erlitt dabei endgültig Schiffbruch. »Egal, oder? Da kümmern wir uns später drum.«

Millas verschmitztes Lächeln wertete er als Zustimmung.

Aber warum griff sie sich jetzt dieses Kissen, auf dem ganz groß *Ende* stand?

SCHLUSSWORT

Liebe Leserin, lieber Leser,

ich habe mir ein paar Freiheiten genommen. Sicher haben Schweine nichts in einer Stadt zu suchen, aber sie passen so toll in diese Geschichte.

Gibt es in Ihrem Stammcafé auch so wunderbare Kekse und Schnecken wie bei Emi? Dann haben Sie Glück, denn mir begegnet immer nur die Massenware, Kekse eingeschweißt in winzige Plastiktütchen.

Auch Fleisch ist heute fast nur Massenware ohne Bezug zum vorher noch lebenden Tier. Wäre es nicht möglich mit etwas mehr Wertschätzung im Bereich Lebensmittel, artgerechte Tierhaltung flächendeckend zu ermöglichen?

Und dann die Möbelmarkt-Geschichten ...

Natürlich gibt es noch keinen Picture-Point, aber Milla träumt davon, so wie ich mir Roberts Regale erträumt habe. Doch wer weiß, womöglich stehen ja schon längst ähnliche Würfel in Ihrem Wohnzimmer. Mir sind gerade ein paar sehr viel kleinere über den Weg gelaufen, allerdings waren sie längst nicht so schön wie die von Robert.

Ja, die Personen und Handlungen in diesem Buch sind frei erfunden, Ähnlichkeiten wären rein zufälliger Natur. Die Leutchen leben irgendwo im Umfeld von Hamburg und machen Sachen, die ihnen oder mir gefallen. Hauptsache, es wird nicht langweilig.

Sie kennen möglicherweise auch solche peniblen und wenig verständnisvollen Beamten wie Herrn Schröter, aber es gibt zum Glück auch die, die uns nicht so viele Steine in den Weg legen. Und vielleicht, wenn wir uns bemühen, Ordnung, Frieden und Sicherheit etwas mehr wertzuschätzen, dann mal sehen.

Haben Sie jetzt auch Lust bekommen, mal wieder etwas zu wagen und nicht nur stumpf in der Spur zu laufen? Etwa eine kleine

Botschaft auf dem nächsten Zehn-Euroschein, der durch ihre Hände geht? Ich wünsche Ihnen viel Glück mit Ihren weltverschönernden Ideen und Taten!

Auf jeden Fall tausend Dank für die Lesezeit, die Sie Milla, Emi, Robert, Carlo, Scooter, den beiden Schweinen und all den anderen geschenkt haben.

Bis bald
Ihre Sabine Bente

Danke!

Die Überarbeitung für die zweite Auflage ist fertig! Ich danke allen, die mir mit ihren guten Ratschlägen zur Seite gestanden haben.

Gleich nach dem Lektorat hatten sich ein paar peinliche Fehler eingeschlichen.

Es war durch einen rechtlichen Hintergrund nötig geworden, den Text an einigen Stellen umzuschreiben. Leider hatte ich dabei zu vordergründig auf den Inhalt geachtet.

Mein Dank gilt auch meiner netten Lektorin Sabine Dreyer für ihre Hilfe bei der Erstfassung.

Bei Emis italienischen Ausschweifungen hat mich Simona Cagnasso tatkräftig unterstützt. Tausend Dank für Deine selbstlose Hilfe. Wenn ich mal wieder in Berlin bin, würde ich Dich gern kennenlernen und zum Essen einladen.

Ein lieber Dank geht auch an Annadel Hogen für dieses Cover, in das ich mich richtig verliebt habe. Du hast mich schon recht früh super motiviert und warst bis zum Ende bei all meinen Sonderwünschen voll bei der Sache.

Danke auch der wunderbaren Temple Grandin, die mich durch eine Fernsehdokumentation in ihren Bann gezogen hat. Wer sich für Tiere interessiert, sollte etwas von ihr lesen.

Danke Johannes, mein lieber Sohn, dass ich Dich so oft nerven durfte mit meinen Ideen und dass es Dich gibt.

Und Uwe auch Dir einen lieben Dank für eine lange Zeit und dafür, dass wir immer noch gut miteinander sind.

Ein großer Dank geht auch an meine WG, an Rike, Herb und Ecki. Als ich in der Endphase des Projektes plötzlich eine jobmäßige Auszeit hatte habt ihr mich einfach schreiben lassen. Durch Euch habe ich viel Neues gelernt und kennengelernt und auch wenn ich Euch oft sehr nerve, seid Ihr mir lieb und wichtig.